KB261126

식인귀의 행복을 위하여

이 도서의 국립중앙도서관 출판시도서목록(CIP)은
e-CIP 홈페이지(http://www.nl.go.kr/ecip)와
국가자료공동목록시스템(http://www.nl.go.kr/kolisnet)에서 이용하실 수 있습니다.
(CIP제어번호: CIP2006001271)

식인귀의 행복을 위하여

다니엘 페낙 장편소설 | 김운비 옮김

Daniel Pennac Au bonheur des ogres

문학동네

뚱보에게

로베르 술라에게

어린 디오니소스를 저희 반경 안에 유인하려고 티탄족들이 딸랑이 같은 것을 흔든다. 아이가 그 반짝이는 물체에 끌려 다가가자 괴물들이 아이를 에워싼다. 티탄들은 일제히 달려들어 디오니소스를 죽인다. 그리고 불에 구워 뜯어먹는다.

—르네 지라르, 『희생양』 중에서

신자들은 성자가 존재한다는 사실만으로도 그가 저희 대신 희생을 치를 거라고 생각한다.

—르네 지라르, 『희생양』 중에서

악인들은 선한 자들이 모르는 뭔가를 알고 있었으리라.

—우디 앨런

| 차례 |

1

스피커에서 여자 목소리가 솟아나온다. 신부의 면사포처럼 가볍고 희망찬 목소리다.

"말로센 씨는 고객상담실로 와주시기 바랍니다."

매끄러운 안개막에 싸인 목소리. 해밀턴*의 사진들이 말을 하면 딱 저럴 것이다. 나는 해밀턴 양의 안개막 너머에서 옅은 미소를 감지한다. 상냥한 구석이라곤 전혀 없는 미소. 네, 갑니다! 아마도 다음 주에나 거기 도착할 수 있지 않을까. 오늘은 12월 24일, 시각은 오후 네시 십오분. 백화점은 초만원이다. 선물 더미에 짓눌린 고객들 때문에 통로는 입추의 여지가 없다. 군중의 빙하줄

---

* 1950년대 영국 팝아트의 선구자.

기가 신경질을 누르며 감지되지도 않을 정도의 속도로 굼뜨게 흘러간다. 찌푸린 미소들과 번들거리는 땀, 낮게 내뱉는 욕지거리, 험악한 시선들, 그리고 물 먹는 하마처럼 생긴 산타클로스에게 붙잡힌 아이들의 소스라친 비명소리.

"애야, 겁낼 것 없어. 산타 할아버지잖아!"

터지는 플래시들.

산타클로스 하니까 이 혼잡한 군중 위로 또 하나의 영상이 떠오른다. 환상적인 식인귀의 모습을 한 거대하고 반투명한 산타클로스. 앵두처럼 빨간 입술에 허연 수염이 달렸고, 히죽 미소짓는 아귀 밖으로는 반쯤 먹힌 아이들의 다리가 비어져 나와 있다. 프티가 어제 학교에서 그린 최신작이다. "도대체 그 또래 어린애가 산타클로스를 이런 식으로 그리는 게 정상이라고 생각하십니까?" 여선생은 소리쳤다. "그럼 산타클로스는요? 선생님께서는 그 인물이 정상이라고 생각하십니까?" 나는 그렇게 응수하고 프티를 품에 안았다. 프티의 몸은 열 때문에 펄펄 끓고 있었다. 그 작은 몸뚱어리가 어찌나 뜨거웠는지 아이의 안경알에 뿌연 김이 서려 두 눈은 더욱 사팔뜨기로 보였다.

"말로센 씨는 고객상담실로 와주시기 바랍니다."

말로센 씨도 들었소이다, 젠장! 중앙 에스컬레이터 앞까지는 왔다고요. 난데없이 나타난 대포의 검은 주둥이가 내 앞을 막지 않았다면 벌써 저 위에 올라탔을 것이다. 망할 놈의 대포는 나를 겨냥하고 있었다. 잘못 봤을 리 없다. 포탑이 빙그르르 돌아 내 쪽을 향하더니 내 미간에 정조준되도록 코끝을 치켜올렸다. 그 포탑과 대포가 달린 AMX30 전차*는 원격조정되고 있었다. 잔뜩 흥분해서 낄낄거리며 리모컨을 조작하는 사람은 키가 백사십 센티미터쯤 되는 노인이었다. 테오가 관리하는 수많은 노인 아동들 중 한 사람. 아이처럼 작고 폭삭 늙은 노인으로, 테오가 유니폼으로 입혀준 회색 셔츠 덕분에 금방 눈에 띄었다.

"마지막 경고예요, 할아버지. 그 장난감 제자리에 갖다놓으세요!"

판매원 아가씨가 장난감 진열대 뒤에서 지긋지긋하다는 듯 외친다. 양 볼에 호두를 물고 있는 귀여운 다람쥐 같은 여자다. 노인은 아이처럼 싫다고 짧게 내뱉고는 발포 버튼에 엄지손가락을 올려놓는다. 나는 완벽한 차려 자세로 서서 경례를 올려붙인 뒤 말한다.

"대령님, AMX30은 한물간 모델입니다. 고철 시장이나 남미에 넘길 만한 물건이지요."

왜소한 노인은 애석해하는 눈으로 자신의 장난감을 쳐다보더

---

* 1960, 70년대 프랑스 육군의 주력 전차.

니 곧 체념한 손짓으로 통과신호를 보낸다. 판매원이 내게 노인 관리 자격증이라도 주고 싶다는 듯한 표정을 지어 보이는데, 일 층 담당 보안 경찰 카즈뇌브가 어디선가 나타나 잔뜩 화난 기색으로 전차를 수거한다.

"말로센, 자네는 똥 치우는 데라면 빠지는 법이 없군!"

"그 입 다무시지, 카즈뇌브."

분위기 한번 좋군······

전차가 사라지자, 노인은 망연자실한 표정으로 두 팔을 늘어뜨리고 서 있다. 나는 에스컬레이터에 실려 올라가면서 모종의 안도감을 느낀다. 위로 올라갈수록 산소가 더 많아지길 기대하는 사람처럼.

위층에 다다르자 테오의 얼굴이 보인다. 몸에 딱 달라붙는 장밋빛 슈트를 홍학처럼 차려입고, 늘 그러듯 포토마톤* 앞에 줄을 서 있다. 그가 나를 보고는 다정하게 웃는다.

"테오, 네 아동 한 명이 장난감 코너에서 소란을 피우더라."

"잘됐네. 요즘 그 양반은 방과후에도 교복을 벗지 않거든."

잠시 미소가 오간다. 테오는 눈짓으로 고객상담실의 유리 부스를 가리켜 보인다.

------

* 자동 사진촬영기.

"저 안에서 널 족치려는 것 같던데?"

레만이 저 안에서 아까부터 작업중이라는 걸 내가 눈치채는 데는 사실 일 초도 걸리지 않는다. 그는 사태의 책임이 전적으로 내게 있다는 걸 한 여성 고객에게 설명하는 중이다. 여자의 눈에 작은 눈물방울이 맺힌다. 비만한 아이를 욱여넣다시피 하여 싣고 온 고물 유모차는 한쪽 구석으로 밀려나 있다. 유리 부스의 문을 열자 더없이 솔직담백한 어투로 잘라 말하는 레만의 목소리가 들려온다.

"부인의 말씀에 전적으로 동의합니다. 절대적으로 용납할 수 없는 사태지요. 문제는 특히나……"

레만이 내 쪽을 보았다.

"문제의 인물이 나타났군요. 일단 이 사태를 어떻게 생각하는지 의견이나 들어보죠."

그의 목소리 톤이 바뀐다. 연민이 흐르던 목소리는 어느새 신랄하게 변해 있다. 사태는 단순하다. 레만은 최면술사처럼 고요한 어조로 내게 설명한다. 비만아는 세상 걱정 없는 즐거운 눈으로 나를 바라본다. 그러니까 사흘 전, 내가 담당하고 있는 판매부서에서 이 고객에게 오르되브르와 디저트를 포함하여 총 25인분의 성탄 전야 파티용 음식을 한 번에 태워먹을 정도로 큰 대용량 냉장고를 팔았던 모양이다. '태워먹다'는 더할 나위 없이 적절한 어휘다. 바로 그날 밤, 레만이 지금 내게 설명을 요구하는 어떤 이유 때문에 문제의 냉장고가 소각로로 변해버린 것이다. 다음날 아침 냉장고 문을 연 순간 그 부인이 산 채로 구워지지 않은 게 기적이다. 나는 고객 쪽을 흘끗 쳐다본다. 아닌 게 아니라 그녀의 눈썹 끝이 불그스름하게 그을려 있다. 그녀의 분노를 뚫고 전해오는 고통의 파동 덕분에 나는 그리 어렵지 않게 비통한 표정을 지어 보인다. 비만아는 모든 문제의 발단이 내게 있다는 듯 나를 쳐다본다. 고뇌를 가득 담은 내 눈길이 레만을 향한다. 레만은 팔짱을 끼고 책상 모서리에 기대선 자세로 내게 말한다.

"어서 대답해보게."

침묵이 흐른다.

"품질관리는 자네 소관이지. 아닌가?"

나는 머리를 끄덕이고는 더듬거리며 말한다. 솔직히 저도 그게 이해가 안 됩니다, 품질검사를 분명히 거쳤는데…… 지난주의 가스레인지 건이나 보에리 사무실의 진공청소기 건도 모두 같은 패턴이다.

비만아의 눈망울 속에서, 새끼 바다표범들을 몰살시킨 자도 역시 나라고 확신하는 표정을 읽을 수 있었다. 레만이 다시 고객에게 말하기 시작한다. 그는 마치 내가 그 자리에 없는 것처럼 말한다. 망설이지 않고 이렇게 달려와 항의해주셔서 감사합니다(밖에서는 테오가 여전히 포토마톤 입구에서 목을 빼고 있다. 프티의 앨범에 붙이게 오늘 사진도 한 장 달라고 말해야지). 레만은 건전한 상거래 문화를 조성하는 데 기여하는 것이야말로 고객의 의무라고 여자를 극찬한다. 보증기간이 남아 있으므로 백화점 측에서 즉각 새 냉장고를 배송해줄 것임은 두말할 것도 없다.

"부인과 부인의 가족께서 입으신 물질적 피해에 대해서는(하사관 출신인 레만의 화법은 늘 이런 식이다. 그런데도 그의 목소리 저변에서는 유서 깊은 알사스 지방의 귀신 씨나락 까먹는 시절의 흔적이 느껴진다. 리슬링 포도주를 입에 달고 사는 지방 출신답다!) 말로센 씨가 기꺼이 배상해줄 것입니다. 물론 사비를 털어서요."

이어서 레만이 내게 외친다.

"메리 크리스마스, 말로센!"

이제 그는 백화점에서의 내 경력을 읊어대며 그러한 경력도 부인 덕에 조만간 끝날 거라는 사실을 단정적으로 암시한다. 이쯤 되면 고객의 피곤한 눈 속에서 더이상 분노의 빛은 보이지 않는다. 당혹감, 그리고 이어지는 동정심이 그녀의 눈물샘을 자극해 속눈썹 끝에 가는 물방울이 맺히게 할 것이다.

자, 드디어 내 눈물 펌프를 가동시킬 순간이 왔다. 나는 짐짓 눈길을 돌리면서 그 일에 착수한다. 나는 유리벽 너머로 백화점의 소용돌이를 멍하니 쳐다본다. 꽉 막힌 동맥으로 계속해서 혈구들을 뿜어 보내는 가차 없는 심장과도 같은 백화점. 내 눈에는 마치 온 인류가 하나의 거대한 선물상자 밑으로 기어드는 것 같다. 장난감 코너에서 알록달록한 반투명 풍선들이 끊임없이 날아올라 자기들끼리 엉겨붙어 먼지 낀 유리 천장에 달라붙는다. 그 다채로운 색깔의 포도송이들 틈새로 햇살이 내리비친다. 멋진 정경이다. 고객이 레만의 말을 끊으려고 해보지만 내 장래의 이력서를 작성하느라 여념이 없는 그의 말을 끊기엔 역부족이다. 별로 화려한 이력은 못 되겠지요. 하찮은 직장 두세 곳을 전전하다가 또다시 퇴출, 그러다 결정적인 실직, 노숙자용 임시숙소, 공동묘지. 고객의 눈길이 나를 향했을 때 나는 이미 울고 있다. 레만은 목소리를 높이지도 않고 정해진 수순에 따라 최후의 못을 때려박는다.

이쯤 되면 고객의 눈 속에 보이는 것은 그다지 새로울 게 없다. 그녀의 눈에서 나는 이것을 본다. 연민. 내가 울기 시작한 순간부터 그녀는 충분히 내게 감정이입되었기 때문이다. 레만이 잠시 숨을 돌리는 사이, 그녀는 드디어 그의 말을 끊는다. 그리고 모든 것을 거꾸로 돌려놓는다. 항의를 거두는 것이다. 그녀는 냉장고의 보증서가 보장하는 한도 내에서 만족하고 더이상의 조치는 요구하지 않는다. 25인분의 파티용 음식 값을 내게 청구할 의욕도 사라져버린다(내 봉급이 어느 정도인지 레만이 중간에 언급했을 것이다). 크리스마스 전날 내 직장을 잃게 만든다면 그녀는 두고두고 후회하게 되리라(레만은 '크리스마스'라는 단어를 족히 스무 번은 썼다). 얼마 전 그녀 자신도 그런 것처럼, 사람은 누구나 자기 일에서 실수할 수 있는 법이니까.

그리고 오 분 뒤, 그녀는 새 냉장고 주문서를 지참하고 방을 떠난다. 비만아를 태운 유모차가 잠시 문틈에 낀다. 그녀는 신경질적인 신음소리를 내며 유모차를 밀고 나간다.

레만과 나 둘만 남았다. 몇 초간 껄껄대며 웃는 레만을 바라보다가, 나는 허세인지 뭔지 모를 충동이 일어 한마디 중얼거린다.

"이만하면 괜찮은 개새끼 팀이죠, 안 그래요?"

짖어대던 그의 입이 뭔가 대꾸하려고 크게 벌어진다. 그 순간 다른 뭔가가 그 입을 닫게 만든다.

백화점의 뱃속으로부터 올라온 둔중한 폭발음.

그리고 그 뒤를 잇는 비명들.

우리는 둘 다 유리창에 얼굴을 들이댔다. 당장은 아무것도 보이지 않았다. 폭발의 충격으로 튕겨오른 이삼천 개의 풍선이 백화점 안을 온통 가려버렸기 때문이다. 풍선이 서서히 하늘로 올라가자, 차라리 보지 않았더라면 좋았을 것들이 모습을 드러낸다.

"빌어먹을……"

레만이 낮게 내뱉는다.

완전히 패닉 상태에 빠진 고객들이 너나 할 것 없이 출구를 찾고 있다. 가장 힘센 자들이 가장 약한 자들을 밟고 달려간다. 판매대 위를 뛰어가는 사람들 때문에 양말, 스타킹, 팬티들이 사방으로 흩뿌려진다. 여기저기서 판매원과 보안대원이 아비규환을 막으려고 허둥거린다. 보라색 재킷을 걸친 덩치 큰 사내 하나는 화장품 매장의 유리 칸막이를 부수며 나자빠진다. 나는 고객상담실의 유리문을 열어젖힌다. 마치 태풍 한복판으로 난 창문을 열어버린 것 같다. 백화점은 하나의 거대한 아우성이 되었다. 내 옆에서는 안내방송 스피커가 이 소란을 진정시켜보려고 고군분투하고 있다. 만약 사람이 죽어야 할 다른 이유가 없다면, 해밀턴 양의 목소리에 웃다가 죽으리라. 그 목소리는 태풍 속에서 춤추는 물뿌리개와도 같다. 아래는 전쟁이지만, 위에서는 풍선들이 빛을 받아 다시 반짝거린다. 그 모든 공포의 장면이 보기 드물게 감미로운 장미색 빛무리에 잠겨 있다. 레만이 나를 따라 나오면서 내 귀에 대고 고함을 지른다.

"진원지가 어디야? 어디서 터졌냐고?"

늙은 군인 같은 그의 목소리는 인도차이나 사태의 흥분된 잔향을 풍긴다. 어디서 터졌는지는 나도 모르죠. 이름 모를 팔다리들이 비죽비죽 튀어나온 몸들이 에스컬레이터를 빼곡히 메우고 있다. 고객들은 하강하는 에스컬레이터를 서너 단씩 뛰어오르려다가 위로부터 쏟아져내리는 물결에 떠밀리고 만다. 무슨 까닭에서인지 사람들이 모두 에스컬레이터 밑으로 몰려들어 인간 병목현상이 발생한다. 인파로 들끓는 가운데 울부짖는 사람들.

"제기랄!"

레만도 울부짖는다.

“제기랄, 제기랄, 제기랄……”

그는 억센 팔꿈치로 군중을 헤치며 에스컬레이터로 다가가 조종장치를 움켜쥐고 기계를 세운다.

포토마톤 입구에서는 테오가 자신의 상체를 담은 사진 넉 장을 햇빛에 대보며 감상하고 있다. 만족스러운 얼굴이다. 그는 내게 한 장을 건네주며 말한다.

“자, 받아. 프티의 앨범에 보태야지.”

얼마 후 상황은 진정된다. 저절로. 그 모든 북새통에도 불구하고 아무 일도 일어나지 않았기 때문이다. 어디선가 무엇인가가 폭발했다. 그후 아무 일도 뒤따라 일어나지 않았다. 그러자 사태는 진정되었다. 곧이어 감미로운 목소리의 해밀턴 양이 우리의 고마운 고객들에게 모두 침착하게 백화점을 떠나달라고, 직원들에게는 모두 자신이 맡은 매장으로 돌아가달라고 부탁하는 소리가 들린다. 고객과 직원들은 모두 해밀턴 양의 말대로 한다. 군중은 조용히 몇 개의 출구로 향한다. 그들 뒤에 남겨진 황무지에는 핸드백, 신발, 알록달록한 쇼핑백, 부모 잃은 아이들이 흩어져 있다. 나는 시체 몇 구는 보게 될 줄 알았다. 그런데 아니다. 직원들이 여기저기서 반쯤 초주검이 된 고객들을 살펴보고 있긴 하지만, 그들도 이내 몸을 일으켜 절뚝거리며 출구로 간다.

측면의 작은 입구는 경찰용으로 마련된 것이다. 그곳으로 경찰들이 들어와 장난감 매장으로 직행한다. 장난감 매장? 순간적으로 나는 다람쥐 얼굴의 여직원과 테오의 작은 노인을 떠올린다. 모든 예감이 그렇듯, 조만간 틀렸다고 판명될 어떤 예감을 안고서 나는 멈춰 선 에스컬레이터를 경중경중 뛰어내려간다. 사망자는 육십대로 보이는 남자인데, 그의 뱃속에서 쏟아져나와 주위에 뿌려진 것들로 미루어볼 때 상당한 배불뚝이였을 게 틀림없다. 폭탄이 그를 거의 두 토막으로 잘라놓았다. 나는 욕지기를 최대한 속으로 삼키면서 왠지 모르게 루나를 생각한다. 루나, 로랑, 그들의 아기를 생각한다. 루나는 내게 세 번이나 전화했었다. "충고 좀 해줘. 오빠 생각은 어때?" 내가 너에게 무슨 충고를 해줄수 있겠니, 가여운 누이야. 날 알잖아.

산산조각난 고객의 시체 위로 시트가 덮이는 동안 별별 야만적인 생각들이 다 스쳐간다.

"아름다운 풍경은 아니죠. 안 그래요?"

옆에서 작은 체구의 경찰이 내게 말하며 친절하게 미소짓는다. 지금 내 상태에서는 아무 소리도 들리지 않는 것보다는 나았다. 나는 별로 대화할 의향 없이, 일말의 감사를 표하는 심정으로 그에게 대답한다.

"그리 아름답지는 않군요."

그는 고개를 끄덕이고는 덧붙인다.

"지하철에서 자살한 사람들은 더하죠!"

(그나마 위안이 되는군······)

"정신 나간 녀석들이 사방에 깔렸다니까요. 굴러가는 차축에 손가락이 낀 녀석들 말이에요. 내가 왜 이런 소리를 지껄이냐 하면요, 우리 분대에서 내가 가장 어리거든요. 그러니 그런 녀석들을 상대해야 하는 건 항상 나란 말이죠."

그는 경찰이 아니라 소방대원이다. 붉은 테두리가 둘린 감청색 유니폼을 걸친 체구가 아주 작은 소방수. 머리 크기의 두 배는 되어 보이는 헬멧이 그의 허리춤에서 번쩍거린다.

"정말 참을 수 없는 게 뭔지 아세요? 도로에서 불타버린 사람들이에요. 그 냄새는 죽어라고 따라다니죠. 보름 동안은 머리털에 붙어산다니까요!"

장난감 매장 위에 풍선은 한 개도 남아 있지 않았다. 폭발 때문에 전부 날아간 것이다. 그것들은 백화점 꼭대기의 유리 지붕에 달라붙어 있다. 오열하는 다람쥐 여직원을 누군가가 데려간다.

"당신도 그거 보셨어요?"

소방대원이 덮개가 씌워진 시신을 가리키며 말한다.

"저 남자 앞섶이 열려 있었다고요!"

(그랬나? 나는 못 봤는데······)

다행히도 스피커가 이 친절한 소방대원과 나를 떼어놓는다(공이 울려 링에서 구원된 느낌). 이번에는 직원들도 백화점을 떠나 달라는 방송이다. 하지만 수사가 필요한 상황이니 파리를 뜨지는 말라고 당부하면서 덧붙이는 말. 메리 크리스마스, 여러분!

나는 장난감 판매대 끝에서 알록달록한 공 하나를 집어 주머니에 넣는다. 한 번 퉁기면 리바운드를 무한히 반복하는 반투명한 작은 공. 나도 선물할 데가 많은 사람이다. 다음 판매대에서는 별무늬 포장지를 슬쩍해서 공을 싼다. 그런 다음 라커룸에 유니폼을 벗어놓고 밖으로 나온다.

밖에서는 구름처럼 모여든 군중이 백화점 전체가 송두리째 폭파되기를 기다리고 있다. 얼음장 같은 추위는 내가 더위를 먹어 죽을 거라고 알려준다. 인간이란 인간은 거기 다 모여 있어, 지하철 안은 좀 비어 있으려니 했다.

하지만 지하철 역시 군중으로 가득 차 있었다.

3

나는 폴리레뇰트 가(街) 78번지에 위치한 페르라셰즈 묘지에 3-6-9 임대 묘터를 가지고 있다.[*] 내가 그곳에 막 들어서는데, 전화벨이 숨넘어가게 울리고 있었다. 전화벨 소리가 들리면 나는 늘 급히 달려가 받는다.

"오빠, 아무 일 없어?"

---

[*] 풀어 쓰면 '나는 폴리레뇰트 가 78번지에 위치한 묘지 같은 건물에 삼 년마다 계약이 갱신되는 임대 아파트를 가지고 있다'는 뜻이다.

참고로, 페르라셰즈라는 묘지의 이름은 예전에 그 자리에 있었던 예수교 수도원에서 유래한 것인데, 수도원이 있기 전에는 폴리레뇰트라는 개인 소유의 저택이 있었다. 그래서 오래도록 페르라셰즈와 폴리레뇰트를 뒤섞어 부르거나 동일시하는 경우가 빈번했다. 더욱이 폴리레뇰트를 기리는 뜻에서 사람들은 묘지 근처에 있는 길 하나를 폴리레뇰트 가(街)라고 이름지었다. 이 소설에 나오는 길이 바로 그 길이다.

내 누이 루나다.

"아무 일이라니, 무슨 뚱딴지 같은 소리냐?"

"백화점에서 폭탄 터진 거……"

"다른 인간들은 모조리 날아가고 나 혼자 살아남았다."

루나는 웃는다. 그리고 잠시 가만히 있더니 말을 꺼낸다.

"날아갔다고 하니까 말인데, 나 결정했어."

"어느 쪽으로?"

"작은 폭탄을 날리는 쪽으로. 내 안의 작은 세입자 말이야. 날려버릴 거야. 낙태시킬래. 오빠, 난 이 녀석보다 로랑을 간직하고 싶어."

다시 침묵. 누이의 울음소리, 하지만 감이 아주 멀다. 루나는 내게 눈물을 감추려고 최대한 노력하고 있다.

"있잖아, 들어봐, 루나……"

들어보긴 뭘 들어봐? 고전적인 스토리다. 그녀는 착한 간호사, 그는 멋진 의사. 첫눈에 불꽃이 튄다. 콩깍지 씌인 눈으로 죽을 때까지 서로만을 바라보기로 결정한다. 그러나 한 해 두 해 지나면서 또다른 존재를 향한 욕구가 밀려온다. 두 사람의 복제품, 다시 말해 제3의 생명을 만들고 싶은 여성 특유의 갈망.

"들어봐, 루나……"

루나는 듣고 있다. 하지만 내가 말을 잇지 못한다. 루나가 말한다.

"듣고 있어, 오빠."

결국 나는 말한다. 그 작은 세입자를 간직해야 한다고. 그녀가 이전의 세입자들을 없애버린 건 그 아빠들을 사랑하지 않았기 때문인데, 이번에는 그 아빠를 너무 사랑하니까 녀석을 쫓아내지 말아야 한다고. 안 그래, 루나? 진심으로 말하는데, 멍청한 짓 그만해! ("너 자신이나 멍청한 소리 그만해." 내 안의 어느 구석에서 친근한 작은 목소리가 속삭인다. "네 말은 거의 '그들을 살려두라!'*고 외치는 구호 같다고.") 하지만 난 계속한다. 이미 뚜껑이 열렸다.

"여하튼 이전과는 다를 거야. 넌 로랑을 죽도록 원망하게 될 거다. 난 너를 알아! 그건 단순히 난소 한 쌍이 의사의 코앞에서 위협받는 그런 문제가 아니라, 네 일부의 소멸이라고. 부디 내 말을 알아들었으면 좋겠다만!"

루나는 울다가, 웃다가, 다시 울다가…… 장장 반시간을 그러고 있었다.

내가 완전히 녹초가 되어 수화기를 내려놓기가 무섭게 전화벨이 다시 울렸다.

---

* 낙태 반대 구호.

"안녕, 내 아가. 괜찮니?"

엄마다.

"좋아, 엄마. 아주 좋아."

"백화점에서 폭탄 터진 거 말이다, 너도 알겠지만 그런 물건은 우리 집에선 눈에 얼씬거리지도 않았지!"

엄마는 이 건물 일층이 철물점이었던 시절을 떠올리며 말하고 있다. 나는 유년기를 거기서 보냈지만 뭘 고치고 만드는 공작 일은 한사코 배우지 않았고, 결국 철물점은 어린 동생들이 잠자는 공간으로 변모했다. 엄마는 길 건너편에 있던 모렐 씨 슈퍼마켓의 철제 블라인드를 누군가가 플라스틱 빵으로 날려버린 사건은 잊은 모양이다. 1962년 6월 어느 날 아침 일어난 사건이었다. 그래서 능직 양복을 입은 사내 둘이 찾아와 손님을 봐가면서 받으라고 으름장을 놓았는데, 엄마는 다 잊은 모양이다. 사랑스러운 우리 엄마, 엄마는 전쟁 같은 건 모조리 잊는다.

"아이들은 잘 지내니?"

"잘 지내. 지금 아래층에 있어."

"크리스마스에는 뭐 할 거니?"

"다섯이서 오붓하게 보내는 거지."

"난 로베르가 샬롱에 가자는구나."

(샬롱쉬르마른에 간다고? 불쌍한 엄마.)

입에서는 다른 말이 나온다.

"로베르는 최고야!"

그녀가 쿡쿡 웃는다.

"넌 착한 아들이야, 내 아가."

(암요, 착한 아들의 견본이지요.)

"다른 애들도 나쁘지 않아, 엄마."

"다 네 덕분이지, 뱅자맹. 넌 언제나 좋은 아들이었어."

(쿡쿡 하는 웃음소리가 들리더니 이내 울먹이는 소리로 바뀐다.)

"그리고 난 너희를 팽개친 나쁜 엄마지……"

(암요, 나쁜 엄마의 견본이지요.)

"엄마, 팽개친 게 아니야. 휴식기야. 엄마는 지금 쉬고 있는 거라고!"

"난 어떤 엄마일까, 뱅자맹. 말해줄래? 내가 어떤 부류의 엄마인지……"

엄마가 자신의 물음에 스스로 답을 찾는 데 얼마만큼의 시간이 필요한지 알고 있기에, 나는 수화기를 살며시 베개에 내려놓고 향긋한 거품이 이는 터키 식 커피를 마시러 부엌으로 간다. 내가 다시 방으로 돌아왔을 때에도 전화기 속의 목소리는 여전히 엄마의 정체성을 묻고 있었다.

"뱅…… 내가 처음 가출한 건 세 살 때였어……"

나는 다 마신 커피잔을 받침접시 위에 내려놓는다. 테레즈라면 이 커피 찌꺼기의 모양을 보고 온 동네 사람들의 미래를 읽을 수 있을 텐데.

"……더 나중에는, 그러니까 내가 여덟 살인지 아홉 살인지로 접어들 때인데…… 뱅, 내 말 듣고 있니?"

드디어 혼선으로 수화기가 지지직대는 순간이 왔다.

"들려요, 엄마. 하지만 그만 끊어야겠어. 애들이 내게 인터폰을 넣고 있거든! 그럼 잘 쉬어요. 그리고 다시 한번 말하지만 로베르는 최고야!"

나는 전화를 끊은 뒤 다른 선과 연결한다. 테레즈의 송곳 같은 목소리가 내 고막을 뚫는다.

"오빠, 제레미 이 똥강아지가 숙제할 생각을 안 해!"

"말 좀 골라 써, 테레즈. 동생하고 똑같이 말하지 말고."

그러는데 바로 그 동생의 목청이 옆에서 폭발한다.

"이 등신이 날 똥강아지로 만들잖아! 누나가 설명하는 건 무슨 말인지 하나도 모르겠단 말이야!"

"제레미, 너도 말 좀 예쁘게 해. 네 누나처럼 말하지 말고. 클라라 있으면 바꿔줄래?"

"오빠?"

클라라의 부드러운 목소리. 한 점 구김도 없는 초록색 융단 위에서 한마디 한마디가 순백의 당구공처럼 조용하고 분명하게 굴러간다.

"클라라, 프티는 상태가 어때?"

"열은 내렸어. 그래도 로랑에게 한 번 더 와달라고 부탁했어. 이틀 동안은 따뜻하게 보살펴야 한대."

"프티가 또 크리스마스 식인귀를 그리던?"

"한 다스는 그렸을걸. 그래도 전에 그린 것처럼 그렇게 새빨갛지는 않아. 훨씬 덜해. 내가 전부 사진으로 찍어뒀어. 오빠, 오늘 저녁은 도피네 그라탱을 만들었어. 한 시간 뒤에는 먹을 수 있어."

"그래, 내려갈게. 프티 좀 바꿔줘."

"왜, 형?"

프티의 힘없는 목소리.

"네 앨범에 넣을 테오의 사진을 한 장 가져왔다는 걸 알려주려고. 오늘 밤 너희에게 들려줄 새로운 이야기가 있다는 것도."

"식인귀 이야기야?"

"폭탄 이야기."

"그래? 그것도 굉장하다……"

"지금은 일단 좀 자야겠다. 인터폰에 다가가는 녀석은 무조건 죽여버려."

"알았어, 형."

수화기를 내려놓고 침대에 눕기도 전에 나는 잠에 취해 이불 위로 쓰러진다.

한 시간 뒤, 커다란 개가 나를 깨운다. 녀석은 내 옆구리를 공략했고, 그 충격으로 나는 침대에서 굴러떨어져 벽 한구석에 처박힌다. 녀석은 그 틈을 놓치지 않고 나를 완전히 제압한 다음, 아침에 시간이 없어 세수도 못 한 내 얼굴을 핥기 시작한다. 도시의 쓰레기 냄새 같은 지독한 악취가 풍겨온다. 녀석의 혀에서는 생선 비린내, 호랑이 정액, 파리의 개똥을 섞어놓은 듯한 냄새가 난다.

"이게 선물이냐?"

내 목소리에 개는 펄쩍 뛰면서 뒤로 물러난다. 그러고는 차마 말로 표현할 수 없는 엉덩이를 바닥에 깔고 앉더니, 혀를 축 늘어뜨린 채 고개를 기울여 나를 쳐다본다. 나는 재킷 주머니에서 포장지에 싼 작은 공을 꺼내 녀석에게 던져주며 소리친다.

"옜다, 쥘리우스. 메리 크리스마스!"

철물점을 개조한 일층의 공동 침실에는 도피네 그라탱이 남긴 육두구 향내가, 어린 동생들이 큰형의 이야기 속으로 깊이 빨려든 뒤에도 여전히 공기중에 떠돌고 있다. 파자마 차림으로 눈을 반짝거리며 이야기를 듣는 동안, 아이들의 작은 발이 이층 침대 아래 허공에서 흔들거린다. 나는 레만이 그 미친 미끄럼틀을 향해 돌진하는 부분까지 얘기한 참이다. 그는 내가 즉흥적으로 붙여준 기계 팔을 휘저으며 군중을 헤친다.

"진짜 팔은 어쩌다 망가진 거야?"

제레미가 간략하게 묻는다.

"인도차이나 전쟁 때 달라트로 진군하는 도로의 삼백십칠 킬로미터 지점에서 복병의 습격을 받게 되었어. 부하들이 레만을 끔찍이도 좋아해서 그를 버려두고 퇴각해버렸지. 팔은 이미 떨어져나간 상태였으니, 레만과 그의 팔이 둘 다 버림받은 셈이었지."

"그래서 어떻게 살아 나왔는데?"

"사흘 뒤 그의 중대 대위가 혼자서 그를 찾으러 왔지."

"사흘 뒤? 그동안 그 사람은 뭘 먹고 살았어?"

프티가 묻는다.

"자기 팔을 먹었지!"

이 능란한 답변은 모두를 만족시킨다. 프티는 예의 식인귀 이야기를, 제레미는 전쟁 이야기를, 클라라는 이야기에 가미된 유머를 취한다. 테레즈는 서기처럼 책상 앞에 꼿꼿하게 앉아 늘 그러듯 내 이야기의 전모를, 여담의 곁가지들까지 빠짐없이 속기한다. 그것은 그애가 다닌 비서 양성 학교가 요구하는 탁월한 훈련

중 하나다. 이 년간 매일 밤 속기에 매달린 결과, 그애는『카라마
조프의 형제들』『백경』『시골뜨기들의 환상곡』『예스타 베를링의
전설』『아스팔트 정글』그리고 내 상상의 지하 창고에서 나온 두
세 작품까지 옮겨적을 수 있었다.

　나는 깜박거리는 눈들이 서서히 빛을 잃을 때까지 이야기를 계
속한다. 문을 닫고 나오자, 어둠 속에서 크리스마스트리가 반짝
이고 있다. 썩 나쁘지 않게 일을 해치운 느낌이다. 아이들이 선물
에는 손도 대지 않고 이야기에 빠져든 걸 보면 말이다. 두 시간
전부터 작은 선물을 풀려고 버둥거리는 쥘리우스만 빼고. 녀석은
여태 포장지도 찢지 못하고 있다.

4

12월 25일 오전 여덟시, 초인종 소리와 함께 이야기의 2막이 오른다. 나는 "들어오세요. 문 열려 있습니다!" 하고 소리치려다가 기분 나쁜 기억이 떠올라 입을 다문다. 지난주에도 그렇게 소리치는 바람에 쥘리우스와 나는 백색 나무관을 현관 복도에 들여놓고 말았다. 변비 걸린 낯빛을 한 이사꾼 세 명이 그것을 팽개치다시피 내려놓더니, 그중 가장 창백한 사내가 짧게 내뱉었다.

"시체에게 온 물건이올시다."

쥘리우스는 냉큼 침대 밑으로 숨어버렸고, 나는 폭탄 맞은 머리에 흐릿한 안경을 집어 쓴 파자마 차림으로 그를 향해 당혹스러운 표정을 지어 보였다.

"오십 년 뒤에 다시 배달해주시지요. 난 아직 준비가 안 됐습니다."

초인종이 울리고 있다. 나는 발을 끌면서 문으로 다가간다. 매사에 궁금증을 참지 못하는 쥘리우스가 내 뒤를 따른다. 문을 열자, 곤봉처럼 힘이 들어간 굵직한 목 둘레로 털이 달린 비행사 점퍼를 걸친 사내가 독일 강점기의 프랑스 땅에 떨어진 아일랜드 낙하산 부대원 같은 모습으로 내 앞에 서 있다.

"수습형사 카레가입니다."

순찰대 곤봉에서 볼펜으로 승진한 케이스로군. 그가 집 안으로 우람한 덩치를 들여놓자마자 쥘리우스는 그의 엉덩이 사이로 주둥이를 비벼넣는다. 하지만 그는 개를 한 대 갈기지도 않고 재빨리 자리에 앉는다. 아마도 그 점이 마음에 들어 내가 그에게 물었던 것 같다.

"커피 드시겠어요?"

"당신이 마시려는 참이라면요……"

나는 부엌으로 간다.

"댁은 현관 문을 잠그지 않습니까?"

"전혀요."

나는 내 개의 성적 자유를 위해 그럴 수는 없지요, 라고 속으로만 말한다.

"몇 가지 질문할 게 있습니다. 의례적인 겁니다."

내가 예상한 그대로였다. 백화점의 모범직원들이 들고일어난다. 먼저 노조 간부 열 명과 열두 명쯤 되는 독자적인 별종들이 경찰의 방문을 받는다. 경영진이 자기 자식들에게 주는 크리스마스 선물.

"결혼하셨습니까?"

구리로 된 커피포트에서 설탕물이 보글거린다.

"아뇨."

나는 터키 식 분말 커피를 세 스푼 넣고, 클라라의 목소리 같은 그윽한 향이 풍길 때까지 천천히 저어준다.

"그러면 아래층에 있는 아이들은?"

나는 포트를 다시 불 위에 얹고 커피가 끓어넘치지 않게 주의한다.

"제 동생들입니다. 어머니는 모두 같지요."

그의 조그만 펜이 조그만 수첩을 잠시 검게 채우더니 의례적인 다음 질문이 날아온다.

"그럼 아버지는?"

"여기저기에."

나는 부엌 문 너머로 힐끔 눈길을 던진다. 카레가는 내 어머니가 여기저기 남자들을 뿌리고 다닌다고 열심히 적고 있다. 나는 커피포트와 잔들을 손에 들고 그의 앞에 선다. 진한 액체를 부어준 뒤, 잔으로 뻗어오는 형사의 손을 막는다.

"잠깐 기다려요! 가루 찌꺼기가 가라앉은 다음 마셔야 합니다."

형사는 손을 거두고 잠시 기다린다.

형사의 발치에 앉은 쥘리우스는 열심히 그를 쳐다보고 있다.

"백화점에서 당신이 하는 일은?"

"욕먹는 일이지요."

그는 군소리 없이 받아적는다.

"이전의 직업들은?"

젠장, 나열하면 꽤 길어질 것이다. 소포 배달원, 바텐더, 택시 기사, 미션스쿨 미술 선생, 비누 앙케트 조사원. 내가 잊어버린 게 더 있겠지만 여하튼 마지막은 백화점의 품질관리원이다.

"언제부터?"

"넉 달 전부터."

"마음에 드십니까?"

"다른 일과 마찬가지죠. 일하는 것에 비하면 보수가 너무 과하고, 욕먹는 것에 비하면 충분하지 않지요."

(토론 한번 해볼까요, 젠장!)

그는 묵묵히 수첩에 적어넣는다.

"어제 뭔가 이상한 점을 눈치채지 못했습니까?"

"폭탄이 터졌지요."

이때만은 그도 고개를 쳐든다. 그러나 여전히 무덤덤한 어조로 자신의 질문을 조율한다.

"폭발이 일어나기 전에 말입니다."

"눈에 띄는 건 없었습니다."

"당신은 고객상담실로 오라는 호출을 세 번 받았더군요."

드디어 올 것이 왔군. 나는 그에게 문제의 가스레인지, 진공청소기, 타버린 냉장고에 대해 얘기한다.

그는 안주머니를 뒤지더니 백화점 내부 안내도를 내 앞에 펼쳐놓는다.

"고객상담실은 어디 있습니까?"

나는 손으로 가리킨다.

"그러면 당신은 장난감 매장 앞을 적어도 세 번 지나갔겠군요?"

젠장, 정석대로 추리하는군!

"사실상 그렇지요."

"거기서 멈춘 적이 있습니까?"

"예. 세번째 지나갈 때 십 초가량."

"이상한 점은 없었고요?"

"AMX30 전차가 내게 대포를 겨냥한 것 말고는 없었습니다."

그는 묵묵히 적고 나서 펜 뚜껑을 닫는다. 그러고는 커피잔 바닥에 가라앉은 찌꺼기까지 단숨에 마신 뒤 자리에서 일어나며 말한다.

"다 끝났습니다. 좀더 물어볼 것이 생길지도 모르니 파리를 떠나지 마십시오. 안녕히 계십시오. 커피 잘 마셨습니다."

흠, 누가 나간 뒤 닫힌 문을 오래도록 응시하는 건 비단 영화 속에서만 일어나는 일은 아니다. 쥘리우스와 나는 카레가 형사의 담백한 성격에 매료되었다. 조롱받는 강력반에서 훌륭한 미래를 개척할 청년. 반면 나는 거기서 오늘 밤 아이들에게 써먹을 이야기나 건지고 있다. 다음과 같은 차이만 빼면 이야기는 동일할 것이다. 확실한 유머로 무장한 불꽃 튀는 응수가 오간 끝에 두 남자는 증오, 경멸, 감탄이 뒤섞여 폭발할 것만 같은 기분을 느끼며 헤어질 것이다. 경찰은 두 명이 등장할 것이다. 아이들도 익히 알고 있는 내 창작력이 빚어낸 끔찍한 두 녀석. 한쪽은 키 작은 털북숭이로 하이에나에 버금갈 자괴적인 추남이며, 다른 쪽은 거구의 대머리다. 대머리의 몸에서 유일하게 털이 난 부위는 '감탄부호처럼 쭉 뻗는 일격으로 강철 아구턱들을 작살내는' 그의 두 손이다.

"하이에나 지브와 털주먹 패트!"

프티가 외칠 것이다.

그러면 제레미가 설명하겠지.

"지브는 이름, 하이에나는 그 낯짝 때문이구."

그러면 프티가 보충할 것이다.

"패트는 이름, 털주먹은 그의 털 때문이구."

"관 짜는 에드*보다 더 악랄하고, 나쁜 체코인**보다 더 미친놈들이지."

"그럼 둘 사이는 좋아?"

클라라가 물을 것이다.

내 대답은 이럴 것이다.

"십오 년간 한 팀으로 뛰면서 서로의 목숨을 구해준 게 몇 번인지 헤아릴 수도 없어."

"무슨 차를 타고 다녀?"

제레미가 물을 것이고, 내 대답을 들으면 무척 좋아할 것이다.

"핑크색 푸조 504 오픈카, V형 6기통.*** 곤들매기처럼 날쌔고 위험한 물건이지."

"둘의 별자리는?"

당연히 테레즈가 묻겠지.

"둘 다 황소자리."

---

* 체스터 하임스의 소설에 나오는 형사.
** 조제프 왐보의 소설에 등장하는 인물.
*** 여섯 개의 실린더를 V자형으로 배열한 엔진. 직렬형보다 콤팩트하고 진동이 적다. V는 vertical의 약자.

카레가 형사가 떠나고 아이들에게 내려가보니, 크리스마스트리는 말 그대로 휘황찬란하게 빛나고 있었다. 제레미와 프티가 선물 포장지의 바다 위에서 갈매기 울음소리를 내지른다. 테레즈는 거의 전문 속기사 같은 눈썹 모양을 하고서 새로 받은 멋진 데이지휠 타자기로 어젯밤에 내가 들려준 이야기를 재록하고 있다. 친정을 방문한 루나는 임신 6개월이라도 된 여자처럼 다리를 팔자로 벌린 채, 눈물 맺힌 눈으로 가족들이 빚어내는 풍경을 바라본다. 클라라는 자신을 예쁜 불꽃처럼 보이게 하는 저지 드레스 차림으로 낡은 라이카 카메라를 손에 들고서 나를 향해 걸어온다. 그애가 여러 해 전부터 말없이 탐내온 그 카메라를 나는 결국 그애의 사진광적 열정에 바치기로 마음먹은 것이다. 불꽃 드레스는 테오가 골라주었다. 그 부분에서는 남자를 선호하는 남자에게 선택을 맡기는 게 좋다(이것도 편견일지는 모르지만).

"이거, 오빠에게 주는 선물이야."

클라라가 내게 건넨 선물은 예쁘게 포장되어 있다. 종이 상자를 여니 실크 종이가 나오고, 실크 종이를 푸니 생크림이 듬뿍 얹힌 샤랑트 케이크 한 쌍이 나온다. 안 그래도 이게 먹고 싶었어, 메리 크리스마스!

다음날인 26일, 다시 출근. 여느 날처럼 쥘리우스는 페르라셰즈 지하철역까지 나를 배웅한 다음, 내가 녀석의 먹이값을 벌기 위해 일하는 동안 벨빌*로 헌팅을 나간다. 알록달록한 새 공이 그저께 저녁부터 침이 흐르는 녀석의 주둥이에 끼여 있다.

내가 산 신문을 보니 '백화점 흉악 테러'라는 제목으로 장황하게 기사를 써놓았다. 사망자 한 명만으로는 충분치 않았던지, 기자는 마치 시체 한 다스쯤은 목격되었을 거라는 투로 장면을 묘사했다(만약 그대가 진정으로 꿈꾸고 싶다면, 잠에서 깨시구려……)! 그래도 여하튼 고인의 신상명세라고 할 만한 것을 몇

---

* 아랍인, 터키인, 중국인이 많이 거주하는 파리 북동쪽의 다문화 지역.

줄 기록해놓았다. 사망자는 쿠르브부아에 거주하는 예순두 살의 착실한 자동차 정비업자였고, 그의 사망 소식에 지역 주민들은 비탄의 눈물을 흘리고 있다. 하지만 "다행히도" 그는 독신이며 자식도 없다. 내가 환각을 본 게 아니다. 분명히 "다행히도 독신이며 자식도 없다"고 쓰여 있었다. 나는 주위를 둘러본다. 지하철을 가득 메운 소시민들은 우연의 여신이 "다행히도" 독신자들을 우선적으로 죽인다는 사실에 그다지 곤혹스러워하지 않는 것 같다. 나는 기분이 무척 좋아져서 나머지는 걸어서 갈 생각으로 레퓌블리크 역에서 내린다. 칙칙하고 끈적거리고 춥고 혼잡스러운 겨울 아침이다. 파리는 노란색 헤드라이트들이 뒤엉켜 빠져드는 끈끈한 물웅덩이 같다.

지각하지 않을까 걱정했는데 백화점은 나보다도 더 늦게 문을 열 태세였다. 그 커다란 유리창들 위로 철제 셔터가 내려져 있어서, 마치 검역중인 유람선으로 출근하는 기분이다. 지하의 보일러들이 내뿜는 연기가 아침 안개 속으로 실오라기처럼 풀려 올라간다. 군데군데 새어나오는 작은 불빛들이 그래도 그 안에서 심장이 뛰고 있다는 사실을 알려준다. 저 안에 살아 있는 뭔가가 있다고. 그렇게 나는 그곳으로 들어가고, 들어선 순간 빛의 홍수에 빠진다. 그것은 매번 동일한 충격으로 다가온다. 밖이 어둡고 음침할수록 안은 더 빛난다. 백화점 상공에서 고요한 폭포처럼 떨어지는 빛의 입자들이 무수한 거울과 금속, 유리와 가짜 수정들에 반사된 후 통로들을 내달려서 당신의 영혼에 뿌려진다. 그 빛들은 세계를 밝혀주는 게 아니라 하나의 세계를 창조한다.

이런 몽상에 빠져 있는 동안, 경찰의 민첩한 손가락들이 내 머리끝부터 발끝까지 훑어내리며 수색한 뒤 내가 원자폭탄이 아니라는 걸 확인하고 통과시킨다.

내가 가장 먼저 도착한 사람은 아니다. 이미 대부분의 직원들이 일층 통로를 채우고 있다. 그들은 한결같이 공중을 바라본다. 대다수가 여자들로, 그들의 눈은 성령의 목소리라도 듣는 것처럼 반신반의한 기색을 발한다. 저 위에서는 생클레르가 지휘 선교에 서서 마이크를 잡고 달콤한 미사여구를 뽑아내는 중이다. 그는 최근의 "사건"에서 "직원들이 보여준 감탄스러운 태도"를 높이 치하한다. 이어서 샹트르동―화장품 매장의 유리를 깨고 자빠지는 바람에 병원에서 치료받고 있는 녀석―에게 경영진의 심심한 위로를 전하고, 어제 경찰의 방문을 받은 이들에게 사의를 표한다. 경영진을 포함한 직원들 모두가 거쳐야 할 일이니, 오로지 "수사가 좋은 결실을 맺는 데 필요한 정보를 빠짐없이 제공한다"는 목적 아래 모두 협조해주기를 바란다는 당부도 잊지 않는다.

생클레르 자신은 그 테러 행위가 "우리 동료들 중 하나"의 소행일 수 있다는 생각은 털끝만큼도 하지 않는다. 왜냐하면 우리는 그의 "피고용인들"이 아니라, 그가 운영위원회에서 엄숙하게 선언했듯이 그의 "협력자들"이기 때문이다. 입구에서 행한 간략한 몸수색에 대해서는 "협력자들"에게 대단히 죄송하게 생각한다. 수사가 지속되는 동안은 그 자신도 수색을 받을 태세가 되어 있으며, 고객들 역시 마찬가지일 것이다.

나는 생클레르를 쳐다본다. 그는 아주 젊고 잘생겼고, 빠르게 승진했다. 그는 유연한 권위를 풍긴다. 기업계 상류층 출신으로, 일찍부터 말하는 법과 옷 입는 법을 배웠고 나머지는 저절로 따라왔다. 나긋나긋한 말투, 몇 가닥 흘러내린 금발 사이로 보이는 우수에 싸인 부드러운 눈길. 생클레르, 그는 백화점에 어울리지 않는다. 그의 옆에 포진해 있는 인사실장, 각 층의 관리팀장들, 일급 감독관들, 이들이야말로 직업에 걸맞은 면상을 가졌다. 그들은 이층의 금빛 난간을 따라 한 줄로 꿰어놓은 것처럼 늘어서서 하나같이 의연한 표정을 짓고 있다. 귀기울여 들으면 그들의 책임감 넘치는 가슴에서 표창 메달이 돋아나는 소리가 들릴지도 모른다. 그런 생각을 하니 웃음이 난다. 나는 웃는다. 내 앞에 선 녀석이 돌아본다. 노동총동맹*의 백화점 대표 르시프르. 면상도

<hr>

* CGT, 한 세기가 넘는 역사를 가진 프랑스 최대의 노조.

말투도 노조 대표로 손색이 없는 녀석이다.

"그쯤 해두지, 말로센. 헤벌어진 그 입 다물라고."

나는 어느새 열광적으로 바뀐 군중을 휘둘러본다. 그런 다음 르시프르의 깨끗이 면도된 목덜미에 눈길을 멈췄다가 다시 공식 석상으로 눈을 돌린다. 생클레르, 그는 의심할 여지 없이 재능을 타고났다. 그는 내가 죽었다 깨어나도 알지 못할 어떤 비결을 터득한 인간이다.

내가 없어도 미사는 계속될 터이므로 나는 탈의실로 간다. 철제 라커를 열고 유니폼을 꺼낸다. 내 것은 아니고, 회사 대여품이다. 너무 유행에 뒤떨어지지도 않았고 최신 스타일도 아니다. 다만 어딘지 모르게 약간 칙칙하고, 노티 나고, 지나치게 성실해 보인다. 이를테면 다른 옷을 걸치고 싶어하는 단벌 신사의 양복 같다. 나는 마치 그 옷을 처음 입는 사람처럼 팔 끝에 들고서 바라본다. 조롱하는 목소리가 감상에 빠져 있는 나를 깨운다.

"아주 좋은 조짐이야, 뱅. 내 옷 하나랑 바꿀래?"

오늘 아침은 세루티를 걸친 테오. 포토마톤 촬영을 위해 어찌나 자주 옷을 갈아입는지, 그의 라커는 이미 오래전에 꽉 차버렸고, 이제는 내 것까지 차지해서 우리는 열쇠를 함께 쓴다. 매일 아침 나는 그의 라틴헐리우드식 의상들 틈새에서 내 유니폼을 뽑아내야 한다.

"농담 아니야, 입고 싶은 옷 있으면 마음대로 입어."

내 손이 먼저 거절한다.

"고마워, 테오. 하지만 난 그저 유니폼이 너무 발랄해 보여서 내가 과연 이 일에 맞는 사람인지 잠시 자문했을 뿐이라고."

테오는 함박웃음을 터뜨린다.

"나도 매일 아침 내 옷들을 보며 내가 헤테로*가 돼야 할 인간이 아닌가 물어보지. 그런데 봐, 난 호모잖아."

그런 뒤 우리는 지하에 있는 브리콜라주** 왕국으로 간다. 이곳은 테오의 제국이다. 매일 아침 그는 판매원들보다 반시간 먼저 나와 대살육전이 있기 전 빼곡히 들어찬 병사들의 사열장을 돌아보는 보나파르트처럼 빈 통로를 돈다. 나사 한 개라도 점호에 불응하면 여지없이 그의 눈에 잡히고, 진열대가 조금만 어질러져 있어도 그는 가차없이 기분이 상한다.

"이게 다 늙은 아동들이 끔찍이도 어질러놓기 때문이야!"

그는 한숨을 쉬고 흐트러진 것들을 정돈한다. 이젠 눈을 감고도 지하층 전체를 완벽하게 정돈할 수 있을 것이다. 말했듯이 이

---

* 이성애자.
** 고객이 직접 재료를 골라 무엇이건 만들고 고치는 행위.

곳은 테오의 영토다. 여기 우리 둘만 있을 때면 천지창조 전의 침묵이 깔린다.

"클라라가 그 옷 마음에 든대?"

"감탄의 연발이었어, 테오."

우리는 작은 소리로 이야기를 나눈다. 그는 의자 바퀴들을 넣어둔 상자 속에서 전자 알람시계를 찾아낸다.

"이것 보라고. 노인들은 말이야, 무엇보다도 기억 장치가 삐걱거려. 아무거나 집어서 아무 데나 놓고는 또다른 걸 슬쩍하고, 하여간 어린애처럼 탐욕과 열정이 넘친다니까."

테오의 노인 왕국이 시작된 것은 그가 공구 매장 판매원으로 일하던 시절까지 거슬러 올라간다. 그가 인근 늙은이들에게 워낙 친절했기 때문에 그들은 그의 매장에 와서 뭔가를 쪼물쪼물 만들면서 온종일 죽치고 있기 시작했고, 그 수는 계속 늘어났다. 주위에서 노인족의 침입에 대해 불만을 토로하면 테오는 이렇게 대답했다.

"난 길거리 출신이에요. 그게 어떤 건지 알기 때문에 그들을 길에다 방치할 수가 없답니다. 잘못되기 십상이거든요."

혹은 이런 말을 하기도 했다.

"여기서 그들은 자신의 세계를 다시 만들어내는 느낌을 받는다고요. 그게 빵을 축내는 것도 아니잖아요."

테오의 직급이 올라감에 따라 노인들의 수도 증가했다. 아주 먼 곳의 양로원에서 오는 노인들도 있었다. 그러던 중 생클레르가 테오를 '브리콜의 황제'—실제로 테오는 아무거나 가지고 파리를 재구성할 수 있을 뿐만 아니라, 욕실을 보수하려는 고객에게 잔디 깎는 기계를 팔기도 하는 희귀한 능력의 소유자다—로 공인한 뒤로는 지하 전체가 그의 휘하에 모여든 늙은 아동들의 놀이터가 되었다.

"그들로서는 천국을 미리 맛보는 셈이지."

"그 회색 셔츠들은 어디서 건졌어?"

"문 닫는 고아원에서. 우리 아파트 부근에 있었거든. 그걸 입혀놓으면 적어도 그들이 어디 있는지는 알 수 있지."

점심 때 직원 식당을 피해 찾아간 작은 식당에서 테오는 돌연 미친 듯이 웃음을 터뜨렸다.

"너 그거 알아?"

"뭘?"

"레만이 말이야, 내가 제롱토필*이라는 소문을 퍼뜨렸어. 소위 제3세대 지향적 호모라는 뜻이겠지. 알겠어?"

---

* 노인에게 욕정을 느끼는 성도착자.

(레만, 친절하기도 하지.)

"자, 이거 호모에 관한 거라고 프티에게 갖다줘. 앨범용이야."

새로 찍은 사진이다. 포도줏빛 실크 벨벳 양복, 가슴 포켓에는 미모사 꽃가지가 꽂혀 있고 사진 뒷면에는 설명이 적혀 있다. 프티가 이걸 보면 지렁이 기어가는 글씨로 베껴쓰겠지.

바토 무슈*에 올라탄 테오.

이해하려는 사람은 이해한다. 테오는 이해한다. 그가 부재중일 때 아파트 문에 핀으로 꽂아둔 사진 메시지를 보는 수많은 그의 친구들도 이해하겠지. 그럼 프티는? 그 녀석에겐 호모 컬렉션을 금지해야 하는 게 아닐까? 물론 아이들은 테오 매장의 고객이 아니다. 그래도……

---

* 센 강을 운항하는 유람선.

$$6$$

오후 초반, 벌써 두세 건의 항의가 접수되어 있다. 그 가운데 중대한 것은 침구 매장에서 유발된 것이다. 레만이 방송으로 나를 호출한다. 나는 장난감 매장 앞을 지나간다. 폭발의 흔적은 전혀 없다. 판매대는 수리를 맡기지 않고 지난밤에 완전히 동일한 것으로 교체했다. 기분이 묘하다. 마치 폭발 따위는 일어나지도 않았고, 나는 집단 환각증에 걸린 희생자가 된 것만 같다. 누군가가 내게서 기억의 한 조각을 잘라내려 한 것처럼 말이다. 내가 에스컬레이터 위에서 이런 의기소침한 생각에 사로잡혀 있는 동안, 장난감 판매대는 백화점의 들끓는 인파 속으로 서서히 잠겨들어 갔다.

레만의 방에서 항의하고 있는 남자는 유리문을 다 채울 만큼 어깨가 넓었다. 태양 앞에 서면 일식이라도 일으킬 만한 등짝이다. 레만의 얼굴은 보이지도 않는다. 하지만 고객의 블레이저 재킷 밑에서 전해져오는 근육의 떨림과 불그레한 목덜미 위로 팔딱이는 정맥의 상태로 보아, 레만이 꽤 전전긍긍하고 있을 게 분명했다. 저 안에 버티고 선 남자는 단언코 거구의 순둥이 타입은 아니다. 목소리를 높이지 않는 다혈질, 다시 말해 최악의 경우 중 하나다. 그는 사무실 안에서 한 발짝도 움직이지 않았다. 그는 사무실에 들어서자마자 손가락으로 레만을 가리키며 중얼거리듯 자신의 불만을 토로했을 것이다. 나는 조신하게 세 번 문을 두드린다. 거의 들릴까 말까 하게 똑, 똑, 똑.

"들어오세요!"

우우! 고뇌에 찬 레만의 목소리. 공룡 같은 고객이 몸을 돌리지도 않고 손수 문을 열어준다. 나는 매맞은 개처럼 겁에 질린 유순함을 내비치며 그의 팔과 문틀 사이로 들어간다.

"사흘 입원에 두 주 동안 일도 못 나갔소. 그는 옷 벗고 나가야 합니다. 당신네 품질관리원 말이오."

고객의 목소리는 내가 예상한 대로 담담하고 위험한 확신에 차 있다. 그는 불평하러 온 게 아니다. 논쟁하러 온 것도, 심지어 요청하러 온 것도 아니다. 그는 자신의 힘으로 자신의 권리를 관철

시키러 왔다. 그가 지금껏 그 외의 다른 방식을 써본 적이 없다는 것은 그를 한 번 보기만 해도 알 수 있다. 그를 다시 한번 쳐다보면, 같은 이유로 사회에서 크게 출세하기는 어려웠을 거라는 사실을 추측할 수 있다. 따라서 그는 가슴속 어딘가에 쓰린 구석을 가지고 있을 터. 하지만 레만은 그런 것에 무감각하다. 속임수에 능한 그가 두려워하는 것은 오직 한 가지밖에 없다. 속임수에 당하는 것. 그런 측면에서 볼 때, 오늘 상대는 믿을 만한 사람이다.

레만은 내가 충분히 공포 서린 눈빛을 짓는 걸 보고는 우리의 수순대로 밀고 나갈 용기를 내어 내게 사정을 읊어댄다. 거두절미하고 한 줄로 요약하면, 여기 계신 스쿠버다이버(이 세부사항은 왜 필요한 것인가? 그의 근육량을 공증하기 위해서?)로 활약하는 모 씨께서는 지난주 원목가구 매장에서 백사십 센티미터 너비의 침대 하나를 주문했다.

"원목가구, 그건 분명 자네 소관이지, 말로센?"

나는 소심하게 고개를 끄덕이며 대답한다. 네.

"그러니까 조회 번호 T. P. 885, 호두나무 재질에 장식 조각, 사이즈는 백사십. 이걸 자네 부서에서 주문했는데, 그 침대에 올라가는 순간 머리쪽 다리 두 개가 부러졌다고 하시네."

잠시 멈춤. 나는 콩알만 한 추잉껌을 고문하듯 씹고 있는 잠수부 쪽을 힐끔 바라본다. 이어서 또 한 번 나를 해고시킬 각본을

떠올리며 그리 불만스럽지 않은 얼굴을 하고 있는 레만을 쳐다보
며 중얼거린다.

"보증서가 유효하므로……"

"보증서는 물론 유효하고, 제 몫을 할 거네. 하지만 자네 책임
도 있지. 그렇지 않다면 자넬 부르지도 않았을 걸세."

나는 내 구두를 뚫어지게 응시한다.

"다른 누군가가 또 있었네. 그 침대 위에 말이지."

이런 유의 흥밋거리를 레만이 그냥 지나칠 리 없지. 설령 속으
로는 지독히 겁을 먹고 있다 해도.

그는 계속한다.

"젊은 여성이었네. 그러니 자네도 알다시피 그게……"

하지만 나머지 말은 거인 사내의 용접기 같은 눈길 속에서 녹
아버린다. 간략히 마무리한 건 사내 쪽이다.

"쇄골과 갈비뼈 두 개가 나갔소. 내 약혼녀 말이오. 병원에 있
소."

"ㅇㅇㅇㅇ……"

진짜 신음소리가 내 입에서 터져나왔다. 고통에 찬 비명소리.
두 사람 모두 어지간히 놀랐다.

"ㅇㅇㅇㅇ……"

마치 누군가가 복부에 주먹이라도 먹인 것처럼, 그런 뒤에 팔

꿈치로 내 가슴 바로 위를 누르며 숨통을 조이기라도 한 것처럼, 내 얼굴은 비운의 침대 시트처럼 하얘진다. 꼼짝 않던 헤라클레스도 이번에는 앞으로 한 걸음 내디뎌 내가 기절할 경우에 대비해 나를 붙잡으려는 포즈를 취한다.

"내 잘못으로 그렇게 되다니……"

나는 거의 질식해가는 목구멍 소리를 내고는 휘청거리며 레만의 책상에 기댄다.

"내 잘못으로 그런 일이……"

나는 이 고래 같은 사내가 다이빙대에서 내 누이 루나나 클라라의 몸 위로 뛰어내려 그애들의 작은 갈비뼈를 부숴놓는 상상을 하는 것만으로도 이 사태에 적합한 눈물을 짜낼 수 있다. 이윽고 나는 눈물이 글썽한 얼굴로 묻는다.

"약혼녀 분의 이름이 뭐지요?"

나머지는 바퀴를 단 것처럼 굴러간다. 비장한 내 모습에 진심으로 감동받은 근육씨는 한순간에 수그러진다. 인상적인 장면이다. 그의 분노한 심장이 줄어드는 모습이 거의 눈에 보일 지경이다. 레만이 그 틈을 이용해 가혹한 말로 나를 몰아친다. 나는 오열하는 목소리로 사직하겠다고 말한다. 레만은 그건 너무 안이한 소리라고 비웃는다. 나는 백화점이 나처럼 무능한 자에게서 얻을 거라곤 아무것도 없을 거라고 말하면서 통사정을 한다.

"무능한 것에 대해서도 값을 치러야지, 말로센! 다른 것들처럼! 아니, 다른 것들보다 더!"

그렇게 레만이 내 무능함의 값을 단단히 치르게 하겠다고 으름장을 놓는 순간, 거구의 고객이 방을 가로질러와 레만의 책상 위에 두 주먹을 얹는다.

"당신 기분 좋소? 이 녀석을 고문하는 게 그렇게 좋으냐고!"

'이 녀석'이란 바로 나다. 됐다. 이제 나는 근육질 두목의 보호 아래 들어간 것이다. 레만은 자신의 의자가 좀더 깊었으면 하고 내심 바라겠지. 상대가 그를 굽어보며 말한다. 얼간이들이 자기보다 약한 애들을 괴롭히는 것은 학교 다닐 때부터 지겹게 보아왔노라고.

"그러니까 내 말 좀 들어보라고, 이 양반아."

'이 양반', 이건 레만이다. 양초 색깔로 변한 레만의 얼굴. 사태가 무사히 일단락되기를 바라는 심정으로 불태우는 양초 빛깔이다. 그가 듣게 될 말은 간단하다. 첫째, 상대는 항의를 철회한다. 둘째, 그는 조만간 다시 찾아와 내가 회사에서 잘리지 않았는지 확인할 것이다. 셋째, 만일 내가 여기 없다면, 레만이 나를 쫓아내버렸다면……

"내가 자네를 이렇게 만들어주지, 이렇게!"

‘이렇게’, 이건 레만이 식민지 시절의 추억으로 간직해온, 흑단으로 만든 귀여운 자가 내 구원자의 두 손가락 사이에서 똑 부러지는 모습이다.

에스컬레이터가 그 거인의 마지막 입방센티미터까지 말끔히 삼켜버리고 나서야 레만은 정신을 차렸다. 그는 무릎을 치며 고래처럼 웃어대기 시작했다. 나는 그 희열의 순간에 동참하지 않았다. 이번에는 아니다. 나는 근육질 사내가 사라지는 모습을 마지막까지 지켜봤다(떠나면서 그는 이렇게 말했다. “구더기들이 자네 간을 파먹게 놔두지마. 이봐, 꼬마, 공격해!”). 나는 이 말을 다른 사람에게 말하는 것처럼 한 번 더 되뇌었다. 그는 백화점을, 하나의 제국을, 또는 적어도 품질관리 체계를, 요컨대 강력하고 추상적인 어떤 제도를 그 근육질로 공격하러 왔다. 따라서 그 나름의 무장을 하고 기사 바야르*처럼 적의 주둔군을 자신의 발아래 굴복시킬 준비가 되어 있었다. 그런데 오자마자 연령 미상의 미물 같은 사내(말로센, 바로 너!)와 마주치게 되고, 곧 죽어버릴 것처럼 왜소한 그 모습에 불쌍한 녀석! 하면서 늘 그랬듯이 인간적인 연민에 녹아내린 것이다. 그가 발길을 돌렸을 때, 나는 그의 구두를 쳐다보며 자네의 잠수용 오리발이 늘 최상의 상태이기를

---

* 중세 말의 프랑스 기사. 돈키호테가 동경한 모델이었다.

바라네, 하고 속으로 기원했다.

이제 내가 문 밖으로 나갈 차례다.

"오늘은 이걸로 끝냅시다, 레만. 난 집에 가겠어요. 필요하면 테오가 나 대신 처리해줄 겁니다."

레만의 웃음이 목구멍에서 걸린다.

"그 남색가는 이런 일로 보수를 받는 게 아니야!"

"아무도 이런 일로 보수를 받아선 안 되지요."

그는 최대한의 경멸을 담은 웃음을 지으며 대답한다.

"내 생각도 바로 그렇다네."

(넌 기계 팔을 달아도 싸, 이 왕머저리.)

아래층으로 내려가는데, 장난감 매장이 사람들로 까맣게 덮여 있었다.

"12월 24일보다 26일에 더 많이 팔기는 처음이야!"

이 대사의 주인공은 귀여운 다람쥐 얼굴의 붉은 머리 여직원이다. 그녀는 보잉 747을 포장하고 있는, 다람쥐보다는 족제비과에 속하는 동료에게 말하고 있다. 동료도 동의한다. 그녀의 긴 손가락들이 핑크빛 별무리가 반짝이는 밤하늘색 포장지 위에서 경이로운 속도로 미끄러지자, 포장지는 순식간에 예쁜 상자로 변한다. 옆 진열대 위에서는 킹콩 로봇이 자기가 할 줄 아는 동작을 반복하고 있다. 그 커다란 검은 원숭이는 퉁퉁하고, 털이 북실북실하고, 진짜보다 더 진짜 같다. 녀석은 제자리에서 걷는다. 녀석의 두 팔에는 잠자는 클라라와 흡사하게 생긴 반쯤 벗은 인형이 안겨 있다. 킹콩 로봇은 걷고 있지만 앞으로 나아가지는 않는다. 간간이 고개를 뒤로 젖히고는 붉은 눈과 쩍 벌어진 입에서 번쩍이는 섬광을 쏟아낸다. 불투명한 검은 털과 핏빛의 붉은 눈, 그리고 녀석의 시커먼 팔 안에서 너무도 하얗게 보이는 작고 가련한 육체. 정말 위협적인 광경이다(젠장, 이 업무가 나를 옥죄오는 느낌이 드는 것은 사실이다…… 저 인형이 나의 클라라를 닮은 것도 사실이고……).

7

집에 도착한 뒤에도 제자리걸음을 반복하는 검은 원숭이가 내 머리를 떠나지 않는다. 전화벨이 울린다. 여보세요, 한마디를 하는 데도 기력을 모두 끌어모아야 할 지경이다.

"오빠?"

루나다.

"오빠, 나 작은 세입자를 날려버릴 거야."

"아, 제발! 지금 그 얘길 반복할 기분이 아니야. 오늘 저녁엔 참아주라."

대답하는 내 목소리가 곱지 않다.

"내가 어떻게 해주길 바라니? 폭탄 심지에 불이라도 붙여줄까?"

루나는 끊어버린다.

루나를 따라 전화를 끊으면서 내가 본 것은 사각의 문틀 안에 나타난 쥘리우스의 행복에 겨운 얼굴이다. 녀석은 아침에 물고 있던 공을 아직도 물고 있다. 나는 험악한 눈초리로 녀석을 노려본다.

"안 돼! 오늘 저녁은 아니야!"

쥘리우스는 즉각 카펫 바닥으로 포복한다. 그리고 나는 잠이 든다. 한 시간 뒤, 나는 잠에서 깨어나 인터폰을 든다.

"클라라? 나 바람 좀 쐬러 가야겠어. 저녁 식사 후에 보자."

"알았어. 오빠 라이카, 사진 끝내주게 찍히더라. 이따가 보여 줄게."

쥘리우스는 여전히 납작 엎드린 채 의문에 차 괴롭다는 기색으로 나를 힐끔거린다. 평소와는 다른 주인의 모습에 당혹스러운 것이다. 다행히도 쥘리우스의 주인이 오늘처럼 다른 모습을 보이는 날은 아주 드물다.

"우리 산보 갈까?"

내 말에 녀석은 신나서 네 발로 뛰어오른다. 밖으로 나가는 것에는 언제나 찬성, 집으로 돌아올 때는 언제나 만족, 그게 쥘리우스다. 개답다.

폭탄으로 내려앉은 곳은 백화점만이 아니다. 벨빌도 그렇다.

건물 벽들이 헐려나간 큰길은 이 빠진 턱처럼 보인다. 쥘리우스
는 주둥이로 땅을 쓸고 광란적으로 꼬리를 흔들면서 갈지자로 산
보한다. 그러다 갑자기 중앙 보도* 한복판에 웅크리고 앉아 견공
의 냄새를 기리는 호사스러운 기념물을 쌓는다. 그런 다음 펑퍼
짐한 엉덩이를 쳐들고 꽤나 기세등등하게 십여 미터쯤 가다가 중
요한 뭔가를 잊어버린 듯 우뚝 멈춰 서서 분노에 찬 것처럼 뒷발
로 아스팔트를 긁어댄다. 자신의 똥만큼도 우뚝하지 못하고 제대
로 된 방향으로 가는 법도 없지만, 그런 것에는 아랑곳하지 않는
다. 쥘리우스는 잘 헤쳐나가고, 자신이 해야 할 것을 한다. 백화
점의 판매대와는 다른 것이다. 녀석에게는 기억이라는 게 있다.
설령 녀석이 그 안에 든 것을 이해하지는 못한다 할지라도.

　　백 미터쯤 더 걸어가자, 무에진**의 구슬픈 소리가 벨빌의 황
혼 속에 울려퍼진다. 나는 그에게 미나레트*** 구실을 하는 곳이
어디인지 알고 있다. 그곳은 화장실의 통풍구인지 아니면 층계참
의 빛들이창인지 알 수 없는, 한 낡은 건물의 사층과 오층 사이에
있는 작은 사각창이다. 나는 외지에서 온 그 사제의 탄식조 가락

---

* 양쪽의 두 차로 사이에 낀 보도.
** 회교 사원의 기도 시간을 알리는 승려.
*** 회교 사원의 첨탑.

에 잠시 귀를 맡긴다. 그는 마호메트의 속바지 안에서 성스러운 줄기를 뻗는다는 접시꽃에 대한 코란 구절을 읊조리고 있다. 견디기 힘든 추방의 고통이 그 안에서 풍겨난다. 나는 백화점에서 산산조각난 망자를 떠올린다. 이어서 루나를 생각하고 나 자신에게 넌 비열한 놈이라고 욕한다. 그러고는 쿠르브부아 정비업자의 흩뿌려진 내장을 다시 떠올린다. 나는 거듭해서 같은 상념에 빠지지 않으려고 잠시 나무에 몸을 기댄다. 그런 뒤에 걸음 수를 세면서 길을 건너 쿠투비아 식당으로 들어간다.

쥘리우스는 곧바로 주방에 있는 아두쉬에게 간다. 무에진의 목소리는 식당의 대화 소리와 도미노 게임기의 철컥거림에 덮여버린다. 식당 안에는 담배연기가 자욱이 깔려 있고, 대부분의 손님들은 파스티스* 잔을 앞에 놓고 앉아 있다. 내 소견으로는 그 빛들이창의 형제가 자신의 동포들을 순수한 모슬렘으로 만들려면 할 일이 산더미일 것이다!

아마르 영감이 나를 보고는 특유의 함박웃음을 짓는다. 나는 그를 볼 때마다 그 머리털의 새하얀 광채에 놀란다. 그는 바를 돌아나와 두 팔로 나를 안는다.

"왔구나, 내 아들아. 잘 지내냐?"

---

* 아니스 농축액을 섞어 만든 서민적인 술.

"예, 잘 지냅니다."

"네 어미도 잘 지내고?"

"예, 엄마는 살롱에서 쉬고 있지요."

"동생들도?"

"예."

"그애들도 데려오지 그랬나?"

"애들은 지금 숙제하고 있어요."

"일은 잘 되어가고?"

"네, 폭발적이죠."

아마르 영감은 나를 테이블 앞에 앉히고 순식간에 종이 식탁보를 깐 다음, 내 맞은편에서 두 팔을 벌려 테이블을 짚고는 다시 한번 예의 함박웃음을 짓는다. 이번엔 내가 묻는다.

"어때요, 아마르 아저씨? 잘 지내세요?"

"잘 지내지. 고맙다."

"아이들도 잘 지내고요?"

"그럼. 고맙다."

"아주머니는요? 야스미나 아주머니도 잘 지내죠?"

"암, 신의 은총으로 잘 지내지."

"언제쯤 그녀에게 다른 아기를 만들어줄 겁니까?"

"안 그래도 마지막 작품을 만들려고 다음 주에 알제*에 간단다."

우리는 함께 웃는다. 야스미나는 내가 어릴 적 엄마가 다른 곳에서 아기를 만들고 있을 때, 늘 내 어머니 노릇을 해주었다.

아마르는 다른 손님들을 챙기러 간다. 아두쉬가 쿠스쿠스** 접시를 내 앞에 내려놓는다. 오늘 저녁 내가 위대한 예언자와 그의 신자들을 모독하려고 온 게 아니라면 이 요리를 두말없이 삼켜야 할 것이다.

내 식욕이 변변찮은 것을 보고 아마르 영감이 내 앞에 앉는다.

"뭐가 안 좋구나, 응?"

"예, 안 좋아요."

"너도 알제로 데려가주련?"

와이 낫(Why not)? 나는 눈부신 쾌락의 필름을 돌리듯 그 여정을 몇 초간 머릿속에서 돌려본다. 아마르 영감이 거듭 부추긴다.

"어떠냐, 응? 개랑 아이들은 아두쉬가 맡아줄 게야."

하지만 수습형사 카레가의 무표정한 얼굴이 내게 꿈도 꾸지 말라고 주의를 준다.

"그건 불가능해요, 아저씨."

"어째서?"

"일 때문에."

---

* 알제리의 수도.
** 좁쌀처럼 생긴 굵은 밀가루를 쪄서 고기 수프를 부어 먹는 아랍 요리.

아마르 영감은 믿기 어렵다는 눈으로 나를 보더니, 그래, 다들 저마다의 악귀를 가지고 있지, 라고 말하며 내 어깨를 두드려주고 일어선다.

"차를 갖다주마."

움 칼숨*의 목소리가 스코피톤**에서 흘러나온다. 화면에서는 그녀의 장례식을 애도하는 엄청난 군중의 행렬이 보인다. 나는 그녀의 노랫소리가 사그라지는 것을 들으며 식당을 떠난다. 쥘리우스가 내 뒤를 따르고, 아두쉬의 웃음이 잠시 우리 뒤를 따라온다.

"다음번엔 그 녀석 먹을 건 없을 줄 알아. 쓸어내버릴 거야, 네 개새끼 말이다!"

아이들에게 아직 모색 단계인 수사의 초반 상황을 이야기로 들려준다. 두 경찰 하이에나 지브와 털주먹 패트가 생클레르의 '협력자들'의 사생활을 무람없이 뒤지고 다니는 동안, 장난감 매장은 밤마다 한 떼의 유령들로 채워진다. 하지만 백화점은 위협적인 상황 속에서도 마치 아무 일도 없었던 것처럼 계속 물건을 판

---

* Oum Kalsoum(1908~1975), '동방의 별'로 불리며 전 아랍권의 사랑을 받은 이집트 여가수.
** 주크박스.

매한다('쇼는 계속되어야 한다!'는 식의 영웅주의라고나 할까).
우리 주위에는 클라라가 사진을 말리려고 널어놓은 빨랫줄이 둘
러쳐져 있다(이 사진광적 열정으로 인해 국문과 입학자격시험을
준비할 시간을 얼마나 뺏기게 될지)! 프티의 크리스마스 식인귀
사진들, 그리고 사라져가는 예전 벨빌의 모습과, 미래의 벨빌을
이루게 될 매끄러운 어항 같은 건물들이 솟아나는 광경을 찍은
사진들도 매달려 있다. 그리고 아주 젊은 시절의 엄마 사진 한
장. 그녀의 눈에서 출산의 욕구가 빛나는 걸로 봐서 내가 태어난
무렵 같다.

"클라라, 네거티브를 가지고 있었니?"

"아니. 인화된 걸 찍었어."

"저거 액자로 만들자. 그러면 엄마도 더는 내빼지 못할 거야."

제레미의 단호한 제안.

테레즈는 대화를 하나도 빼놓지 않고, 마치 그 모든 것이 거대
한 하나의 소설 속에 들어가는 것처럼 속기하고 있다가 갑자기
고개를 들고는 거식증에 걸린 수녀 같은 눈길로 나를 뚫어져라
쳐다본다.

"오빠?"

"왜, 테레즈?"

"죽은 사람 있잖아, 쿠르브부아의 정비업자……"

"응."

"그 남자 별점을 봤거든. 그렇게 죽을 운명이었어."

클라라가 재빨리 내 눈치를 살핀다. 나는 프티가 잠들었는지 확인한 다음, 제레미를 눈으로 소총사격해서 가만있지 못하는 녀석의 입을 사전에 봉쇄한다. 그런 다음, 할 수 있는 한 가장 흥미로워하는 표정을 내 잘생긴 얼굴에 담는다.

"계속해봐. 그래서?"

"그는 1919년 1월 20일에 태어났어. 이건 그의 부고에 난 거야. 그날은 화성이 325도 지점에서 천왕성과 만나고, 이들의 대척점에서는 토성이 146도 지점에 들게 돼."

"진짜로?"

"잠자코 들어, 제레미."

"화성은 행동이야. 그것이 극심한 혼돈의 혹성 천왕성과 결합해서 창조적이고 불길한 성격을 뜻하는 토성과 마주 보게 되는 거지."

"누나, 그거 확실해?"

"제레미, 입 다물어."

"화성과 천왕성이 제8궁에 모인다는 건 비명횡사를 예고해. 엄밀히 말하면, 화성이 정확히 달 위로 지나갈 때 죽음이 일어나는 거지. 지난 12월 24일이 바로 그런 경우야!"

“말도 안 돼애애······!”
“제레미······”

8

사건 다음날에는 폭탄이 터지지 않았다. 그 다음날에도, 다음 며칠 동안도. 동료들의 불안은 조금씩 가라앉는다. 사건은 이제 대화에서도 밀려나 거의 추억이 된다. 백화점은 호화 유람선의 리듬을 되찾고, 폭발적인 우발성의 바다에서 항해를 계속한다. 레만은 어느 때보다 열성적으로 수병장 역할을 수행한다. 테오의 늙은 아동들은 여전히 지하층에서 자신들의 제국을 구축하는 일로 바쁘고, 테오 역시 날마다 프티의 앨범을 채워준다. 경찰은 직원과 고객의 몸수색을 계속하고, 이들은 이제 웃으면서 팔을 들어준다. 생클레르는 팔백 명의 협력자를 내보내고 팔백 명의 피고용인을 새로 들였다. 르시프르가 노동총동맹의 강령을 전파하면, 레만은 회사의 강령을 전파한다. 나는 그날그날 적절한 선에서 욕을 먹는다. 상상력의 우물이 고갈되어 하이에나 지브와 털 주먹 패트는 혀를 빼고 헐떡이기 시작한다. 아이들은 그렇게 계속 빌빌거리면 나를 텔레비전으로 바꿔버리겠다고 협박한다. 루나는 요즘 전화하지 않는다. 모든 것이 제자리로 돌아갔다. 적어도 2월 2일까지는 그랬다.

여자는 아주 근사했다. 암사자 타입의 여자. 붉은 다갈색 머리채가 풍성한 물결을 이루며 널찍한 어깨로 떨어져내린다. 어깨 근육이 발달된 게 한눈에 보인다. 그녀는 여유롭게 좌우로 흔들리는 이탈리아 여인의 엉덩이를 가졌다. 사실 아주 젊지는 않다. 호감을 줄 만한 원숙함이 흐르는 나이다. 하체에 밀착된 스커트 윗부분에서 극도로 미니멀한 팬티 자국이 드러난다. 나는 해밀턴 양의 호출을 기다리는 것밖에는 달리 할 일이 없는 터라 이 멋진 등장인물을 뒤따라가보기로 마음먹는다. 그녀는 이쪽저쪽 진열대를 마구 뒤적인다. 반쯤 드러난 그녀의 팔에는 아랍 스타일의 은팔찌가 둘려 있다. 그녀의 손가락은 길고 신경질적이면서 구릿빛의 유연함을 지녔고, 뭔가를 잡을 때만 동그랗게 말린다. 나는 백화점의 혼잡한 물속에서 한 마리 물고기가 되어 여유 있게 그녀를 따라간다. 두 통로가 교차하는 지점에서 그녀를 다시 발견하는 기쁨을 누리기 위해 일부러 그녀를 잃어버리기도 한다. 그 가짜 우연에 의해 그녀와 마주칠 때마다 아드레날린이 내 안의 작은 솜털들을 곧추세우는 느낌을 즐긴다. 한 가지가 나를 안달 나게 한다. 도무지 암사자의 시선을 끌 수가 없는 것이다. 그녀의 갈기는 너무 무성하다. 그리고 너무 출렁인다. 그녀는, 말할 것도 없이, 내 존재를 알아채지 못한다(백화점 유니폼이 나를 투명인 간으로 만들기 때문이다). 내 작은 놀이는 얼마간 지속되고, 나는 거의 절대적 욕망 상태에 도달한다. 그때 작은 사건이 일어난다. 그녀는 오 분 전부터 셰틀랜드 스웨터 코너에서 어슬렁대고 있었 다. 갑자기 그녀의 손가락이 뻗어나와 동그랗게 말리더니, 작은 풀오버 하나가 그녀의 손바닥 안으로 완전히 빨려들어갔다. 다음 찰나, 그 손이 그녀의 숄더백 안으로 삼켜지고, 숄더백은 곧바로 빈 손을 뱉어낸다.

나는 그 광경을 보았다. 판매대 저편에 있는 카즈뇌브, 이런 상 황에 익숙한 그 경찰 역시 보았다. 다행히 그보다는 내가 그녀와 가까이 있다. 카즈뇌브가 이빨을 드러내며 스웨터 코너로 건너오 는 동안, 나는 두 걸음 거리를 단숨에 뛰어넘어 아름다운 도둑에 게 다가선다. 그리고 그녀를 내 쪽으로 돌려세우며 그녀의 가방 안으로 손을 밀어넣는다. 풀오버가 손에 잡힌다. 나는 재빨리 그 것을 꺼내, 그녀에게 어울리는지 봐주는 포즈로 그녀의 어깨에 갖다대고 감상하는 표정을 지으며 소곤거린다.

"바보짓 하지 말아요. 매장 경찰이 바로 뒤에 있으니까."

그녀는 항변 따위는 하지 않을 반사신경을 지녔다. 게다가 매력적인 허스키 보이스로 외치기까지 한다.

"이거 나랑 잘 어울리지? 그쪽 생각은 어때?"

불시에 허를 찔린 나는 아무 소리나 지껄여댄다.

"당신 눈과 아주 잘 어울려요, 쥘리아 아줌마. 하지만 머리 색깔과는 별로인데요."

실제로 나는 그녀의 눈만 보고 있다. 금박이 뿌려진 두 개의 아몬드가 거의 내 코끝을 간질이는 긴 속눈썹에 싸여 있다. 이 경이로운 존재 뒤에서 또다른 눈이 나를 노려본다. 카즈뇌브의 총구 같은 두 눈. 나는 풀오버를 아무렇게나 판매대에 내던지고 다른 옷을 집어들어 여자 앞에 갖다대면서 머리를 뒤로 젖히고 감식가의 표정을 짓는다. 물론 카즈뇌브가 가만히 있을 리 없다. 그는 이리저리 돌려 말하지 않는다.

"광대짓은 그만 끝내지, 말로센. 이 여자가 풀오버를 낚아채는 걸 내가 똑똑히 봤다고."

"이 여자? 그게 고객에게 말하는 예법인가, 카즈뇌브? 자네처럼 모범적인 청년이?"

나는 완전히 다른 것에 빠져 꿈꾸는 듯한 소리로 말한다. 왜냐하면 두번째 풀오버가(확실히 나는 옷더미 속에 들어앉았다!) 나의 암사자에게 황홀할 정도로 잘 어울렸기 때문이다. 나는 말한다.

"당신에게는 이게 좋군요, 아주 좋아요, 쥘리아 아줌마."

쥘리아 아줌마에게 감탄하는 사람이 나 혼자는 아니다. 상당수의 고객들이 숨을 멈추고 그녀를 바라본다. 특히 감동한 기색이 역력한 백발의 노부부는 연두색 장바구니를 늘어뜨린 채 삼킬 듯 우리를 쳐다보고 있다.

"말로센, 내가 업무 수행하는 걸 방해하지 말아주게, 제발."

카즈뇌브가 이를 갈듯이 말한다. 그러는 동안, 그리 멀지 않은 곳에서 테오의 노인 하나가 전기 안마기를 훔치고 있다.

"난 자네 업무를 방해하는 게 아니라, 단지 자네가 이 일을 지나치게 즐기는 사태를 막아보려는 거야."

그러자 카즈뇌브가 여자를 돌아보며 말한다.

"아가씨, 조금 전에 저 셰틀랜드 스웨터를 당신 가방 속에 넣었지요? 다 봤습니다!"

여자는 구명 튜브에 매달리듯 내 눈을 쳐다본다. 넓은 얼굴, 튀어나온 광대뼈, 촉촉한 입술.

"이봐, 카즈뇌브. 자네가 어디로 선탠하러 가는지 내가 지금 물어봐줘?"

나는 그의 급소를 가볍게 친다. 테라코타 같은 그의 매끈한 얼굴은 날마다 백화점의 태양등 태닝룸에서 공짜로 선탠한 것이기 때문이다. 나는 한마디 덧붙인다.

"쥘리아 아줌마는 조용히 보내드려. 안 그러면 그 멋진 얼굴에 한 방 먹게 될 테니."

그때 그 일이 일어난다. 나는 마치 슬로모션 필름처럼 그 장면을 본다. 백화점 안의 모든 존재들이 부동자세로 천천히 고정되는 것 같다. 카즈뇌브의 얼굴이 분노로 창백해진다. 그 뒤에서는 좀 전의 우아한 노부부가 서로에게 몸을 돌리며 미소를 짓는다. 그러더니 서로를 부둥켜안고 백 살 부부의 포옹을 한다! 믿을 수 없으리만치 전염성이 강한 관능적 포옹이다. 그들의 밀착된 두 복부 틈새로 연두색 장바구니 귀퉁이가 보인다. 풋사과 빛깔이다.*

그리고 카즈뇌브가 내 말대로 따귀를 맞는다. 다만 내 손이 아니라 노부인의 찢겨나간 팔이 그의 뺨을 때린다. 나는 그 팔에서 분출되는 핏줄기가 그리는 곡선을 고스란히 눈으로 좇는다. 늙은 남자의 얼굴도 아주 선명하게 보인다. 믿을 수 없다는 듯한 그의 눈빛과 그 위에 늘어진 로마인 스타일**로 자른 어린아이처럼 가늘고 하얀 머릿카락. 그리고 카즈뇌브의 얼굴도 보인다. 순식간에 피웅덩이로 변한 그의 뺨. 충격의 파도가 그의 얼굴 전체로 퍼져나간다.

---

* 노인들이 아직 청춘이군, 하는 암시가 담긴 말.
** 앞머리를 짧게 가지런히 자른 스타일.

그제야 폭음이 들려온다. 내 머릿속에 산산이 부서지는 벽돌담
이 보이고, 카즈뇌브가 앞으로 몸을 날리면서 쥘리아 아줌마와
나를 카펫 바닥으로 쓰러뜨린다.

9

폭발 현장에 있으면 좋은 점은 사람들에게 밟힐 염려가 없다는 것이다. 사람들이 모두 진원지를 피해 달아나기 때문이다.

나는 내 위에 엎어진 여자의 무게에 눌려 바닥에 납작하게 깔려 있다. 이건 아무래도 적군의 기관총으로부터 그녀가 나를 보호해주는 형국이다. 그러나 잘 살펴보면 그녀가 기절했다는 것을 알 수 있다. 나는 그녀의 머리를 손바닥으로 받치며 살그머니 옆으로 누이고, 드러난 허벅지 위로 스커트를 내려준다. 카즈뇌브는 내 앞에 앉아 있는데, 생전 처음으로 자신의 모래언덕을 마주한 아이처럼 흥분한 상태다. 얼굴은 피로 뒤덮이고 머릿속으로는 이 피가 자기 것인지 아니면 다른 누구의 것인지 골똘히 생각하는 것 같다(그가 생각하는 모습은 처음 본다). 카즈뇌브 뒤쪽으로 몇 미터 떨어진 곳에는 시체 두 구가 완전히 뒤엉킨 채 끔찍한 피바다 위에 누워 있다. 나는 간신히 몸을 일으킨다. 내 주변은 생선을 낚아올리는 활어 수조 안처럼 난리법석이다. 모든 물고기들이 물 밖으로 뛰쳐나가려 한다. 뛰어올랐다가 다시 떨어지고, 서로 부딪치고, 느닷없이 방향을 바꾼다. 마치 보이지 않는 사내끼*를 피해 도망치려는 것 같다. 게다가 그 모든 일이 깊은 바다의 침묵 속에서 일어나고 있어서 나는 환각 속의 한 장면을 보는 것 같다. 진열대들이 송두리째 내려앉고 도망치는 사람들의 발밑으로 전시용 마네킹들이 박살나고 있는데도 아무 소리도 들리지 않는다. 나는 광기에 휩싸인 거대한 수조 밑바닥에 있다. 쥘리아 아줌마가 깨어난다. 그녀가 입술을 움직이는 게 보이지만 아무것도 들리지 않는다. 귀가 먹었다. 폭발이 나를 귀머거리로 만들었다. 나는 본능적으로 양쪽 귀에 손가락을 대어본다. 피는 만져지지 않는다. 다소 안심한 나는 쥘리아 아줌마 앞에 웅크리고 앉아 그녀의 얼굴을 두 손으로 감싼다.

"다친 데 없어요?"

내 목소리가 마치 나 자신과 전화로 통화하는 것처럼 들린다. 여자가 뭐라고 대답하고 이어서 고개를 돌려 뭔가를 보려 하지

---

* 물고기를 건져올리는 망 달린 기구.

만, 내가 막는다. 하지만 이 유혈의 현장이 내게 구토를 일으키지는 않는다. 이번에는 아니다. 사람은 무엇에든 적응하게 마련이라는 말을 앞으로는 믿어야겠다. 두 시체는 최후의 영성체에서 서로 내장을 교환한 듯한 느낌을 준다. 그들은 하나로 합쳐졌다. 풋사과색 장바구니는 흔적도 없다. 포옹하던 그들의 두 복부 사이로 그것이 보였었다. 그리고 폭발이 일어났다. 흰 가운을 걸친 남자 두 명이 완전히 정신 나간 카즈뇌브를 데려간다. 누군가가 내 어깨를 친다. 나는 돌아본다. 역사는 늘 최악의 상황에서 반복된다는 증거가 나타났다. 지난번 그 키 작은 소방대원이 내게 사건을 설명하고 있다. 분홍색 괄태충 한 쌍이 그의 가느다란 콧수염 밑에서 꼬물거린다. 그러나 기쁘게도! 나는 듣지 못한다.

길고 긴 네 시간을 병원에서 보냈다. 그들은 내 몸 구석구석을 면밀히 검사했다. 깨진 데는 없다. 나는 사람들이 내 몸을 주무르도록 내맡기는 유아적 쾌감을 느꼈다. 어렸을 때 엄마 또는 아마르 영감의 아내인 야스미나 아주머니가 목욕을 시켜줄 때처럼. 내 귀먹은 상태가 그 도락의 즐거움을 더욱 부풀려준다. 나는 항상 내가 행복한 귀머거리에 불행한 장님이 될 거라고 생각했다. 내게서 청각을 앗아가보라, 나는 기쁘다. 내 눈을 막아보라, 나는 죽는다. 그러나 좋은 일들은 금세 끝나는 법이므로, 세상은 내 고막에 다시 길을 내고야 만다. 주위에서 간호사와 의사들이 얘기하는 소리가 들려온다. 처음에 나는 아무것도 이해하지 못한다. 그들이 마치 기차 옆칸에서 이야기하는 것 같다. 잠시 후, 무슨 얘기인지 분명해진다. 일주일 정도 나를 잡아두고 관찰하겠다, 뇌 쪽에서 성가신 문제가 드러날지도 모른다는 것이었다. 일주일 동안이나 병원에 있으라고! 아이들과 쥘리우스의 얼굴이 내 앞을 스쳐간다.

"말도 안 됩니다!"

말상의 얼굴에 긴 백색 가운을 걸친 여자가 내게 머리를 기울인다.

"지금 뭐라고 하셨나요?"

"안 된다고 했습니다. 이곳에 머물고 싶지 않다고요. 내 상태는 아주 좋아요. 아무 문제 없습니다. 난 집으로 돌아갈 겁니다."

백색 가운은 한층 더 흰 백색 가운에게 내 얘기를 전한다. 불룩한 배 때문에 팽팽히 당겨진 백색 가운이 말한다.

"저희는 보내드릴 수가 없답니다, 선생님. 필요한 사진들을 다 찍기 전에는 안 될 말씀이지요."

나는 다시 진찰대에 누워, 불룩한 배가 내 코앞에서 말하는 것을 듣는다. 저런 배들에 모두 폭탄이 장착되어 있다면…… 만약 이 불룩한 배가 내 코앞에서 터진다면?

나는 말한다.

"의사 선생님이라도 환자가 원치 않는데 잡아둘 수는 없지요."

밖은 이미 캄캄한 밤이다. 지하철 쪽으로 걷고 있는데, 차 한 대가 보도를 따라 내 옆으로 굴러와 클랙슨을 울린다. 1950년대의 클랙슨 소리. 뚜우 하고 우는 소리가 난다. 돌아보니 레몬색 카트르슈보* 안에서 쥘리아 아줌마가 큰 손짓으로 내게 타라는 신호를 한다.

"걸어가는 거예요? 타세요. 집까지 태워다줄게요."

나는 쥘리아 아줌마의 그 기념비적 물건에 올라탄다.

"병원에서 자진퇴원서에 사인하라고 했죠? 나한테도 그랬어요. 당연한 거지. 그래야 그들도 안전하니까."

그녀는 카트르슈보를 조금도 쿨럭거리지 않게 유람선 몰듯 운전한다. 이 차를 아는 사람이라면 그것이 일종의 쾌거임을 알 것이다. 우리는 페르라셰즈 쪽으로 달린다. 쥘리아 아줌마가 말한다. 그녀는 말하고, 나는 풋사과색 장바구니와 그 양쪽으로 조여들던 노부부의 배를 떠올린다. 카즈뇌브의 공포에 질린 시선도. 카즈뇌브는 아무 이상도 없다. 그게 아니라면 내 팔을 잘라도

____

* 1950년대 프랑스에 자가용 대중화를 일으킨 르노의 소형 모델. '4마력'이라는 뜻을 갖고 있다.

좋다. 그는 급작스럽게 충격을 받은 것뿐이다. 폭약은 두 아랫배가 만든 신비로운 둥지에서 폭발했다. 마치 물렁한 알 속에서 뭔가가 터지듯이.

"그들은 천사들처럼 발기해 있었어!"

발기한 천사들? 어떤 천사들? 천사가 발기하나? 쥘리아 아줌마는 말할 수 없이 짙은 향수가 드리워진 눈으로 나를 쳐다보며 말한다.

"산디니스타*, 그들은 천사들처럼 발기했지. 무한정으로. 그들은 웃으면서 섹스를 했어. 오래오래 불타는 화염 줄기들처럼. 내 안의 불이 완전히 꺼질 때까지. 나는 딱 한 번 그걸 경험했어. 쿠바에서, 혁명 바로 다음날이었어. 난 열네 살이었고, 아버지가 총영사 자리에서 잘리기 이틀 전이었지. 그 뒤에도 그곳에 갔지만 그건 끝나 있었어. 이미 현실주의적 사회주의 노선의 발기, 스타하노프 운동** 식의 교미, 그런 것들만……"

그녀는 잠시 침묵한다. 그동안 나도 숨을 돌린다. 폭탄이 이 여자를 이런 상태로 만든 건가? 빨간불이 파란불로 바뀐다. 차가 달리자 쥘리아 아줌마도 다시 시작한다.

"요즘은 니카라과도 끝났어…… 건설적 쾌락에 빠져서는……"

---

* 1960, 70년대 니카라과의 소모사 독재정권에 대항했던 민족해방전선 지지자들.
** 구소련의 노동력 증대 운동.

그녀의 얼굴이 혐오의 표정으로 일그러졌다가 돌연 풀어지면서, 매력적인 허스키 보이스가 행복한 확신 속으로 뛰어든다.

"천만다행으로 모이족*이나 마우리족, 사타레족은 영원히 살아남을 거야……"

"사타레족?"

내가 묻는다.

"브라질 아마존 강 유역의 사타레족!"

이어서 그녀는 설명한다.

"그들은 길고, 선이 분명하고, 잘빠진 근육을 가졌어. 어깨와 엉덩이가 절대로 손 안에서 흐물거리지 않아. 그들의 물건은 또 얼마나 공단처럼 부드러운지. 난 다른 어디서도 그런 걸 본 적이 없어. 그들이 당신 위에 올라타면, 안에서부터 빛이 난다고! 1900년 무렵에 갈레**가 빚어낸 저 기막힌 작품들처럼 말이지!"

겨울밤의 파리가 그렇게 우리의 카누 옆으로 흘러가는 동안, 쥘리아 아줌마는 자기 이론의 요체를 화려하게 펼친다. 그녀에 따르면 진정한 혁명가들은 승리를 쟁취한 다음날에만 존재하며,

---

* 베트남, 라오스 등지의 화전 민족.
** Emile Gallé(1846~1904). 천재적인 유리 공예 예술가이자 아르 누보의 주도자 중 한 사람.

위대한 원시족만이 제대로 사랑을 나눈다는 것이다. 이들도 저들도 머릿속에 영원을 품고 직설법 현재로 섹스한다. 마치 그것이 매 순간 항구적으로 지속되어야 하는 것처럼. 세상의 다른 곳에서는, 다시 말해 어디서나, 사람들은 과거 또는 미래를 생각하며 골머리를 썩이고, 뭔가를 기념하거나 세워올리고, 되풀이하거나 증식한다. 하지만 아무도 스스로에게 봉사할 줄 모른다……

그녀의 목소리는 어느새 기이하리만치 설득력 있게 들린다.

"내 말은, 그러니까 우리 자신에게 봉사하자는 거야. 서로에게, 당신과 내게……"

쥘리아 아줌마는 하이빔을 받고 있다. 내 눈이 한순간도 그녀에게서 떠날 수가 없기 때문이다. 도시의 불빛들이 그녀의 실루엣을 무지갯빛으로 출렁이게 한다. 그러다 마침내 진열창 조명이 던지는 빛 속에서 그녀의 전부가 내게 드러난다(맘마미아……!).

10

우리는 차를 이중주차한 뒤 쫓기는 사람처럼 허겁지겁 몇 층을 뛰어올랐다. 그런 다음 사막의 와디로 달려가듯 내 침대로 몸을 날리고 불붙은 옷을 잡아뜯듯 서로의 옷가지들을 벗겨 내던졌다. 그녀의 두 가슴이 내 얼굴에서 폭발을 일으켰고, 그녀의 입이 나를 덮쳤고, 내 입은 마우리족의 욕망으로 고동치는 그녀의 키스를 삼켰다. 우리의 손은 서로의 몸 위를 사방으로 활개치고 다니면서 애무하고, 주무르고, 조이고, 침투했고, 다리는 이리저리 휘감기며 허벅지로 서로의 뺨을 죄었다. 복부와 이두근들이 단단해짐에 따라 침대 스프링이 삐걱거리며 화답했고, 벽돌은 메아리 소리로 거들었다. 갑자기 쥘리아 아줌마가 근사한 사자 머리를 경이롭게 휘날리며 우리의 난투장 위로 솟아오르더니, 완전히 쉬어버린 목소리로 내게 물었다.

"왜 그래? 무슨 문제 있어?"

내가 대답한다.

"아니."

나는 문제 없다. 단연코 아무 문제 없다. 그녀의 조가비에 낀 가련한 연체동물이 있을 뿐이다. 녀석은 머리를 빼고 싶어하지 않는다. 아마도 폭탄이 두려워서 그럴 거라고 나는 추측한다. 하지만 나는 내가 나 자신에게 거짓말하고 있다는 걸 안다. 사실은 내 방이 사람들로 가득 차 있기 때문이다. 심지어 터져나갈 지경이다. 수많은 관객이 차려 자세로 내 침대를 빙 두르고 있다. 게다가 보통 관객들도 아니다! 저마다 산디니스트, 쿠바인, 모이족, 마우리족, 사타레족의 왕관을 쓰고 있고, 벌거벗었거나 군복 차림이며, 강철 활 또는 카라슈니코프*를 둘러메고 있다. 조각처럼 잘들 빚어진데다 영광스러운 먼지 후광에 싸여 있다. 그들은 발기한다! 다들 두 손을 옆구리에 얹고서 팽팽히 당겨진 활 모양으로 우리 주위에 둘러서서 들러리 부대를 이루고 있으니 내가 쪼그라든 것이다.

"다시 말하지만 난 아무 문제 없어. 그렇지만 미안해."

---

* 소련제 자동소총.

달리 아무것도 할 게 없는지라 나는 웃음을 터뜨렸다.

"당신은 이 상황이 우습단 말이지?"

그게 우습지 않기 때문에 웃을 수 있는 것이다. 나는 그녀에게 다시 한번 사과하고 내 사정을 설명한다. 우리는 지금 올림피아드 심판관들에게 둘러싸여 있는데, 나는 지금껏 경쟁 시합에서 두각을 나타내본 적이 한 번도 없다고.

"응, 이해하겠어."

이번에는 그녀가 내게 설명한다. 우리의 실패담은 그녀가 『악튀엘』 잡지의 다음호에 싣기 위해 마무리 작업중인, 원시적이고 혁명적인 사랑에 대한 조사의 결론이 될 것이다.

"아! 그렇다면 모든 게 당신이 '악튀엘'에서 일하기 때문이었다?"

그랬다. 그녀는 거기서 일한다.

"알아? 사랑을 죽이는 건 바로 사랑의 문화라고. 다른 남자들이 발기한다는 걸 모르면, 모든 남자가 문제없이 발기할 거야!"

그녀가 사랑의 이론을 피력하는 동안 나는 그녀를 애무하려고 손을 뻗는다. 그녀는 내 손을 밀어낸다. 대용품은 싫다는 뜻이리라.

"그래. 창작을 망치는 건 참조고……"

쥘리우스는 어디 갔지? 나는 쥘리우스가 어디 있을지 생각해본다. 아마도 아두쉬의 화덕 곁에 있을 것이다. 빌어먹을 인생이다. 당신 엉덩이 밑에서 폭탄이 터지고, 인디언과 영웅들이 동맹을 이뤄 욕망의 절정에서 당신의 거시기를 잘라버릴 때, 당신의 애견은 당신의 단골 식당에서 여유로이 포식하고 있다. 쥘리우스, 이 개새끼. 난 이제 너를 알지 못한다. 성 베드로가 그랬듯 세 번 부인하리라.

바로 그 순간, 내 방문이 열리고 쥘리우스가 나타난다. 맞다, 쥘리우스가 맞다.

11

테레즈도 함께였다. 테레즈는 문턱에 서 있고, 쥘리우스는 그
애 옆에 앉아 있다. 또 하나의 머리가 솟아오른다. 루나. 그리고
또 하나, 제레미가 까치발을 하고 고개를 뺀다. 이번에는 클라라.
모두 문턱을 넘지는 않고 모여서 있다. 테레즈가 입을 뗀다.

"아, 오빠! 살아 있네……"

놀리는 건지 뭔지 알 수 없는 애매한 말투.

나는 턱으로 내 연체동물을 가리키며 답한다.

"응, 아주 미미하게……"

테레즈는 벌거벗은 채로 열변을 토하던 입을 다물지 못하고 있
는 내 방 동료에게 더없이 정숙한 비웃음을 던지며 말한다.

"쥘리아 아줌마 맞죠?"

이런 귀여운 누이가 있나. 내게 남은 약간의 위신마저 결정적으로 물 건너가버렸다. 쥘리아 아줌마는 자신이 내 생애의 첫번째 쥘리아 아줌마가 아니라는 사실을 알아챘다. 만약 테레즈가 계속 칼을 휘두른다면, 쥘리아는 곧 내 헌팅 방식의 전모를 알게 되리라. 물론 나도 수치심을 느낀다. 내가 백화점의 매력적인 도둑들을 낚는다는 건 슬픈 진실이다. 사내들은 비열하다. 그러나 좀더 비열한 사내가 있다. 가령 카즈뇌브나 그와 같은 부류의 매장 경찰들. 그들이 도둑질한 여자를 잡는 것은 오로지 그녀에게 감독실로 넘겨지는 것과 탈의실에서 한판 치르는 것 중 하나를 선택하라고 강요하기 위해서다. 나는 적어도 강간은 하지 않는다. 오히려 쥘리아 아줌마들을 유혹할 때마다 치욕스런 사태에서 그녀들을 구해내는 거라고 자부할 정도다. 그런 다음에는 내가 할 수 있는 것을 할 뿐이다.

테레즈가 살아 있는 나를 보고 기뻐했는지 어쨌는지는 간단히 말하기 어렵다. 그애의 왕국은 이 세상과는 다르니까. 그렇기에 철저히 임상의학적인 목소리로 쥘리아에게 묻는다.

"그렇게 큰 젖가슴을 가지고 어떻게 엎드려 자나요?"

쥘리아의 눈이 크게 벌어진다. 어이없고 불쾌해하는 그 표정을 클라라가 동생들 머리 위로 플래시를 터뜨려 포착한다.

다음 순간, 아우들과 누이들 그리고 개까지 울부짖으며 밀려오는 군중처럼 방 안으로 쏟아져들어온다. 웃기는 떼거리다. 반은 벌거벗은 그들의 육체는 쥘리아의 사타레족에 필적할 만큼 아름답다. 그 멋진 무리가 한꺼번에 침대로 뛰어들어 온갖 각도에서 우리 몸을 쓰다듬으며 미지의 방언으로 다양한 감탄문을 쏟아낸다.

"비지 마리아, 케 모사 린다!"

"이 오 하파스 탐벵! 올라! 오 펠루 탕 브랑쿠!"

쥘리아는 묘한 얼굴을 하고 있다. 마치 그녀의 꿈들이 방금 그녀를 좌절시키기에 딱 알맞은 형태로 실현된 것처럼, 매혹과 의혹 사이에서 방황하는 얼굴.

"파레스 오 메니누 제주스 메스무!"

그녀가 너무 우스운 억양으로 대꾸했기 때문에 그 뜻을 이해 못 하는 아이들까지도 모두 배를 잡고 웃는다. 무리의 애무는 점점 더 극성스러워지고, 클라라의 카메라도 바쁘게 플래시를 터뜨린다. 쥘리우스는 주인에게 오려고 안간힘을 쓰며 틈새를 비집는다. 제레미는 눈을 접시만 하게 뜨고 소리를 질러대고, 루나는 임신한 여자다운 조용한 미소를 흘리고, 프티는 두 발로 깡총거리며 손뼉을 친다. 테레즈는 이 극적인 무드가 가라앉기를 기다리는 중이다. 쥘리아는 급기야 눈에는 눈, 애무에는 애무로 반격하기 시작한다. 나는 빈민구호반의 요정이 청색 모자를 쓴 풍기단속반 천사들을 대동하고 들이닥치지나 않을까 심히 우려하고 있다. 하지만 아니다. 이번에 출현한 자는 이 작은 축제를 조직한 장본인이다.

"테오!"

오늘 그는 초록색 슈트를 차려입고 상추 속으로 가슴 포켓을 장식했다. 상추의 가장 흰 부분에는 장미 꽃잎 하나가 핀으로 꽂혀 있다. 프티의 앨범에는 이와 똑같은 차림의 테오 사진이 들어 있는데 설명글은 이렇다. '숲으로 먹이를 주러 갈 때의 테오.'

테오는 나를 보면서 배를 잡고 낄낄댄다.

"그래! 물론 나야! 큰오빠가 공중분해됐다는 소식을 들었을 때 네 꼬맹이 가족이 제일 먼저 찾아갈 사람이 누구겠어? 바로 이 몸이지! 그런데 운이 나빴어. 난 오늘 저녁에 집에 없었거든. 애들이 날 찾으러 숲으로 왔더라고."

"숲으로?"

"불로뉴 숲.* 오늘 밤은 브라질 친구들에게 먹을 것을 갖다주는 날이거든. 전투복 차림으로 꽁꽁 얼어 있는 걸 위문하려고 말이야. 병원에서 네가 이상 없다고 하기에, 내가 축제를 벌이자며 애

---

* 파리 서쪽의 녹지대. 밤에는 여장 게이들이 이곳에서 짝을 찾거나 성매매를 한다.

들을 데려왔지. 애들 손이 참 다정스럽지. 안 그래?"

(불로뉴 숲에 갔다…… 이 어린 것들이…… 이러다간 형제 양육권을 박탈당하고 말겠군.)

이후의 시간은 아래층에서 흘러간다. 우리는 아이들 방에서 즉흥적인 브라질 축제를 벌인다. 제레미가 이웃의 친구에게서 구해온, 남미 양성애자 가수 중 최고의 또라이인 네이 마토그로소의 음반을 건다. 음악이 악을 쓰고, 쥘리아 아줌마는 꿈이 육화된 녀석들과 함께 신나게 춤을 춘다. 나는 테오와 클라라의 다정한 눈길에 파묻혀 브라질레이로* 커피만 거푸 들이켠다. 제레미는 음악의 리듬을 온몸으로 좇아가며 집 안의 소리나는 물건들을 모조리 때려대는데, 이런 폭격의 외중에도 프티는 그 또래 아이답게 잠이 들었다. 루나는 말할 것도 없이 미소 띤 얼굴로 관람하는 중이고, 테레즈는 자기 침대 모서리에 앉아 거대한 몸집에 짧은 스커트를 걸친 한 여장 게이의 길고 강인한 구릿빛 손을 살펴보고 있다. 이 바이아** 출신의 남자는 내 위장을 물들이는 커피처럼 어둡고 반질거리는 피부를 가졌다. 구석진 침대머리에 놓인 작은 램프가 그의 손바닥을 비춘다. 그가 내 누이에게서 무슨 예언을

---

* 포르투갈어로 '브라질'의 형용사.
** 브라질 도시 살바도르의 옛 이름. '바이아'는 바다의 만(灣)을 뜻하며, 여러 곳에 있다.

들었는지 나로서는 알 수 없지만, 그의 눈은 그가 걸친 미니스커트의 금박 천과 동일한 광채를 발하며 열광적으로 빛나고 있다. 그가 갑자기 뒤로 펄쩍 뛰어오르더니, 떨리는 손가락으로 테레즈를 가리키며 울부짖는다.

"에사 모사 쇼라바 나 바히가 다 망이!"

모든 것이 일시에 멈춘다. 음악도, 춤도, 내 식도 안의 커피도.

"저 녀석 뭐라는 거야?"

테오가 통역한다.

"그가 말하기를, 테레즈는 어머니 뱃속에서 이미 울고 있었대."

순간 내 영혼은 얼음장처럼 추웠던 십육 년 전 어느 날로 날아간다. 엄마가 내게 말하는 소리가 아주 분명하게 들린다. "아기가 울고 있어." "아기가 울어?" "내 뱃속에서 말이야, 뱅자맹. 내게는 아기가 뱃속에서 우는 소리가 들린단다!"

나는 가능한 한 침착하게 묻는다.

"그래서?"

여장 게이는 조금 전 쥘리아 아줌마와 춤을 추면서 나를 아기 예수라고 놀리며 낄낄대던 녀석인데, 이제는 남미 억양이 조금도 없는 지극히 차분한 목소리로 설명을 한다.

"우리나라에서 그 말은 그녀가 예지력을 타고났다는 걸 뜻하지요."

그는 인조 보석이 칠렁이는 자신의 핸드백을 뒤지더니, 푸르스름한 유리 형체 안에 물이 차 있는 작은 조각상을 꺼낸다. 그는 테레즈 앞에 무릎을 꿇고 조각상을 건네면서 낮게 속삭인다.

"파라 보세, 망이, 웅 프레젠트 사그라두."

테오가 설명한다.

"저들이 섬기는 바다의 여신 예마니아의 조각상이야. 그 여신은 어떤 곤경에서든 그들을 구해주는 모양이야."

내 안의 실증주의자 악마가 깨어나 속삭인다.

"그 덕에 녀석들 인생이 불로뉴 숲까지 간 거로군."

테레즈는 고맙다는 말도 없이 조각상을 받아들고서 그녀가 수집한 신물(神物)들을 모아둔 작은 책장 선반으로 향한다.

12

"당신이 스웨터 매장에 머문 시간이 얼마나 됩니까?"

"십 분가량 됩니다."

"거기서 뭘 하고 있었소?"

"여자친구가 셰틀랜드 풀오버 고르는 걸 도와주고 있었습니다."

"사귄 지 오래됐소?"

염병할 카즈뇌브, 그 녀석 머리에 아무 탈이 없다는 걸 난 이미 알고 있었다고!

"여자분의 신원과 주소를 알려주시겠소?"

말하는 사람은 카레가 형사가 아니라 쿠드리에 경찰서장이다. 장소는 사법경찰의 집무 구역.

쿠드리에* 서장은 그 이름에 걸맞은 인물이다. 그는 열정이 없는 천부적 탐색자로서 강도, 살인자, 그리고 지금은 폭탄 장착자를 찾고 있다. 하지만 그는 원자 분열이나 항암 치료약을 탐구하는 길로 들어설 수도 있었던 사람이다. 오늘날 그가 현미경 앞에 있지 않고 내 앞에 있게 된 것은 대학을 선택하는 순간 얼결에 정해진 것이다. 그는 레지옹 도뇌르 훈장을 받았고, 짙은 초록색 양복 안에 홀스터**는 차고 있지 않았다. 주저하는 내 모습을 보더니 그는 차분한 목소리로, 중요한 사건의 목격자로서 내 증언이 절대적으로 필요하다고 말했다.

"셰틀랜드 매장의 그 여자친구는?"

나는 그녀가 『악튀엘』 지의 기자이며, 여자친구라기보다는 '쥘리아 아줌마' 라고 부르면서 그냥 알고 지내는 사람일 뿐이라고 대답했다.

그 순간 문이 쾅 하고 닫혀서, 나는 족히 이 미터는 뛰어올랐다. 빌어먹을 브라질 커피! 그것이 내 살가죽을 뒤집어놓았다.

"너무 예민하게 반응하지 마시구려, 말로센 씨. 이건 그야말로 의례적인 질문에 불과하니까."

나는 예민하게 반응하는 게 아니다. 완전히 벌거벗고 고압선 위에 앉은 새, 옆 고압선을 건드리지 않으려고 꼬리를 양다리 사

---

* '꿰매고 봉합하는 자' 라는 뜻.
** 권총의 가죽 케이스.

이에 파묻고 있는 새, 그게 바로 나다.

다음 질문이 내 가련한 몸뚱이의 표피 전체에 기록된다.

"그 십 분 동안 특별한 것을 전혀 알아채지 못했소?"

나는 아무것도 알아채지 못했다. 사건이 터진 그 순간에야 뭔가 터졌다는 걸 알았다. 하지만 그 순간만은 하이퍼리얼리즘 그림처럼 정확히 기억한다. 특히 풋사과색 바구니의 한귀퉁이와 그것을 품은 두 개의 복부를. 나는 서장에게 그대로 말한다. 철갑을 두른 타자기가 내 문장들을 기록한다. 쿠드리에 서장이 눈썹을 찡그리며 묻는다.

"희생자들에 대해 정확히 묘사해줄 수 있겠소?"

"남자는요. 여자 쪽은 팔밖에 보지 못해서……"

나는 그 늙은 남자를 노년기에 접어든 로마 황제의 모습으로 묘사한다. 인생의 마지막에 다다른 클라우디우스*처럼.

"그리고 백발 아래로 보이는 눈은 무척이나 파랗지. 페탱**의 눈처럼."

"바로 그렇습니다."

---

* 고대 로마의 황제(BC 10~54). 잔혹한 색마 메살리나의 남편으로, 소아마비를 앓아 기형적인 몸에 소심한 심성을 가졌다고 전해진다.

** Philippe Pétain(1856~1951), 프랑스의 장군·정치가. 히틀러와의 협약 아래 친독 비시 정부를 수립했다.

불현듯 나는 노부부의 입맞춤을 떠올린다. 그 믿을 수 없는 청춘의 포옹.

"그 얘기, 확신할 수 있소?"

"단연코 확신합니다. 그걸 왜 물으시죠?"

"신문을 보면 알게 되겠지만, 그들은 오누이였다오."

서장은 다음 사항이 마치 근친상간적 사랑을 배제해주기라도 하듯 덧붙인다.

"그는 토목관리청에서 일하다 은퇴한 엔지니어였소."

그러고는 자기 자신에게 말하는 것처럼,

"하기야 그건 중요한 게 아니지. 당신이 당할 수도 있었으니까."

하더니 장난기 어린 눈으로 나를 쳐다보며 덧붙인다.

"당신과 당신의 아줌마 말이오."

침묵.

문이 열린다. 말없는 여비서가 책상 위에 놓인 서장의 녹갈색 가죽지갑 옆에 작은 찻잔을 내려놓는다. 서장은 "고맙소, 엘리자베스"라고 말한 뒤 내게 묻는다.

"커피?"

나는 또 한 번 튀어오른다.

"안 마십니다!"

그는 웃으면서 혼자 커피를 마신다.

“적어도 지금 그 말이 거짓말인 건 알겠소, 말로센 씨.”

섬세한 지적이다. 그가 천천히 들이마시는 커피향에 나는 머리가 어찔거린다. 서장은 잔을 쟁반에 내려놓고 다시 “엘리자베스, 고마워요” 하고는 팔짱을 낀다. 그런 다음 마지막 한 모금까지 음미하려는 듯 한 번 더 입을 다시고 나를 뚫어지게 쳐다본다.

엘리자베스가 쟁반을 들고 나간다.

“마지막으로 한 가지만 더 묻겠소, 말로센 씨. 백화점에서 당신이 맡은 업무가 정확히 어떤 것입니까? 당신의 진술서에서는 도무지 명확히 드러나질 않아서 말이오.”

그야 그럴 수밖에……

얄궂게도 그 순간에야 주위의 배경이 내 눈에 들어온다. 제정 양식.* 쿠드리에 경찰서장의 집무실은 그 스타일로 도배되어 있다. 우리가 엉덩이를 얹고 있는 의사(擬似)로마적인 의자들에서부터 제국적인 대문자 N**이 박힌 커피 세트에 이르기까지. 또한 마호가니 책장 옆에서 은은한 광택을 발하는 레카미에*** 소파 등 모든 것이 작은 황금벌들이 반짝이는 시금치색 실크 벽지가 발하는 식물적인 빛 속에 잠겨 있다. 좀더 잘 살펴보면 아주 작은

---

* 프랑스 제1제정 시대의 양식.
** 나폴레옹(Napoléon)의 첫 글자.
*** 제정 시대에 살았던 유명한 문학 살롱 여주인의 이름.

코르시카인의 아주 작은 흉상, 그의 작은 모자를 본뜬 기념품, 그리고 서가에 꽂힌 라스 카즈의 회고록*도 발견할 수 있다. 물론 그가 던진 질문과는 아무 상관이 없지만, 나는 경찰서장이 자기 주머니를 털어서 이런 인테리어를 했는지, 아니면 자신의 열정적 취향대로 집무실을 꾸미기 위해 관공서에서 특별기금이라도 받지 않았는지 궁금했다. 둘 중 어느 경우이건 결론은 하나로 압축된다. 이 남자는 매일 저녁 집으로 귀가하지는 않는다. 그는 여기서 편안함을 느낀다. 그런데 일터를 좋아하는 사람은 일도 좋아한다. 그는 하루 스물네 시간 중 스물다섯 시간을 일한다. 그러니 이 푸셰**의 화신 앞에서 오래 잔머리를 굴릴 수도 없는 노릇이다. 나는 그에게 거짓말하지 않기로 결정한다.

"그건 희생양의 업무입니다, 서장님."

쿠드리에 서장은 표정이 전혀 없는 텅 빈 눈길로 나를 바라본다.

나는 계속 말한다. 이른바 품질관리원의 직책은 완전히 허구적인 것이다. 나는 아무것도 관리하지 않는다. 왜냐하면 그 산더미 같은 상품들의 신전에서는 아무것도 관리될 수가 없기 때문이다. 관리원 수를 최소 열 배로 늘리지 않는 한에는 그렇다. 따라서 고

---

* 나폴레옹의 최종 유배지에서 그의 비서였던 라스 카즈 백작이 쓴 『세인트 헬레나의 회고록』.

** 대혁명 시기부터 왕정복고기까지 경찰의 수뇌로 활약한 인물.

객이 불만거리를 가지고 나타나면, 나는 고객상담실로 불려가 곤죽이 되도록 호통을 듣는다. 내가 하는 일은 그 모욕의 회오리를 감내하는 것이다. 내가 불찰을 뉘우치며 어쩔 줄 몰라하고 뼛속까지 절망한 모습을 보이면, 고객들은 보통 내가 양심의 가책 때문에 자살할지도 모른다는 우려에서 항의를 철회한다. 그러면 백화점에는 최소한의 피해가 가는 선에서 모든 일이 우호적으로 끝나게 된다. 요컨대 그런 것이다. 나는 그 일로 보수를 받고, 특히나 내 보수는 썩 괜찮은 편이다.

"희생양이라……"

쿠드리에 경찰서장은 여전히 텅 빈 눈으로 나를 바라본다.

"여기 경찰에는 그런 것 없습니까?"

내가 묻는다.

서장은 한동안 더 나를 응시하다가 입을 뗀다.

"당신에게 감사하오, 말로센 씨. 오늘은 이것으로 된 것 같소이다."

13

밖으로 나오니 맨발로 바늘 박힌 양탄자를 걷는 느낌이다. 눈꺼풀에 경련이 일고, 손이 떨리고, 이가 딱딱 마주친다. 도대체 그 예마니아가 내 커피에 뭘 집어넣은 걸까? 저녁 여덟시 반에 백화점 직원식당에서 열릴 예정인 노조 집회에 가기 전, 나는 집에 들러서 발륨* 세 알(복수형은 발리아인가?)을 삼킨다. 발륨은 내 신경 상태에는 아무런 변화도 주지 못하고 내 몸뚱이만 구름 속에 띄워놓는다. 밖에서 보면 나는 부유하는 중이고, 안은 끝없이 돌며 구워대는 꼬치구이 전기 그릴처럼 지글거린다.

테오가 의심스럽다는 눈으로 나를 쳐다본다.

---

* 흔히 사용되는 신경안정제.

"너 그거 좀 필요한 거 아냐?"

"벌써 과용이야."

집회는 절정에 올라 있다. 이렇게 모든 직원이 참석한 건 처음이다. 노조회원이건 아니건, 노총 쪽이건 회사 쪽이건, 대다수가 여성인 생클레르의 친애하는 '협력자들'이 전원 출동했다. 이런 상황에서 노총의 의견을 자판기처럼 뱉어내는 르시프르는 완전히 역부족이다. 회사측 입장을 대변하도록 프로그램된 레만 역시 나을 게 없다. 사방에서 밸브들을 한꺼번에 열어버린 형국이다. 두 사람은 태풍을 가라앉히기 위해 팔을 쳐들고 "동지들, 제발!" 아니면 "조금만 질서를, 동료 여러분!" 하고 고함을 질러대지만 소용이 없다. 패닉 상태는 더이상 고조될 수도 없을 지경이다. 저마다 자신의 공포와 분노를, 또는 의견을 고래고래 외쳐댄다. 드넓은 구내식당의 칼 쟁반 파이렉스 콘크리트가 만들어내는 음향 효과가 사태를 호전시켜줄 리도 만무하다. 바로 곁에 있는 사람의 목소리조차 알아들을 수 없을 만큼 난장판이다. 만약 루나가 정말로 아기를 날려버리면? 왠지 모르게 이 생각이 전혀 뜻하지 않은 방식으로 뇌리를 스친다. 루나가 아기를 낙태시키면? 추락한 사랑의 풍경이 섬광처럼 눈앞을 스쳐 지나간다. 그것은 지금의 삶 전부가 추락하는 것이다. 반대의 경우에도 그 사랑은 끝난다. 루나의 가슴에 매달린 작은 젖먹이에게 삼켜지고 말 테니까.

"자네도 의견이 있겠지, 말로센?"

르시프르의 돌멩이가 예고도 없이 날아와 한참 다른 곳을 날고 있던 나를 떨어뜨린다.

"고객들의 불만, 자네에겐 아주 낯익은 것 아닌가?"

그는 오로지 사람들의 주의를 내게 집중시켜 좌중을 침묵하게 만들려고 질문을 외친다. 결과는 성공적이다. 벌써 수많은 사람들이 내 쪽으로 고개를 돌리고 있다. 정말 나 자신이 혼자라고 느껴질 만큼 많은 숫자다. 그러니까 내 업무에 불만을 가진 고객이 우리의 엉덩이 밑에 폭탄을 깔았을 수도 있다고 생각하느냐고? 질문의 요지가 그건가?

"품질관리원이라면 응당 이 사태에 대해 무슨 의견이 있을 것 아닌가? 특히 자기 일을 아주 잘하는 경우에는 말이지!"

대답할 게 없다. 나는 대답을 대신해서 피곤한 주먹을 르시프르를 향해 쳐들고는 이미 축축해진 가운뎃손가락을 위로 치켜세운다. 레만이 그 특유의 걸죽한 폭소를 터뜨리고 다른 몇몇 사람들도 뒤따라 웃는다. 르시프르도 미소를 짓는다. 그 모욕을 내게 되갚아줄 것임을 분명히 전하는 미소. 그러는 동안, 잠시 그가 원하던 고요함이 깔린다. 내게 쏠렸던 시선들이 하나둘씩 돌아선다. 어떤 이들은 빨리, 어떤 이들은 좀더 느리게. 누군가가 단언한다. 폭탄이 고객 짓일 리 없다고. 논쟁의 시위는 이제 다른 토대 위에서 당겨진다. 표적은 말할 것도 없이 백화점이다. 르시프르와 그의 수하들은 문제가 경영진에서 비롯됐을 수밖에 없다는 주장을 펼친다. 레만이 아무리 아니, 아니, 하고 머리를 젓는다 한들 그 주장이 꼬리를 물고 확대되는 것을 막을 수는 없다. 일부 여직원들은 재무조사를 요구한다. 위쪽에서 달콤한 뒷거래를 하고 있기 때문에 우리가 피해를 보는 게 틀림없다. 거기에 복수심을 품은 회사 내부의 한 비둘기가 폭탄 알들을 떨구어놓은 것이다. 그게 백화점을 강탈하려는 음모의 시초가 아니라면 그럴 수도 있겠지. 레만의 말이다. 강탈? 어떤 강탈 말인가? 그 폭탄 테러—테러들!—에 대해 자신들이 했다고 주장한 조직이 있는가? 아니. 지금까지 우리가 아는 한은 없다. 경영진은 보호관리 제안을 받은 적이 있었나? 없잖아? 그렇다면? 강탈이라는 건 머저리 같은 생각이다. 범인은 혼자다. 백화점이 문을 닫기를 원하는 단독범. 바로 그거다!

그렇다, 문제는 그것이다. 오늘 이 집회에서 도출된 진정한 요지는 이렇다. 만약 경영진이 백화점 문을 닫기로 결정한다면 직원들은 어떤 태도를 취해야 할 것인가? 사방에서 빗발치는 항의와 아우성. 이 점에서는 전 직원이 만장일치다. 문을 닫는 것은 고려 밖의 사안이다. 만일 백화점이 셔터를 내리면 우리는 곧장 점거농성에 들어갈 것이다. 경영진이 저지른 못된 짓거리에 직원들이 값을 치를 수는 없다. 맞다. 하지만 사회보장은? 좌중이 일시에 고요해지면서 올라갔던 손들이 단박에 아래로 떨어진다.

"두고 봐, 저들은 위험수당을 요구하려는 거야."

테오가 재미있다는 얼굴로 지적한다.

"저들은 모래주머니로 바리케이드를 치고서라도 그 안에서 팬티를 팔 거라고. 귀여운 전쟁이야. 레만은 결국 그 위선의 양복을 다시 걸치고 고객들에게 방탄조끼를 나눠주겠지."

테오가 비유를 좀더 엮어냈지만 나는 듣고 있지 않았다. 나는 다른 것, 내 두뇌의 기하학적 중심에 해당하는 곳에서 발생하는 작은 초음파 소리를 듣고 있다. 그것은 미세한 곤충 소리를 낸다. 처음에는 멕시코인들의 불신호처럼 제자리에서 빙빙 돈다. 그러다 고통의 기운이 두 귀 쪽으로 전해진다. 점점 팽팽해지고 태울 듯이 뜨거워지다가, 마침내 하얗게 달궈진 철선이 내 두개골을 뚫고 들어와 나를 허공에 매달아놓는다. 고통으로 내 입이 크게 벌어졌지만 아무 소리도 나오지 않는다. 잠시 후, 고통은 진정된다. 그리고 사라진다. 테오는 내가 죽기라도 할까봐 놀란 눈으로 바라보다가 안도의 숨을 내쉰다. 그가 무슨 말인가 한다. 들리지 않는다. 다시 귀가 먹었다. 그래도 나는 대답한다.

"괜찮아, 테오, 괜찮아. 지나갔어. 고마워."

내 목소리가 내 안의 가장 깊은 곳에서 어느 미생물이 잠수복을 입고 소리치는 것처럼 들린다. 나는 테오에게 논쟁이 계속되는 단상을 가리키며 그쪽에나 신경 쓰라는 몸짓을 한다. 입들이 뻐끔거리고 손가락들은 서로를 향해 치켜올라가 있다. 르시프르와 레만이 출입허가증을 나눠준다. 내 귀는 아무것도 듣지 못하지만, 내 눈은 보고 있다. 내 눈은 본다. 예의 주시하는 등짝들, 불안으로 굳어진 목덜미들. 처음으로 나는 거기 모인 남자와 여자들의 등과 목 하나하나를 내가 다 알고 있다는 걸 실감한다. 심지어는 그것들 전부를 친밀하게 알고 있다는 야릇한 기분까지 든다. 치켜올라간 거의 모든 손가락들에 이름표를 달아줄 수도 있다. 다섯 달 전부터 내 구두가 백화점 통로를 배회하는 동안 그들은 내 눈을 통해 수없이 내 안으로 들어와 정착했다. 『탱탱』*에 나오는 이만 사천 개의 컷과 말풍선을 기억하듯 나는 그들의 각 부분을 기억한다(그 만화는 내가 유사요법을 통해 기억했을 뿐이지만 제레미와 프티는 내 기억력에 열광적인 감탄을 발한다).

그런 까닭에, 청중 속에 흩어져 있는 경찰 네 명이 내 눈에는 백지 위의 사면발이처럼 분명하게 잡힌다. 그들은 외견상 집회에 모인 다른 남자들과 전혀 구별되지 않는다. 경찰이건 판매원이건 화이트 칼라건, 손목시계와 주름잡힌 바지로 보면 같은 투쟁을

---

* 닭벼슬 머리의 소년 주인공이 세계 각지를 돌아다니며 사건을 해결하는 모험 만화의 고전. 벨기에 만화가 에르제(Hergé, 1907~1983)의 작품.

하러 이 자리에 모여 있다. 다른 것은 그들의 시선이다. 네 명의 사내는 다른 사람들을 주시하고, 다른 사람들은 앞쪽의 단상을 거기서 폭탄 없는 새벽의 기약이 하달되기라도 할 것처럼 비장하게 바라본다. 경찰들은 살인자를 찾는다. 그들은 정신분석가의 눈을 가졌고, 척 보는 순간 귀를 세우고 주변을 메운 영혼들의 동굴을 탐색한다. 이 청중 가운데 누가 과연 건물을 날려버릴 만큼 빌어먹을 일을 당했는가? 그들은 이것만 묻는다.

그들은 묻기만 하고 답을 찾지 못할 수도 있다.

살인자는 이 식당 안에 있지 않다! 이것은 내 안의 우주적인 침묵 속에 불로 새겨지듯 각인된 확신이다.

나는 테오에게도 들키지 않게 슬그머니 측면 출구 쪽으로 빠져나간다. 곳곳에 소화기가 비치되고 안내 화살표가 그려진 복도를 따라가다가, '출구' 방향으로 가지 않고 왼편으로 돌아 가로봉 손잡이가 달린 문 앞에 선다. 손잡이를 힘주어 밀자 문이 열린다.

백화점은 모든 불이 밝혀진 채로 금빛 입자들에 잠겨 쉬고 있다. 내 머릿속의 침묵도 절대적이지만, 백화점의 침묵도 만만치 않게 거대하다. 움직이는 계단이 움직이지 않을 때, 그것은 부동성 그 이상이다. 상품들로 넘치는 판매대 뒤에 판매원이 없을 때,

그것은 방치 상태를 능가한다. 작은 벨소리를 내지 않는 금전등록기들, 그것은 침묵 그 이상이다. 귀머거리의 눈으로 보면 그 모든 것이 완전히 다른 세계이다. 아무런 흔적도 남기지 않고 폭탄들이 폭발하는 세계.

"다음 것을 장착할 곳이라도 찾고 있나?"

깊은 울림을 가진 목소리, 내 청력이 돌아왔음을 알려주는 그 목소리를 나는 잘 알고 있다. 그는 내게서 멀지 않은 난간에 팔꿈치를 괴고 있었다. 우리의 시선은 본능적으로 아래층 셰틀랜드 매장을 향한다. 내가 먼저 침묵을 깬다.

"죽이는 방법도 가지가지더군요, 스토질. 절망스러운 기분입니다……"

스토질코비치. 유전자로는 세르비아인, 신분은 야간경비원. 미소 덕분에 그리 지긋한 연배로 보이지는 않는다. 그리고 세상에서 가장 중후한 목소리의 소유자. 그는 런던의 밤을 울리는 빅벤과도 같은 목소리로 매혹적인 이야기를 들려준다.

"전쟁 때 자그레브에 말이야, 내가 아는 독일군 잡는 킬러가 하나 있었지. 나이는 한 열대여섯 살쯤 되고 천사 같은 얼굴을 한 아이였어. 우리는 그애를 콜리아라고 불렀지. 콜리아는 결코 실패하지 않는 암살방법을 한 다스는 고안해놓고 있었어. 임신한 여동지와 팔을 끼고 유모차를 밀면서 산책을 하다가 성당에서 미사를 보고 나오는 어느 장교의 목에 총알을 박아 쓰러뜨린다, 연기 나는 권총은 잠자는 아기 옆에 감춘다, 이런 유의 간단한 것들이었지. 녀석은 그런 식으로 독일군 여든세 놈을 황천으로 보냈어. 콜리아는 절대로 뛰어 달아나지 않았고, 결코 잡히는 법도 없었네."

"그래서 지금은 뭘 하고 있습니까?"

"미쳐버렸지. 애초에는 그애도 살인하게 생겨먹은 종자는 아니었어. 그런데 살인하지 않고는 살 수 없게 됐지. 파르티잔*들에게 자주 나타나는 살인성 히스테리. 전후에 국제 정신분석학회를 꽤나 흥분시킨 증상이지."

침묵.

내 눈길은 잠시 허공을 가로질러 저 아래 반대편에 있는 유아 매장의 금빛 도금된 철제 칸막이 위를 떠돈다. 이젠 유모차마저도 결백해 보이지 않는다.

"자, 그럼 오늘 밤의 나무를 밀어볼까?"

'나무를 민다'는 것은 스토질의 은어로, 체스를 두자는 뜻이다. 내가 아이들에게 충실하지 않은 유일한 저녁 시간, 그것은 매주 화요일 자정까지 스토질과 체스를 두는 시간이다. 오늘 밤 금

---

* 게릴라 식 전투를 하는 유격대. 빨치산으로 불리기도 한다.

빛 조명 속에 잠들어 있는 백화점에서 나무를 민다. 좋지요, 지금 내게 필요한 게 바로 그런 평정심이거든요.

14

　나는 옆구리에 정통으로 타격을 입는다. 다음에는 숨 돌릴 겨를도 없이 정면 공격이 날아와 나를 바닥으로 내동댕이친다. 이제 몸을 공처럼 움츠리고 최대한 내 자신을 끌어모아 빗발치는 공격이 그칠 때까지 그대로 맞는 수밖에 다른 방도가 없다. 속으로는 그 공격이 그치지 않으리라는 걸 알면서도 말이다. 실제로 공격은 그치지 않는다. 그것은 사방에서 동시에 내 위로 떨어진다. 그때 한 가지 이미지가 떠오른다. 전쟁이 끝나가고 있을 때, 태평양 어딘선가 침몰한 배에 타고 있던 미국인 선원들의 이미지다. 바다로 뛰어든 그들은 모두 한곳으로 응집해 블록을 이루었다. 옆 사람의 팔을 단단히 부여잡고 거대한 인간 구덩이처럼 바다에 떠 있었다. 상어 떼가 그 둥근 케이크의 가장자리부터 갉아

먹기 시작했다. 상어들은 맨 가운데 조각이 사라질 때까지 갉아
먹고 또 갉아먹었다.

지금 스토질이 내게 가하고 있는 게 정확히 그것이다. 그는 내
왕의 호위 세력들을 후퇴시키고 전방위로 공격을 가해온다. 이렇
게 대각선과 일직선으로 동시 공격을 펼치는 것은 오늘 밤이 그
의 '물오른 밤들' 중 하나라는 뜻이다. 다행한 일이다. 왜냐하면
스토질은 수가 보이지 않으면 속임수를 쓰기 때문이다! 체스에서
눈속임을 할 수 있는 인간은 아마도 이 세상에 스토질밖에 없을
것이다. 그의 말들이 모두 두 칸 내지는 네 칸에 걸쳐 있으면 상
대의 시야는 혼란스러워지고, 세상은 전복되고, 모랄은 땅에 떨
어진다. 모호한 체스판, 이것이야말로 가치들의 진정한 죽음이
다. 오늘 밤 스토질은 그럴 필요가 없다. 판이 '보이는' 것이다!
그는 보고 나는 감탄한다. 그의 공격은 모두 당당하게 드러나 있
다. 기사가 사선으로 도약하면 그 밑에서 비숍이 솟아난다. 칼날
처럼 예리하고 선명한 불시의 공격. 기사는 날렵하게 착지하면서
케이크 한 조각에 삼지창을 박는다. 내가 다리를 지키면 상대는
내 팔을 먹어치우고, 머리까지 움츠리게 되면 나는 질식해 죽는
다. 상대는 말할 것도 없이 물오른 밤의 스토질이다. 나는 물오른
부엉이의 꿰뚫는 시선 밑에서 눈을 끔벅이는 두꺼비이고. 내 머
릿속의 작은 당구알이 필사적으로 출구를 찾아 헤매다가 결국 패

배의 미혹에 굴복하고 만다.

"그들은 일곱이지."

스토질이 체스판에서 눈을 떼지 않은 채 멀리서 울리는 베이스 톤의 목소리로 중얼거린다.

일곱이라고? 뭐가요? 누가 일곱이란 말입니까?

"경찰 여섯 놈이 백화점 안에 있어. 거기에 우리 놈 하나. 그러니 도합 일곱이지."

우리 놈이란 축축한 입을 가진 키 큰 여드름 사내를 말한다. 그는 내 체스 상대가 말을 움직일 때마다 감탄하듯 머리를 끄덕이다가 방금 미미하게 경직되는 모습을 보였다.

"한 놈은 생클레르의 방에서 회계장부를 훑고 있고, 층마다 한 놈씩 그림자 놀이를 하고 있고, 우리 놈은 체스를 둘 줄 아는 척하지."

축축한 입은 재갈이 너무 당겨져 화를 낼 수도 없다.

"어떻게 그걸 다 아는 거죠? 그들이 들어오는 것도 보지 못했을 텐데요!"

녀석의 질문에는 대꾸도 없이, 스토질은 하루에도 열 번씩 나를 고문실로 호출하는 해밀턴 양의 마이크를 입에 갖다대고는 내장이 으르렁대는 소리를 흘려보낸다.

"삼층 음반 코너, 담배 꺼주기 바랍니다."

이 천상의 콘트라베이스 소리를 들은 삼층 순찰은 자신이 성부(聖父)의 목소리를 들었다고 믿을 게 틀림없다.

나는 스토질을 안다. 그는 회사가 그에게 감시인 일곱을 붙였다는 사실에, 더 나아가 경비원조차 감시하려 드는 사회에 깊은 상처를 받은 것이다. 이것은 그에게 전혀 좋은 징조가 아니다. 그런 거라면 그는 예전부터 알고 있었다……

여하튼 스토질은 체스판으로 돌아온다. 그는 자신의 비숍에 딸린 졸을 중간선 너머로 옮기고 내게 통고한다.

"이제 세 수만 두면 장군이다."

의심할 여지가 없다. 숨막히는 공략. 질식으로 인한 사망. 브라보, 스토질! 승자는 자리에서 일어나 해밀턴 양이 백화점의 파노라마를 감상하는 방송실 유리창으로 간다. 축축한 입이 소심한 태도로 아까 했던 질문을 다시 한다.

"저기요! 우리가 일곱이라는 걸 어떻게 알았냐고요?"

스토질의 눈길은 한참 동안 광활한 무지갯빛 허공을 홀로 떠다닌다.

"몇 살인가, 자네?"

"스물여덟이요."

불안한 목소리로 봐서는 축축한 입은 열여덟이라 해도 좋을 것이다. 하지만 바싹 마른 참새 대가리로 봐서는 여든여덟이 무색하다.

"자네 아버지는 전쟁 동안 뭘 하셨나?"

평행선을 달리는 대화. 이제는 두 시선이 광활한 빛의 침묵 속을 전투비행 대형으로 날고 있다.

"헌병을 했어요, 파리에서."

스토질의 두 눈이 백화점의 가장 깊은 곳으로 하강하다가 돌연 궤도를 틀어 선회 상승을 시작한다. 각 층을 순서대로 훑어본 뒤 그의 시선은 마치 비행 보고를 하려는 듯 자신 안으로 회귀한다.

"여기서 발냄새 나는 것 같지 않나?"

헌병의 아들은 귀가 벌겋게 달아오른다. 하지만 스토질이 아버지 같은 손으로 그의 어깨를 다독인다.

"미안해하지 말게. 내 발에서 나는 걸세."

이어서 그는 덧붙인다.

"보초의 향기라는 거지."

그런 다음 스토질코비치는 어린 경찰에게 느릿느릿 차분하게 자신의 생애를 들려주기 시작한다. 신학도로서 인생의 첫발을 내디뎠을 때, 영혼의 보초였던 그는 성모송과 주기도문의 이중 성벽을 쌓아 교리를 굳게 지켰다. 그러다 신비주의적 위기, 이어서 환속, 공산당 입당, 전쟁을 겪었다. 옛 유고 연방의 계곡들 사이로 행진하며 밀려오던 독일군. 이어서 블라소프*의 군대―그들과의 교전 후 백만 명이 칼로 처단되었다—가 산 위에서 꼼짝 않고 주시하는 보초 스토질코비치의 눈 아래로 말 먼지를 일으키며 몰려왔다. "바로 자네의 유럽에서 발칸의 문을 지키던 수호자였지. 알겠나, 젊은이!" 그다음에는 해방자를 자처하는 유목 민족들이 도끼 이빨의 타타르인들처럼 밀려왔다. 사람 귀를 수집하는 체르케스족,** 시계를 수집하는 백러시아족, 그들 또한 발칸의 문을 넘고 싶었을 것이다. 하지만 그것은 땀에 젖은 발의 악취로 무장한 보초 스토질코비치의 경계심을 고려하지 않은 행동이었다.

"보초는 결코 자기 발을 쳐다보는 법이 없다네, 젊은이. 결코!"

멋지다. 백화점은 순식간에 그랜드캐니언의 스케일을 얻는다. 스토질은 세상의 밤을 경비하는 것이다.

"나는 단 한 놈도 넘어오도록 놔두지 않았네! 참으로 다행한 일이지. 왜냐하면 만약 내가 한 놈이라도 들어오게 했다면, 오늘날 자네 나라의 금전등록기들은 루블을 먹어대고 있을 테니까. 그리고 그 기계들이 거스름돈을 돌려주지도 않을 테니 말일세."

맙소사, 지금 보이는 스토질의 옆모습은 정말이지 독수리를 닮았다. 물론 매우 참신한 모습은 아니지만, 옆에서 그를 삼킬 것처

---

* Andrei Vlassov(1900~1946). 독일과의 전쟁에서 포로가 된 후 히틀러의 제3제국에 봉사한 옛 소련 장군.
** 러시아 연방 남서부 카프카스 북쪽 지역에 사는 산악 민족.

럼 쳐다보는 햇병아리에 비하면 그래도 대단하다!

"그러니 알겠나, 애송이? 누가 내게 사탕 가게를 지키라고 맡기면 난 거기서 바구미 여덟 마리는 잡아낼 수 있다네."

"일곱이요. 우리는 일곱밖에 안 되니까……"

축축한 입은 바구미라서 죄송하다는 듯 말을 흐린다.

"여덟이네. 오 분 전에 여덟번째 놈이 들어왔거든. 자네들 중 누구도 알아채지 못하는 사이에 말이야."

"백화점에 누가 들어왔다고요?"

"식당 복도로 통하는 오층 문으로 들어왔네. 그 문은 잠기지 않아. 그 건에 대한 보고서를 내가 벌써 세 번이나 썼다네."

축축한 입은 그 말을 끝까지 듣지도 않고 마이크로 달려간다. 정보는 곧 그랜드캐니언 안에서 폭발한다. 일을 마친 애송이는 방귀처럼 빠르게 우리를 떠나 문제의 문으로 줄달음친다. 다른 경찰 여섯도 각자의 판매대 뒤에서 튀어나와 같은 행동을 취한다. 우리는 잠시 탄복한다. 스토질이 내 어깨에 팔을 두르고 다시 체스판으로 데려간다.

"뱅, 자네 중심을 지키더라도 말들을 내보내면서 지켜야지. 그러지 않으면 번번이 질식당할 거야. 여기 보게나, 자네 흑기사와 비숍은 아예 꿈쩍도 하지 않았잖아."

"내가 너무 빨리 내보내면, 아저씨가 교전을 강화해서 결국 유고에서 했던 식으로 졸들을 가지고 날 따먹잖아요."

"자넨 졸들을 데리고 게임하는 것도 배워둘 필요가 있어. 차이가 나는 건 결국 그들이거든."

내가 전략 강의를 받고 있는데, 방송실 문이 열리고 쥘리우스가 나를 데리러 들어온다. 헐떡거리는 우스꽝스러운 모습으로 주인을 다시 만나 마냥 좋아하는 쥘리우스. 매주 화요일 밤 이 시각이면 늘 이렇다. 나는 한 번도 녀석에게서 그 기쁨을 빼앗은 적이 없다. 그때 열린 문으로 돌풍처럼 뛰어든 사내 역시 또다른 재회의 기쁨에 봉착한다.

"이보시오, 경비원. 당신 혹시 저……"

쥘리우스를 보고 말을 끝맺지 못하는 이 사람은 앞으로 돌출한 가슴팍부터 눈에 들어오는 거구의 경찰이다. 눈썹 부위에는 시커먼 털들이 무성한 숲을 이루고 있다. 맥 세넷*의 스튜디오에서 막 달려온 듯한 모습.

"젠장, 저 개새끼가 왜 여기 있는 거요?"

"내 개입니다."

나의 대답.

하지만 법의 수호자는 우리가 놀라는 그를 보며 더 즐거워할

---

* Mack Sennett(1880~1960). 과장되고 수선스러운 슬랩스틱 코미디를 창시한 영화 프로듀서.

여지를 주지 않는다. 그는 눈알을 굴리고 이를 갈아대며 공포 분위기를 조성한다.

"이 방 꼬락서니는 또 뭐요! 젠장, 경비원이 카드나 치고 아무나 밤중에 개를 끌고 어슬렁대게 놔두는 이런 경비실이 어디 있냔 말이오?"

나는 고귀한 체스의 명예와 나의 오랜 습관에 대해 변호하려고 즉흥적인 해명에 나서지만, 상대는 도끼로 두부 자르듯 내 말을 잘라버리고 묻는다.

"당신은 또 뭐요? 왜 여기 있는 거냐고?"

나는 축축한 입에게 여기 있어도 된다는 허락을 받았다고 대답한다.

"나가시오!"

그야말로 단순한 권위의 폭발. 쥘리우스와 나는 안 그래도 그럴 참이었으므로 나간다. 우리의 다리 여섯 개는 페르라셰즈로 향한다.

"어디를 통해 나갈 거요?"

나는 저쪽 복도의 고장난 문으로 나갈 거라고 내 행보를 알린다.

"그 뒷문으로! 환장하겠군. 왜 모든 사람이 그 개구멍으로 드나드난 말이오!"

방향을 돌린다. 쥘리우스와 나는 에스컬레이터에 오른다. 에스컬레이터는 다섯 층을 내려가 우리를 장난감 매장에 데려다놓을 것이다. 등뒤에서 그 인간적인 경찰이 고함치는 소리가 들린다.

"파스키에, 저 웃기는 양반과 그의 쓰레기통을 문 앞까지 모시고 가!"

그리고 한마디 더.

"젠장, 악취 나는 개새끼!"

파스키에가 벌써 내 뒤에 따라붙어 소곤거린다.

"정말 죄송해요……"

나는 축축한 입의 유아적인 목소리에 대꾸한다.

"사과할 것 없어요, 젊은 친구. 위계질서라는 게 있으니까."

앞장선 쥘리우스는 운행을 멈춰서 계단 높이가 평상시와 다른 에스컬레이터를 신중하게 내려간다. 퉁퉁한 엉덩이가 포마이카 계단벽들 사이에서 좌우로 씰룩거린다. 옛날이라면 그 모습에 황홀해할 양치기가 한둘이 아니리라. 마침내 평평한 일층 바닥에 도착하자 녀석은 그렇게도 기쁜지, 뒤로 돌아 네 발로 뛰어올라서는 몸을 부벼대는 특유의 환희의 춤을 내게 안겨준다. 정말로 악취가 난다. 집에 가면 이 녀석부터 씻겨야겠다.

사건이 일어난 것은 우리가 장난감 매장을 지날 때였다. 그것은 또다른 최악의 사건이 터지기 전까지는 내 생애의 가장 고통스러운 기억으로 남을 것이다. 조금 전부터 상원의원의 걸음걸이

로 앞서가던 쥘리우스가 갑자기 우뚝 멈춘다. 파스키에와 나는
녀석에게 걸려 넘어질 뻔했다. 쥘리우스가 발작을 일으키며 그
자리에 나자빠져 옆으로 쓰러지더니, 이내 나무 말처럼 뻣뻣해진
다. 두 눈은 허옇게 뒤집히고, 소름끼치게 이죽거리는 형태로 말
려올라간 검은 두 입술에서는 걸죽한 침이 샘처럼 흐른다. 혀가
목구멍 깊이 말려들어간 탓에 녀석은 숨을 쉴 수가 없다. 터질 듯
이 부풀어오른 몸뚱이. 불쌍한 나의 쥘리우스. 전쟁이 끝나고 오
랫동안 버려진 말의 시체 같다. 나는 녀석에게 달려든다. 축 늘어
진 녀석의 입안으로 내 팔뚝을 밀어넣고 녀석의 혀를 뽑아버릴
듯이 잡아당긴다. 마침내 혀는 내 힘에 굴복한다. 우둑 하는 소리
를 내며 혀가 풀리자, 두 눈동자도 제자리로 돌아온다. 하지만 녀
석의 표정을 보고 나는 움찔한다. 쥘리우스는 울부짖기 시작한
다. 긴 사이렌 소리와도 같은 울부짖음이 허공으로 솟아올라 사
방으로 퍼지고, 죽은 자들도 일으켜세울 만한 공포의 전율이 백
화점 전체를 가득 채운다. 세상의 모든 공포가 한 마리 미친 개의
끝나지 않는 울음소리로 집약되기라도 할 것처럼.

"그 녀석 좀 조용히 만들어요, 제기랄!"

이번에는 축축한 입이 이성을 잃는다. 처음에 나는 그의 행동
이 이해가 안 되서, 그가 재킷 단추를 퉁겨내고, 홀스터의 끈을
잡아뜯고, 무기를 뽑아 내 개의 머리에 겨누는 모습을 그냥 바라

보고만 있었다.

내 발이 나도 모르게 날아올라 경찰의 손목을 찬다. 권총은 백화점 어딘가로 사라진다. 그래도 상대는 아직 그것을 쥐고 있는 것처럼 팔을 뻗고 있다. 그의 손은 결국 맥없이 떨어지고, 나는 그 순간을 기다렸다가 내 개를 두 팔로 안는다.

녀석은 너무도 가볍다!

텅 빈 것처럼 가볍다!

녀석은 여전히 세상을 잡아먹을 것처럼 뒤틀린 입과 미친 눈을 하고서 울부짖는다.

"당신 개는 간질 환자로군!"

악당의 목소리가 아주 가까이서 들린다. 그는 다섯 층을 달려 내려와 신나게 웃는다.

15

다음날 아침, 백화점은 평소보다 좀더 빨리 채워지는 것 같다. 물론 입구를 지키는 경찰들은 주도면밀하게 임무를 수행한다. 핸드백이나 가방, 깊은 속주머니, 수상하게 부푼 듯한 부위들은 다 뒤진다. 심지어 어떤 이들은 몸까지 수색한다. 젖가슴, 다리 사이를 더듬고, 몸을 돌려세운 뒤 등과 바지 뒷주머니를 훑는다. 그런 다음 다시 제자리로 돌려세워놓고 "통과하십시오" 허가를 내린다.

고객들은 그 사태를 좋아하는지도 모른다. 가상의 위험 요소가 억누를 수 없는 구매욕을 부추겼을 것이고, 폭탄이 터진 백화점은 어떻게 생겼는지 보고 싶은 욕망도 가세했을 것이다. 세틀랜드 매장은 특히 집중 공략을 당하고 있다. 하지만 그들의 눈이 마포 걸레처럼 빈틈없이 매장을 훑는다 해도 헛수고다. 피의 흔적이라고는 전혀 찾아볼 수 없고, 양모 속에는 머리타래 하나 없다. 하여간 아무것도 없다. 아무 일도 일어나지 않았다. 아무것의 아무것도 일어나지 않았다. 〈사랑은 비를 타고〉의 조잡한 편곡이 고객들의 회오리가 밀어닥친 그 매장을 끈적하게 감싸고 흐르는 것조차 똑같다. 그 노래가 끝나고 내 어린 시절의 웨스트민스터를 떠올려주는 가락이 네 소절쯤 흐르고 있는데, 해밀턴 양의 구름이 나를 덮친다.

"말로센 씨는 고객상담실로 와주시기 바랍니다."

나의 하루가 시작되는 소리.

이 플라시보* 목소리의 여자를 처음 만난 것은 내 화려한 경력의 초창기였다. 장소는 카페테리아. 작고 동그스름한, 분홍빛 살결을 가진 여자였다. 나는 그녀가 인형의 엉덩이를 가졌을 거라고 생각할 수밖에 없었다. 특히 예쁜 머리를 뒤로 젖힐 때마다 속눈썹이 눈을 내리덮는 개폐 동작을 반복하고 있었기 때문에 더욱 그랬다. 그녀는 빨대로 분홍빛 우유를 마시고 있었다. 아마도 그것이 투명한 꽃잎의 음색을 유지하는 비결인 듯싶었다. 대화의 시작은 아주 좋았다. 계속 그렇게 갔다면 마지막도 나쁘지는 않았을 터이다. 그런데 그녀가 내 이름을 물었다.

---

* 가짜 약 효과.

"뱅자맹."

"귀여운 이름이네요."

매우 이상하게 들릴지 몰라도 그녀의 목소리는 스피커에서
나오는 것과 동일했다. 그 주위의 옅은 에테르 막. 생각해보니
목소리의 음색도 같았다. 그녀는 내게 예쁜 미소를 지으며 다
시 물었다.

"그다음은? 진짜 이름, 그러니까 성은 뭐죠?"

그때 르시프르가 내 이름을 식탁에 툭 던지고 지나갔다.

"말로셴."

여자의 눈이 휘둥그레졌다.

"아! 그게 당신이었나요?"

그렇다. 당시에도 이미 그게 나였다.

"미안해요. 방송실로 돌아갈 시간이 됐거든요."

그녀는 우유 잔도 다 비우지 않은 상태였다.

희생양의 냄새는 그때부터 이미 강렬했다.

레만의 탑루에서 우리의 화제에 오를 것도 역시 그 업무다. 생
클레르 본인이 나를 기다리고 있었다. 그는 내 직속 상관의 책상
에 앉아 있고, 책상 주인은 그 옆에서 구두 뒤축을 직각으로 붙이
고 흉부에 잔뜩 기합을 넣은 자세로 솔직담백한 눈빛을 지으며

뒷짐을 지고 서 있다. 고객도, 내가 앉을 의자도 없고, 형광등 불빛과 우리 모두의 보스인 생클레르의 부드러운 눈길만 가득하다.

"말로센 씨, 친구들과 어울리는 자리에서 우연히 쿠드리에 서장을 만났는데, 그가 무슨 얘기를 했는지 압니까?"

나는 '우연히' 그리고 '친구들과 어울리는 자리'에 주목하며 생각한다. 거짓말. 서장이 네게 직통으로 전화했겠지. 나는 대답한다.

"솔직히 저는 초대장을 받지 못했는데요."

"그래도 화제의 중심은 당신이었지요, 말로센 씨."

"아! 모든 게 분명해지는군요."

내가 말한다.

"무엇이 말입니까?"

"지난밤, 나는 꿈속에서 모에 상동*을 불에 구웠지요."

"말로센 씨, 지난밤 당신은 꿈을 꾼 게 아니라, 경찰과 야간경비원이 감시 업무를 수행하지 못하게 함으로써 회사의 바람직한 운영에 지장을 주었지요."

(소문이란 방귀 냄새처럼 잘도 퍼지는군.)

레만은 눈살을 찌푸리고, 생클레르는 유감스럽다는 표정을 짓

---

* 왕실 축하주로 쓰이는 최고급 샴페인.

는다.

"당신 상황은 그리 좋지 않습니다, 말로셴 씨."

(그래도 내 개보다는 훨씬 낫다. 지난밤에 다녀간 수의사는 녀석의 콘크리트 같은 넓적다리 위에서 바늘 세 개를 부러뜨리고 나서야 겨우 주사를 놓을 수 있었다. 간질병 걸린 개가 존재하기는 하는군요. 하루 지나면 나아질 겁니다. 그리고 수의사는 떠났다. 오늘 아침, 쥘리우스는 여전히 혀를 입 밖으로 늘어뜨린 채 세상을 잡아먹을 듯한 눈을 하고 있었다. 여전히 경직 상태, 죽은 상태였다.)

"왜 갑자기 희생양 이야기를 경찰에게 해야겠다고 생각한 겁니까?"

역시 그렇지. 쿠드리에 서장이 생클레르에게 전화한 것이다.

"나는 경찰의 질문에 대답한 것뿐입니다."

생클레르 앞의 책상은 더없이 반질거린다. 그는 새끼손가락으로 있지도 않은 먼지를 털어낸다.

"당신은 신중하게 처신하고, 우리는 그 대가를 치르기로 합의를 본 걸로 아는데요?"

그가 말하는 스타일이 내 신경을 자극한다. 나는 그에게 그렇다고 말한다. 상황이 미묘하게 변했다는 점도 덧붙인다. 폭탄비가 백화점을 강타하고, 경찰은 폭탄 투척자를 찾고 있다. 모든 사람이 불만분자를 가려내기 위해 직원들을 체에 거르고 있는데, 최악의 평판을 누리는 사람이 누구냐 하면, 바로 나다. 이유는 아침부터 저녁까지 욕먹는 업무를 맡고 있기 때문이다. 따라서 내 상황을 고참 경찰에게 분명히 설명하는 것이 그리 흉악스러운 행위라고 생각하지 않았다. 그래야 경찰도 내가 백주의 좌절감 때문에 직장에 폭탄 깔 궁리를 하면서 매일 밤을 보낸다고 상상하지 않을 것 아닌가('백주의 좌절감' 은 내가 생클레르의 어법으로 쓴 것이다).

"하지만 당신이 서장의 머릿속에 심어준 게 바로 그같은 상상이지요, 말로센 씨."

생클레르의 목소리에 만족하는 기색은 조금도 없다. 그는 진심으로 유감스러워하는 기색이다.

"나는 당신의 진술을 부인할 필요조차 없었지요. 쿠드리에 서장이 당신이 한 이야기를 한마디도 믿지 않았으니까요. 그 이야기를 어떻게 믿을 수 있었겠습니까? 품질관리 업무는 우리와 같은 유통업체라면 어디에나 있습니다. 게다가 그 성격을 고려하면, 고객들의 항의가 그 업무 담당자에게 전가되는 것은 너무도 자연스러운 일이지요……"

그가 하는 소리를 듣고 있자니 지금 꿈을 꾸고 있는 게 아닌가 싶다. 이곳에서 그 업무는 완전히 빈 깡통이다. 나는 당신도 그걸 알고 있지 않냐고 생클레르에게 말한다.

"물론입니다, 말로센 씨. 대형 백화점에서 하루에 팔려나가는 상품 수를 고려하면, 품질관리부가 어떻게 그 업무를 제대로 해낼 수 있겠습니까? 대규모 매장을 가진 상당수 업체들이 그러듯이 직원 수를 몇 배로 늘린다 하더라도 불가능합니다. 그래도 항의율은 동일한 수준에 머물고 있습니다. 따라서 내 생각으로는 차라리 그 업무에 다른 성격을…… 뭐랄까, '대인관계적' 성격을 부여하는 것이 수익성을 보다 높이는 길이라는 겁니다. 당신이 아주 잘 수행한 역할이지요. 나도 그건 인정합니다. 그렇게 함으로써 직원 수를 제한할 수 있을 뿐만 아니라 분쟁을 우호적으로 해결하는 이중의 이득을 볼 수 있잖습니까?"

사실 그것은 생클레르의 강력한 지론이다. 나를 채용한 날에도 그는 종횡으로 서성이며 내게 같은 이론을 피력한 바 있다. 나는 왜 그 계책에 동참했을까? 그냥 웃으려고? 하긴 무척 우습긴 했지…… 가출을 일삼는 엄마를 둔 대가족을 부양하려면 실업은 곤란하기 때문에? 거의 근접한 이유이긴 하지…… 내 심오한 본성의 신비로운 충동으로? 푸우우…… 여하튼 나는 희생양 냄새를 피우는 그 일을 수락했고, 지금 그것은 몹시 불편한 냄새가 되었다.

내 머릿속을 읽고 있었는지, 생클레르는 내가 침묵을 지키는 시간이 길어지자 불쑥 수수께끼를 던진다.

"말로센 씨, 클레망소가 자신의 내각 수반에 대해 뭐라고 했는지 압니까?"

나는 들은 척도 않는다.

"그는 이렇게 말했지요. '내가 방귀를 뀌면, 그가 냄새를 피운다.'"

레만의 불룩한 배가 발작적으로 출렁인다. 생클레르는 이어서 덧붙인다.

"세상에는 내각 수반이면서 아주 괜찮은 인간들이 많습니다. 그 자리를 위해 심지어는 야만적으로 싸우기도 하지요."

나는 생클레르를 한마디로 기술할 수가 없다. 그는 잘생기고, 세련되고, 유연하고, 성공했고, 새로운 철학자, 새로운 낭만주의자, 또는 새로운 애프터셰이브라고 말할 수도 있으리라. 그는 새롭다. 그럼에도 불구하고 그는 전통의 알곡을 먹고 산다. 그것이 나를 지겹게 한다.

"경찰에게 편집증 환자로 보이지 않도록 하세요, 말로센 씨. 그들이 그 희생양 이야기를 확인해볼 양으로 당신 동료들에게 물어보러 다닌다고 상상해봐요. 쿠드리에 서장이 뭘 알아낼 것 같습니까? 아무것도 관리하지 않는 품질관리원, 다시 말해 당신은 자기 업무를 소홀히 하는 직원이라는 것, 그래서 쉴새없이 고객상담실로 불려간다는 사실을 알게 되겠지요. 거기서 쿠드리에 서장이 끌어낼 결론은 뻔하지요. 그러면 당신은 이 상황이 부당함을 감내하는 당신 업무의 극치라고 내게 시인하게 될 겁니다. 안 그런가요? 왜냐하면 당신은, 보기와는 다르게, 자신의 임무를 아주 훌륭히 수행하고 있으니까요!"

여기서 (내 나름의 독창적 표현을 써도 괜찮다면) 나는 목소리 없는 상태를 고수하고 있다. 그러자 생클레르가 계속 말을 이어간다.

"나는 당신이 농담한 것일 뿐이라고 쿠드리에 서장에게 납득시키려고 온갖 노력을 다 했습니다. 한 가지 충고하지요, 말로센. 불로 장난치지 마요."

나는 호칭에서 '씨' 자가 사라진 걸 알아차린다. 느닷없이 프티와 그애의 크리스마스 식인귀들이 생각난다. 루나의 새로운 고독과 엄마의 도주 행각, 갑자기 풀 먹인 것처럼 굳어버린 내 개가 생각난다. 그 모두가 나를 우울하게 만들고, 내 사랑에 상처를 입히고, 까닭 모를 허세의 충동을 일으켜 내 입을 열게 한다.

"나는 지금 이 순간부터 이 회사에서 그 어떤 역할도 하지 않을 겁니다. 난 떠납니다."

생클레르는 처연하게 머리를 젓는다.

"경찰도 그 점에 대해 생각했다는 걸 알아야지요. 수사가 끝날 때까지는 일체의 직원 이동이 허락되지 않습니다. 애석하군요. 나로서는 당신의 사직을 기꺼이 수락하고 싶지만 어쩔 수가 없으니."

"당신은 앞으로 좀더 애석한 경우를 당하게 될 거요. 내가 고객들 앞에서 바지에 오줌을 싸고, 침을 질질 흘리며 매장 바닥에 뒹굴고, 아니면 저 어느 목걸이 포대 자루*의 목에 달려들어 이빨로 편도선을 물어뜯는 경우 말이오."

생클레르는 본능적으로 레만을 저지시키는 손짓을 한다. 레만이 더이상 웃을 기분이 아니기 때문이다.

"그것도 과히 나쁜 생각은 아니군요, 말로셴. 요즘 백화점은 아무래도 죄인을 필요로 하니까. 그렇게 미친 다이너마이트의 화신으로 보이고 싶다면, 주저하지 말고 그렇게 하시죠."

대담은 끝났다. 멋지다, 생클레르! 그는 아주 젊고, 유능하고, 세상처럼 늙었다. 나는 그보다 먼저 방을 나선다. 문 손잡이를 잡고 뒤를 돌아보며 나도 수수께끼를 던진다.

"보시오, 생클레르. 『탱탱』 시리즈에서 한 인물이 방을 나가면서 그 안의 다른 인물에게 '이 늙은 부엉이, 언젠가는 이 값을 톡톡히 치를 거다' 하고 말했는데, 누가 한 말인지 아시오?"

---

* 여성 고객.

생클레르는 아이처럼 환한 미소를 지으며 대답한다.

"「검은 황금의 나라」 편에서 뮐러 교수!"

내가 저 미소를 지워버리고 말 테다.

16

집에 돌아오니 클라라가 쥘리우스의 곁을 지키고 있다. 학교 수업까지 빼먹고 하루 종일 개의 병세를 지켜본 것이다.

"이놈아, 아무 소리라도 한마디 해봐라."

옆으로 누워 네 발을 평행으로 뻗고서 유리병처럼 굳어 있어도 쥘리우스는 여전히 쥘리우스다. 녀석의 심장은 뛰고 있다. 그 소리는 경직된 흉곽 속에서 울린다. 에드가 포의 손으로 이식된 심장.*

"클라라, 이 녀석 뭐 좀 마시게 했니?"

---

* 에드가 앨런 포의 「폭로하는 심장」을 암시하는 구절. 이 단편은 초감각적인 청각을 지닌 광인 살인자가 죽은 자의 심장 뛰는 소리를 듣고 자신의 범행을 자백하고 만다는 이야기를 담고 있다.

"아직 아무것도 못 삼켜."

나는 녀석을 쓰다듬어준다. 어느 미친 박제술사의 손이라도 거쳐온 것처럼 털이 꺼칠하다.

"오빠?"

클라라가 내 팔을 잡고 천천히 돌려세우더니 내 가슴에 머리를 얹는다.

"테레즈 언니가 점심 때 쥘리우스를 보러 올라왔는데, 언니도 완전히 신경발작을 일으켰어. 바닥에 막 뒹굴면서 쥘리우스가 지옥을 보고 있다고 외쳐대는 거야. 난 급히 로랑을 불러야 했어. 로랑이 언니에게 주사를 놔줬지. 언니는 지금 아래층에서 쉬고 있어."

클라라…… 수업을 땡땡이친 하루로는 참 즐거운 스케줄이다!

"애들도 그 장면을 봤니?"

아니. 클라라는 아이들에게 학교 식당에서 점심을 먹고 오후까지 공부하고 오라고 말했다면서. 나를 좀더 세게 껴안는다. 나는 누이의 따스한 머리카락 감촉을 잠시 손등에 느끼며 머리카락을 귀 뒤로 넘겨준다.

"그럼 너는, 넌 무섭지 않았고?"

"무서웠어, 처음엔. 그래서 그 모습을 사진으로 찍었어."

내 사랑스러운 누이, 세심한 클라라, 셔터를 눌러 공포를 마취

시켰다니! 나는 가만히 누이를 떼어내 두 손으로 붙잡고 바라본다. 클라라의 눈길은 그 어느 때보다도 침착하다.

"어느 날 네가 그걸 팔게 되면, 네 사진들 말이야, 그땐 클라라 네가 우리 집 생계를 책임지는 거다."

클라라는 그제야 내 얼굴을 제대로 쳐다본다.

"오빠, 그 일이 너무 지겨우면, 오빠한테 계속하라고 강요할 사람 아무도 없어."

(맙소사, 여자들이란……)

아래층의 테레즈는 반듯하게 누워서 시선 끝을 빨판처럼 천장에 붙이고 있다. 나는 누이의 침대 곁에 앉는다. 테레즈를 쓰다듬을 땐 항상 신경이 쓰인다. 이 누이는 극히 가벼운 애무에도 감전사할 것만 같다. 그래서 나는 신중하게 시작한다. 우선 그애의 싸늘한 이마에 살짝 뽀뽀를 하고 가능한 한 부드러운 목소리로 말한다.

"혼자 공상하지 마, 테레즈. 간질은 흔하고, 무해하고, 아주 뛰어난 사람들이 잘 걸리는 병이야. 도스토옙스키를 봐……"

아무런 반응이 없다. 나는 마른땀으로 누래진 시트를 움켜잡은 그애 손을 끌어당겨 손가락 하나하나에 입을 맞춘다. 손가락들이 다소 풀어진다. 더 나은 화제를 찾지 못한 나는 같은 얘기를 계속한다.

"선하기 그지없는 미쉬킨 공작*도 간질 환자였지! 그들 얘기를 들어보면, 발작의 순간에 놀라운 황홀감을 겪게 된다더라. 우리 쥘리우스도 너무 착한 개잖니, 테레즈. 그걸 겪는다는 건 쾌락을 아는 존재라는 뜻이지……"

테레즈에게 쾌락 운운하는 것은 다소 적절치 못한 소행이지만, 여하튼 그 덕에 약간의 반응이 일어난다. 머리가 내 쪽으로 기울어진 것이다.

"오빠?"

"응, 예쁜 누이야."

"백화점에서 죽은 두 사람……"

(이런 망할!)

"그들은 그렇게 죽게 돼 있었어."

(또 시작이다.)

"그들은 1918년 4월 25일에 태어났어. 이건 신문에 난 거야. 그들은 쌍둥이 오누인데……"

"테레즈……"

"들어봐. 오빠가 믿지 않는다 해도 상관없어. 그날은 토성이 해

---

* 도스토옙스키의 『백치』에서 백치에 해당하는 인물. 순수한 인간의 표상.

왕성과 합궁하고 그 둘이 태양과 직각으로 위치하게 돼."

"천사 같은 테레즈, 내가 안 믿는 게 아니라 전혀 이해하지 못해서 그러는 거야. 제발 부탁한다. 지독한 하루를 보내고 막 돌아온 참이야."

전혀 통하지 않는다.

"그 결합은 근본적으로 악한 정신을 가리켜. 모호하거나 불법적인 행위에 끌리는 자들 말이야."

('모호하거나 불법적인 행위'…… 이건 생클레르가 아니라 테레즈의 문체다.)

"그래, 테레즈. 그렇구나……"

"태양과 직각을 이룬다는 건 개인이 악한 힘들에 굴복하는 것을 뜻하고."

제레미가 옆에 없어서 그나마 다행이다.

"그리고 태양이 제8궁에 있다는 건 격렬한 죽음의 징후야."

테레즈는 이제 침대 가장자리에 앉아 있다. 목소리에는 조금도 흥분된 기색이 없고 콜레주 드 프랑스*에서 하는 강의만큼이나 박식한 평온함이 흐른다.

"테레즈, 나 장보러 가야겠다."

---

* 1530년 프랑스 국왕 프랑수아 1세가 설립한 고등교육기관.

"일 초만 있으면 끝나. 죽음은 파괴자 천왕성이 정확히 태양 위를 지날 때 일어나게 돼."

"그래서?"

(내 입에서는 얼떨결에 제레미의 말투가 튀어나온다.)

"그러니까! 그게 바로 백화점에서 폭탄이 터져 그들이 죽은 2월 2일이었단 말이지."

이상으로 증명을 마침. 보다시피 테레즈는 완전히 회복됐다. 신경발작? 언제 그랬느냐 싶다. 테레즈는 자리에서 일어나 오늘 아침부터 아무도 정돈하지 않은 옛 철물점 안을 정리하기 시작한다. 그녀가 동생들의 침대를 두드리고 있을 때 불현듯 한 가지 생각이 내 머리를 스친다.

"테레즈?"

"왜, 오빠?"

테레즈의 손 안에서 베개들이 잠으로 초대하는 포근한 볼륨감을 되찾고 있다.

"쥘리우스 일 말인데, 애들은 모르는 게 좋겠어. 너무 보기 추한 상태잖니. 그러니까 쥘리우스는 어젯밤 나를 찾으러 오다가 차에 치여 개 병원으로 실려간 거야. 녀석의 목숨은 위험하지 않고. 알겠니?"

"알았어."

"그리고 너도 이제 그 녀석 보러 올라가지 마라."
"알았어, 오빠. 알았어."

벨빌의 거리를 산보하고 있으면, 하루의 어느 때건 상관없이 클라라의 앨범들 중 하나 속에서 길을 잃은 느낌이 든다. 클라라는 이 망할 지역을 모든 각도에서 속속들이 사진에 담아놓았다. 낡은 건물들에서부터 산더미처럼 쌓인 대추야자 열매와 피망들, 그리고 어린 마약상들에 이르기까지 모든 것이 클라라의 카메라에 잡혔다. 나는 벌써부터 향수에 젖어 산보하는 것 같다(그만 한 위업을 이루느라 대체 얼마나 많은 수업을 까먹어야 했을까?). 클라라는 심지어 아마르 영감의 식당 건너편에서 코란을 낭송하는 무에진의 목소리까지 녹음했다. 오늘 밤 그 무에진이 나일 강처럼 긴 코란의 한 장을 읊는 동안, 아랍인과 세네갈인 십대 패거리가 식당 문 앞에서 살벌한 내기를 벌이고 있다. 머리로 주사위를 퉁겨서 엎어져 있는 종이 박스 위에 맞추는 식의 놀이이다. 분위기가 여느 때보다 좀더 신경질적으로 보인다. 그리고 실제로, 내가 그 생각을 하기가 무섭게 한 녀석의 뻗어나온 손끝에서 칼날이 솟아나오고, 다른 손은 내깃돈을 쓸어간다. 칼날이 우람한 흑인 녀석의 뱃가죽 위에서 가늘게 떨리자, 이 녀석의 안색은 소설 속에서 흔히 말하듯 잿빛으로 변한다. (마침 식당 벽에 기대서서 태평스럽게 시가 끝을 씹고 있던) 아두쉬가 땅을 차고 튀어오른다. 그의 날카로운 당수 일격이 아랍 녀석의 손목을 내리치자, 비명과 함께 칼이 맥없이 떨어진다. 녀석의 손목이 부러지지 않은 것은 아두쉬가 잘 단련된 강철로 빚어진 사내이기 때문이다. 아두쉬는 아랍 녀석의 주머니에서 분쟁의 대상인 5프랑짜리 동전을 꺼내 세네갈 녀석에게 건네준다. 그런 뒤 내게로 다가오며 말한다.

"너도 봤지, 뱅, 조막만 한 하얀 계집애 때문에 커다란 흑인을 갈취하다니, 이건 정말이지 사회적 위기라고!"

아두쉬는 이어서 칼잡이를 돌아보며 일갈한다.

"너! 내일 당장 고향으로 돌아가!"

"싫어, 아두쉬!"

정말로 스트레스를 받아 절규하는 소리. 손목의 통증보다 그것이 더 강렬한 게 틀림없다.

"내일부로 짐 싸!"

아마르 영감이 우리 집안의 7대 자손들까지 안부를 물어오고 나 또한 같은 식으로 인사를 챙긴 다음, 나는 쿠스쿠스 오인분과 꼬치구이 다섯 쌍을 작은 바구니에 담아 들고 식당을 나온다.

"그 개 병원은 어떻게 생겼어?"

제레미와 프티는 보송보송한 파자마 차림으로 새 동전처럼 반질거리게 닦인 얼굴을 쳐들고 아이들 특유의 디테일 확인 작업에 들어간다. 테레즈와 클라라도 섬유유연제 향이 풍기는 긴 잠옷을 걸치고 개 병원 시나리오를 진짜로 믿는다는 듯이 내 말에 귀를 기울인다.

"끝내주는 곳이야. 호사견에게 필요한 것은 없는 게 없어. 방마다 텔레비전이 있고 개들의 성격에 따라 특별 방영물도 틀어주지."

"심하다……"

"맹세코 진짜야."

"그럼 쥘리우스가 보는 건 뭐야?"

"텍스 에이버리.*"

제레미가 침대를 박차고 뛰어내린다.

"우리도 보러 가자, 형. 내일 보러 가도 되지?"

"안 돼. 아이들은 출입금지야."

"왜?"

"개들한테 병균을 옮길 수 있으니까."

이렇게 저녁 시간이 흘러간다. 우리는 물론 피비린내 나는 백화점 연속극으로 다시 돌아간다. 허구와 현실이 즐겁게 매치되는

---

* Tex Avery(1908~1980). 벅스 버니, 드루피 등을 창조한 미국 만화가.

데, 그중 허구는 털주먹 패트와 하이에나 지브가 파리의 하수도 속에서 추적수사를 하던 중(쉬* 영감에게 감사를 표한다!) 잡히는 단서들이 매번 백화점의 심장부로 향하는 것을(이번엔 가스통 르루**에게 감사를!) 알게 된다는 것이다. 그러는 동안 두 형사는 신경쇠약에 걸린 왕뱀을 만나는데, 그들은 즉각 그를 친구로 삼아 내면에 뿌리박힌 도시인의 고독을 달랜다(여기서는 아자르*** 선배에게 감사!). 제레미의 꿈꾸는 듯한 소리가 내 이야기를 끊는다.

"있지, 형, 그 왕뱀 스토질 할아버지가 그렇게 막강한 야간경비원이야?"

"막강하지, 그럼."

"그렇담 그 아지트 안에 폭탄을 침투시키는 건 낮과 밤 모두 불가능해?"

"내가 보기에는 힘들어."

---

* Eugène Sue(1804~1857). 신문 연재소설 『파리의 신비』로 대성공을 거둔 후 발자크 등 많은 작가들에게 영향을 준 대중소설가. 그의 소설에는 파리의 하수도가 대거 등장한다.
** Gaston Leroux(1868~1927). 『노란 방의 비밀』 『오페라의 유령』 등 공포와 사랑이 배합된 밀실 트릭의 고전들을 남긴 추리소설가.
*** Emile Ajar(1914~1980). 로맹 가리의 필명. 『자기 앞의 생』 『새들은 페루에 가서 죽다』 등 현대의 인간 조건을 담백하고 예리한 필치로 그린 작품을 다수 남기고 자살했다.

"하수도를 통해서도?"

"응."

클라라가 프티를 눕히려고 일어난다. 프티는 똑바로 앉은 채로
안경을 코끝에 걸고 잠이 들었다. 테레즈는 물론 국회의 속기사
처럼 진지한 자세로 기록하고 있다.

제레미가 말한다.

"내가 하겠어. 그 안에 침투하는 방법을 찾아낼 거야."

"어떻게?"

"두고 보면 알게 돼."

일말의 불안감이 밀려온다……

17

쥘리우스의 숨소리를 확인하려고 밤새 대여섯 번은 일어났다. 녀석은 호흡하고 있다. 그 상태를 호흡이라고 부를 수 있다면. 그 상태는 차라리 어떤 통풍기의 작동에 의해, 본인의 의지와는 무관하게 공기가 몸으로 들어갔다 나왔다 하는 현상에 가깝다. 그것이 쥘리우스를 대신해 숨을 쉰다. 그것이 쥘리우스의 크게 벌어진 입에서 환각에 사로잡힌 목구멍 소리와 함께 공기를 뿜어낼 때 진동하는 냄새는 차마 말로 표현하기 어렵다.

이건 쥘리우스가 살아 있다는 증거다!

나는 몇몇 우스꽝스러운 생각으로 절망을 무찔렀다. 이를테면 이 기회에 녀석을 목욕시키자. 지금 상태라면 녀석도 건물 층층이 거품방울을 떨구며 도망치지는 못하리라. 이런 상상을 해도 별로 우습지 않았다. 그래서 다시 잠을 청했다. 아침에 잠에서 깨어난 것으로 보아 잠들긴 했던 모양이다. 오늘은 일주일에 한 번 내가 쉬는 날임에도 불구하고 기분이 개 같다.

곧바로 루나에게 전화한다.

"오빠야?"

"그래, 오빠다. 로랑 바꿔."

전화선 저편에서 훌쩍이는 소리. 그녀의 로랑이 밤에 들어오지 않았다.

"아! 그이는 이제 돌아오지 않을 거야, 오빠. 더이상 돌아오지 않아. 난 알아!"

이것도 주기적 발작. 내가 알기로는 로랑이 네 옆에 없는 건 병원에 있기 때문이다, 루나. 불안으로 미칠 것 없다. 그가 환자들 말고 다른 사람을 보기 위해 널 떠난 적은 한 번도 없었다.

"병원 전화번호 말해봐."

"오빠! 제발 로랑에게 친절히 대해줘. 그이는 지금 너무 불행해!"

"나야 친절하지! 난 언제나 친절했어! 내가 누구한테 친절하지 않은 적이 있었나? 젠장!"

병원에서도 같은 패턴이다. 교환수가 그를 연결하자, 칠 년 전부터 내 누이의 독보적인 사랑인 닥터 로랑 부르댕은 아버지가 되는 것에 대한 고뇌를 장황하게 펼쳐놓는다.

"자네 전화를 기다리고 있었어, 뱅. 자네가 전화할 줄 알았지. 하지만 미안하군. 그런다고 달라질 건 아무것도 없거든. 루나가 애당초 그런 짓을 하지 말았어야지. 아이유디*를 저 혼자 슬쩍 제거한 거 말일세. 난 지금껏 아이를 원한 적이 없고, 앞으로도 그럴 거네. 루나도 알고 있어. 설령 아이를 원했다 하더라도 난 아마 루나를, 평생토록 그녀 하나만을 택했을 거야. 내가 무슨 말을 하는지 자네도 알 걸세. 그리고 애들을 가지려면 우선 자기 자신부터 사랑해야지. 난 나를 사랑하지 않아. 전혀. 한 번도 나 자신을 좋아한 적이 없었어. 아마 그래서 의사가 된 거겠지. 뱅, 날 이해해주게. 난 루나가 날 사랑하기를 바라네. 하지만 그녀가 날 재생산하는 건 원치 않아. 자네도 이해하겠지. 모르겠나? 이보게, 뱅, 여하튼 말일세, 내가 가족제도를 모독할 의도로 그랬다고는 생각하지 말아주게……"

(가족제도를 모독한다, 맙소사! 로랑은 마치 내가 온 세상의 대부라도 되는 것처럼 말하는군.)

어쨌든…… 루나가 낙태하는 쪽을 택하건 다른 쪽을 택하건, 우리 통화에서 끝난 얘기다. 지금부터는……

---

* IUD, 자궁에 삽입하는 피임기구.

나는 그가 헐떡이며 숨 돌리는 순간을 기다렸다가 묻고 싶은
것을 묻는다.

"로랑, 간질발작의 여파는 대개 얼마나 지속되나?"

이 질문에 로랑 속의 프로다운 사내가 즉각 응수한다.

"쥘리우스 말이군? 몇 시간 정도……"

"하루 낮과 이틀 밤이 꼬박 지났어."

침묵 속에서 그의 진단장치 톱니들이 가동된다.

"그건 테타니* 같군. 혹시 개 옆에서 소리를 낸 적 있나?"

"아니. 테레즈의 발작 외에는 전혀 아무 소리도."

"자네 방의 문을 한번 소리나게 닫아보게. 만약 테타니라면 녀
석이 천장까지 뛰어오를 걸세."

(거 참 우아한 조사방법이군.) 나는 방문을 소리나게 닫는다.
요지부동. 쥘리우스는 여전히 대리석 상태다.

그러자 닥터 부르댕이 결론을 내린다.

"그렇다면 난 모르겠네."

(난 모르겠다…… 정직한 의사로군.)

"로랑, 일절 먹지도 마시지도 않는 상태에서 생체기관이 얼마
나 오래 버틸 수 있나?"

---

* 호흡곤란과 경련 등을 동반한 강직증세.

"그거야 병의 성질에 따라 다르지. 여하튼 며칠 지나면 상당수 기관들이 심각하게 손상을 입지."

이번에는 내가 생각에 잠긴다. 내가 찾아낸 말은 절망처럼 단순하다.

"로랑, 부디 내 개를 살려주게."

"최선을 다하겠네, 뱅."

커피를 끓인다. 커피를 마시는 동안 나는 그 찌꺼기 고인 액체가 내 두개골의 내벽을 타고 흘러내리는 상상을 하면서 그 고동색 액체의 구불구불한 무늬에서 쥘리우스의 운명을 읽으려고 애쓴다. 하지만 나는 별들과 친구처럼 지내는 테레즈가 아니다. 커피 찌꺼기는 내 우울의 검은 제라늄에 비료로 쓰일 뿐이다. 그 우울이 생클레르의 환한 미소와 하얀 치아에 밴 확신을 지워주리라고 나 자신과 했던 약속을 다시 떠올려준다.

그렇다. 그쪽으로 뭔가를 해야 한다. 그 점에서는 내 처지가 쥘리우스와 같다. 나는 지금까지 인생의 숱한 곳들에서 쫓겨났다. 하지만 누군가에게 강제로 붙잡혀 원하지 않는 곳에 머문 적은 없다. 그러니 생클레르 건부터 처리하자. 그가 나를 해고하게 만드는 것이다! 그거다. 나를 내쫓을 수밖에 없도록! 이리하여 내가 '친절히' 대하지 않을 인간이 하나 생겨난 셈이다. 그 일에 정신을 쏟으면 내 머리는 다른 것을 생각할 겨를이 없으리라. 바지에 한쪽 다리를 끼워넣는 동안 아이디어가 싹트기 시작한다. 다른 쪽 다리를 넣을 때는 그것이 벌써 구체화된다. 구두끈을 묶을 때는 너무도 희열에 들뜬 나머지, 구두가 나를 남겨두고 그 천재적인 계획을 실행하러 혼자 달려나가지 않을까 걱정될 지경이다. 나는 세탁기의 회오리 물결처럼 계단을 내달려 아이들 방으로 간다. 거기서 클라라가 찍은 사진 몇 장을 집어들고 밖으로 나와 지하철로 뛰어든다. 때는 2월이니 겨울답게 우중충한 것들은 죄다 타고 있고, 하나같이 우중충한 것들만 읽고 있다. 호메이니는 갓난애들까지 전쟁터로 보내고, 붉은 군대는 아프간 아우들을 최후의 한 명까지 지키기 위해 주둔할 것이며, 폴란드는 유대인 박해 정책을 바꾸고, 피노체트는 죽이고, 레이건은 걸레질한다. 우익은 좌익천하라고 말하고, 좌익은 위기천하라고 말하며, 술꾼은 똥천하라고 주장하니, 위기는 위기인 모양이다. 모나코의 캐롤라인은 임신한 것을 인정하기 싫어하고, 공산당 서기장은 여론조사에 입김을 불어넣다가 알코올 테스트에 걸린다. 반면에 나는 '걸어다니는 성채' 위뷔 왕*으로서 너무도 만족스러운 상태라, 모든 '나' 들의 월간지인 『악튀엘』 잡지사까지 가는 길에 지나가는 정

---

* 알프레드 자리의 희곡에 나오는 인물. 세상의 모든 해괴망측한 것들을 대표한다.

거장들은 눈에 보이지도 않는다.

하지만 잡지사 문 앞에 도착한 순간 내 창조적 열기는 맥이 빠진다. 쥘리아 아줌마의 본명을 알아두지 않은 것이다. 만약 내가 아는 대로 그녀를 묘사한다면 편집부 전체의 거시기를 흥분시킬 위험이 있으므로, "나는 소심한 놈"이라고 중얼거리며 건물 주위를 한 바퀴 돌아본다. 금세 알아볼 수 있으리라 확신하는 물체를 보도 가에서 찾다가 드디어 발견한다. 쥘리아의 레몬색 카트르슈보가 그 사반세기 전의 앞유리창에 위반 딱지를 달고 운송차 전용구역에 세워져 있다. 땅딸막한 가게 주인이 아랍인들을 잡아먹게 생긴 입으로 경찰을 부르겠다고 고함을 지른다. 나는 그에게 차라리 『악튀엘』의 뺀질한 놈팽이들에게 전화하는 편이 나을 거라고, 이 차 여주인의 몸매를 보면 당신도 실망하지 않을 거라고, 구역질 나는 윙크까지 곁들여 귀띔한다. 그런 후 차문을 열고 들어가 앉아 기다린다. 기다릴 것도 없이 쥘리아 아줌마는 일 분 만에 나타난다. 추위에도 불구하고 그녀는 몸매를 다 드러낸 차림새다. 가게 주인은 커다란 입을 헤벌리고 소쿠리를 움켜쥔 채 욕이 목구멍에서 얼어붙어버린다. 쥘리아 아줌마는 지체없이 핸들을 잡고는 나를 돌아보지도 않고 말한다.

"꺼져."

"방금 왔는데?"

그녀는 험악하게 시동을 걸면서 내게 '천하의 비열한 놈'이라고 일갈하고, 다음 내용을 한달음에 쏟아낸다. 경찰들이 잡지사로 찾아왔다. 그들은 폭발에 대해 머저리 같은 질문을 몇 가지 던지더니, 이백만 실업자를 헤아리는 나라에서 봉급도 받는데다 황금 불알이라도 너끈히 따먹을 만한(형사는 이 부분에서 "이를테면 말이지요" 하고 덧붙였으리라) 여자가 풀오버를 훔친다는 게 부끄럽지도 않느냐고 물었다. 그녀의 동료들은 웃느라 뒤로 넘어갔고, 그녀는 분기충천하여 조만간 나를 찾아와 종이 자르는 작두로 내 그것을 동강내리라 벼르고 있었다.

갑자기 그녀가 리탈 대로의 복판에 차를 처박듯이 세우고 클랙슨 소리가 빗발치는 가운데 나를 돌아본다.

"솔직히, 말로셴(그녀는 내 이름을 알고 있다. 오죽하면!), 당신 어떤 사람이야? 백화점에서는 개자식한테서 날 구해주고 슬슬 달아오르게 하더니 절정 직전에 딱 멈추고, 다음에는 경찰에 가서 나를 밀고해? 당신 대체 어떤 사람이야?"

(나는 동료 카즈뇌브를 떠올리지만, 말은 하지는 않기로 한다.)

"난 그보다 좀더 비열한 놈이지, 쥘리아 아줌마."

"쥘리아 아줌마라고 부르는 거 집어치우고 내 차에서 내려."

"당신에게 한 가지 제안을 하기 전에는 곤란한데."

"웃기는 소리 하지 마. 당신 보는 것도 지겨워!"

"좋은 기삿거리를 가져왔는데도?"

"보나마나 또 백화점 폭탄에 대한 정보겠지. 비밀 나부랭이를 알려주겠다며 당신 백화점 사내들이 벌써 쉰 명은 다녀갔어. 우리 잡지가 『파리 마치』*인 줄 아는 거야 뭐야?"

사방에서 클랙슨이 울린다. 쥘리아는 기어를 넣자마자 코가 로제와인 색으로 얼어 있는 경찰 앞을 쏜살같이 지나간다. 경찰은 보라색으로 변한 입술을 핥으며 그녀의 차 번호를 적는다.

"폭탄과는 아무 상관 없어. 내 이야기를 오 분만 들어보고, 그래도 흥미가 돌지 않는다면 그땐 당신의 요동치는 삶이 끝나는 날까지 당신 앞에 절대로 나타나지 않겠다고 약속하지."

"이 분!"

이 분이라도 좋다. 백화점에서 내가 하는 역할을 설명하고 그것이 그녀가 일하는 월간지에 얼마나 기막힌 화보와 르포 특집을 제공할 것인지 암시하는 데는 더 많은 시간도 필요 없다. 쥘리아는 내 얘기가 진행됨에 따라 속도를 늦추더니 결국 널찍한 횡단보도 공간으로 차를 몰아가 완전히 불법주차를 한다.

쥘리아는 천천히 내게로 고개를 돌린다.

"희생양이라고 했지, 엉?"

---

* 프랑스에서 가장 대중적으로 읽히는 흥미 위주의 주간지.

초원의 암사자로 돌아온 그녀의 목소리에 나는 웃음이 나온다.

"응, 그게 내 업무지."

"세상에! 그건 업무가 아니야, 말로!"

(나는 말로라고 불리는 게 늘 싫었다.)

그녀는 계속한다.

"그건 정말이지 신화의 일부라고! 모든 문명의 근간을 이루는 신화! 당신 그거 의식하고는 있는 거야?"

(이거야 원, 그건 다른 얘기지. 하지만 쥘리아 아줌마는 이미 불이 붙었다.)

"가령 유대교만 봐도 그렇고, 유대교의 말쑥한 아우쯤 되는 기독교를 봐도 그래! 저 숭고한 과대망상자 야훼가 자신의 수많은 피조물들을 어떻게 기능적으로 움직이게 했는지, 당신 생각해본 적 있어? 바로 그 염병할 성서의 염병할 매 장마다 희생양을 지명하는 방식이었다고, 달링!"

(나는 이제 그녀의 달링이다. 어떻게 생각하나, 생클레르? 이 정도의 열정이면 멋진 기사를 내놓을 것 같지 않은가?)

"또 가톨릭과 파르파요*들이 자기네 금고를 채우면서 장구한 삶을 누리기 위해 어떻게 했을 것 같아? 바로 희생양을 지명하는

---

* 신교도.

거지. 언제나 또 언제나!"

(확실히 이 여자는 삶의 작은 순간마다 우주적인 이론을 펼치는 재능을 타고났다.)

"저쪽 스탈린 교도들이 자행한 그 전형적인 재판들은 또 어떻고? 그리고 우리는? 아무것도 믿지 말아야 한다고 믿고 있는 우리가 자신의 똥냄새를 감추고 뭔가 그럴듯한 존재로 자처하기 위해 어떻게 할 것 같아? 답은 바로 이웃에서 희생양을 찾아내는 거지, 말로(또 말로!). 만약 이웃이 없다면, 우리는 자신을 반으로 잘라서라도 우리 대신 냄새를 피우는 희생양을 만들어낼 거야. 그러면 주머니에 넣고 다니는 휴대용 희생양이 되겠지!"

나는 그녀의 열정에 찬사를 던지는 뜻에서 나를 말로라고 불러도 기꺼이 넘어가준다. 우리가 처음 만난 날의 쥘리아가 내 앞에 있다. 불타는 눈, 불타는 갈기. 하지만 나는 내 조상들*의 운명을 되새기며 욕망을 자제하고 한 가지만 묻는다.

"그래서 당신 이 르포에 구미가 당겨?"

"구미가 당기냐고? 내 평생 가장 열광적인 사냥에서도 이보다 더 좋은 먹이를 꿈꿀 순 없을 거야. 상거래의 신전과 그 희생양. 말하나마나지!"

---

* 희생양들.

(생클레르, 들었는가?)

좋다, 그녀가 원한다. 그렇다면 이제는 세밀한 부분까지 그녀와 조율해둘 필요가 있다. 그런 만큼 나는 섬세한 목소리로 말한다.

"단 조건이 있어."

그녀는 즉각 몸을 사린다.

"주제는 마음에 들어. 하지만 조건은 안 돼. 안 그랬다면 난 지금 피가로*에서 일하고 있을 거라고."

"그래도 사진사는 내가 대겠어."

"사진사 누구?"

"여자야. 이 사진을 찍은 여자."

나는 클라라가 그 쾌거의 밤에 우리 둘을 찍은 사진을 보여준다. 쥘리아의 얼굴에는 테레즈가 그녀의 가슴 크기에 대해 말했을 때 나타난 그 어이없어하는 분노의 표정이 아주 잘 살아나 있다. 반면 내 모습은 쪼그라든 존재의 이미지 그 자체다.

---

* 프랑스의 보수 언론을 대표하는 거대 그룹.

18

줄리아는 사진이 썩 좋다고 평한다. 나는 그녀에게 사진을 주고 네거티브도 덤으로 얹어준다. 그리고 불로뉴 숲에서 브라질 여장 게이들에게 바타파*를 덜어주는 테오의 사진도 보여준다. 밤의 어둠을 배경으로 갈라진 김 가닥들이 접시에서 피어오르고, 그 사이로 반나체의 육체들이 플래시를 받아 반짝거린다. 각진 턱을 한 그 얼굴들이 발산하는 희열은 이성애자의 쾌락보다 늘 한 수위 높다.

"돈벌이하는 이 트라벨로**들을 당신 누이가 어떻게 찍을 수 있었지? 거의 다 비밀스럽게 활동하는 자들인데?"

---

* 생선과 새우 등으로 만든 브라질 스튜.
** 여장 게이.

쥘리아가 놀랍다는 듯이 묻는다.

"그애는 사진 속 주인공에게 사랑받는 비결을 알거든. 클라라는 일종의 천사라고, 쥘리아."

우리는 파리를 달리고 있다. 보스*의 중심을 달리는 것처럼 평화롭다. 쥘리아는 내가 모든 것을 말해주기를 원했다. 나와 내 가족, 백화점, 나의 신조, 무엇이든. 그래서 나는 이야기한다. 그녀가 고료 받은 것으로 저녁을 사겠다며 나를 데려간 식당에서도 내 이야기는 계속된다. 늘 객지의 사랑에 빠져 있는 어머니, 모든 것에 초연한 테레즈, 프티와 크리스마스 식인귀, 이 세상의 모든 것을 대변하는 제레미. 소비 사회의 원죄를 짊어진 대가로 내가 부양하는 그 작은 세계의 모든 것을 말한다. 그러다가 루나 이야기를 하면서 그애는 요즘 유일한 사랑의 열매를 간직할까 말까 고민하는 중이라고 말하자, 쥘리아가 긴 구릿빛 손으로 내 손을 감싸쥐며 묻는다.

"그 낙태할 것이냐 말 것이냐 하는 얘기가 나왔으니 말인데, 오늘 오후에 나랑 같이 어디 좀 가지 않을래? 그 문제로 취재하러 갈 데가 있거든."

그녀의 프레스 카드가 우리를 토론장으로 들여보낸다. 크기는

---

* 루아르 강 상류까지 포함하는 파리 주위의 드넓은 분지.

엘리제 궁만 하고, 금갈색의 도색으로 보면 리옹 역의 '푸른 기차*'와 흡사한 큰 방이다. 추물이지만 몇 세기 지나면 관광객들로 돈을 끌어모으게 될 장소. 내부는 거의 만원이다. 잘 다림질된 고급 천들이 사각거리는 소리가 들린다. 우리는 기자들에게 지정된 측면 벤치로 살금살금 다가간다. 연단 양쪽으로 기자석이 하나씩 자리해 있어, 전체적인 배치가 마치 중죄재판소의 모습과도 흡사하다. 사실 여기서 일종의 재판이 열리고 있다. 낙태 모의 재판. 적어도 지금 빡빡머리가 하고 있는 연설 내용으로 봐서는 그렇다. 그는 벨벳이 깔린 넓은 탁자 뒤에서 연설하고 그의 앞에는 청중이, 양 옆에는 다른 전문가들이 앉아 듣고 있다. 쥘리아 아줌마도 작은 수첩을 꺼내들고 귀를 기울인다. 나는 털을 완전히 밀어버린 넓은 얼굴에 뾰족한 귀, 무솔리니의 눈을 가진 저 불멸의 육십대 남자를 전에 어디서 봤는지 속으로 묻는다. 한 가지는 확실하다. 목소리는 전혀 들어본 적이 없다. 저렇게 차가운 금속성의 목소리는 태어나서 한 번도 들어본 기억이 없을 정도다. 쥘리아는 그의 얼굴과 목소리를 알고 있다. 그녀는 작은 수첩에 그처럼 활화산 같은 여자가 쓴 것이라고는 믿겨지지 않을 만큼 단정한 필체로 '요지부동의 레오나르 교수'라고 적어 보여준다.

그리고 영악한 여학생처럼 씩 웃고는 옆에다 '언제나 저렇게 바보'라고 쓴다. 그 말이 왠지 호기심을 자극해 나도 발표에 귀를 기울인다.

내가 잘 이해했다면, 문제의 레오나르는 무엇을 전공한 교수인지는 몰라도 '출산장려와 청소년 보호를 위한 연합'의 회장으로 있는데, 이 단체는 선거 때마다 얼마간의 압력을 행사할 정도로 국내에서 상당한 인지도를 갖고 있으며, 이 점이 바로 레오나르의 선동적 언어를 부추기는 요인이다.

"양심적으로, 그리고 우리가 이 자리에서 정치 행위를 하는 게 아니라는 점은 주지된 사실이므로, 다음과 같은 문제를 통고하는 것으로(이런 표현도 간간이 들은 것 같은데?) 그치겠습니다. 문제는 우리가, 기독교인이고 출산 지지자이며 궁극적으로는 모두 프랑스 국민인 우리가 다가오는 선거일에 우리의 목소리*를 어떻게 사용할 것인가 하는 것입니다."

(아! 요는 그거지……)

"우리의 가장 신성한 가치들을 무시하고 낙태를 합법화하는 자들의 진영을 불려주는 데 우리의 목소리를 써야 하겠습니까, 여러분?"

---

* 목소리(voix)는 '투표권'의 의미도 갖고 있다.

질문을 던지는 그의 눈빛이 어찌나 이글거리는지, 지옥 바람이 좌중을 쥐 죽은 듯 연소시킨다.

"아니지요. 저는 그렇게 생각하지 않습니다."

군중 감각을 지닌 레오나르는 점점 속삭이는 소리로 반복한다.

"그렇게는 생각하지 않아요……"

솔직히 나도 그렇게는 생각하지 않는다. 쥘리아의 어깨 너머를 힐끔 쳐다보니 그녀의 수첩에는 새로 기입된 게 아무것도 없다. 다시 연단에 귀를 기울이자, 탄두머리는 이제 외국인 이민자에 대한 일장 연설로 넘어가 있다. "그 허용치는 이미 오래전부터 위험 수위를 넘었습니다." 이어서 그 재앙이 불러온 문제들을 나열하기 시작한다. "경제적 측면에서뿐만 아니라 교육적 측면에서, 그리고 말할 것도 없이 사회 전반의 치안 측면에서, 특히 우리 딸들의 안전을 위해……"

저 탄두머리는 아랍인을 좋아하지 않거나 자신의 딸을 조금도 신뢰하지 않거나, 둘 중 하나일 것이다. 어떤 경우이건 아두쉬가 들었다면 그의 가련한 손목을 모두 아작냈을 것이다. 나는 지겨워진 신경이나 풀어볼 셈으로 청중 위로 눈길을 돌려본다. 말쑥하기 그지없는 군중. 효율적인 결혼을 대대로 반복해온 결과 부에 안주한 표정들. 주로 여자들이고 관리를 맡은 남자들이 더러 보인다. 나는 뜬금없이 로랑과 루나의 만남을 생각한다. 열아홉 살의 루나가 지하철역 계단을 올라가고 있었다. 스물세 살의 로랑은 같은 계단을 내려오고 있었다. 그녀는 여자보다 추상개념을 더 좋아하는 좀비 같은 녀석에게 딱지를 맞은 참이었고, 로랑은 인턴 자격시험에 응시하러 가는 길이었다. 그는 그녀를 보고, 그녀는 그를 본다. 순간 파리는 운행을 멈추고, 그는 시험을 치러 가지 않았다. 그들은 일 년 동안 방에서 나오지 않았다. 나는 매일 그들에게 먹을 것과 책이 든 바구니를 날랐다. 여하튼 그들도 먹기는 했으니까. 아니, 그들은 좀 색다른 식욕을 느끼는 것도 같았다. 여행 사이사이에, 그러니까 별들 속으로 떠나는 여행이 한 차례 끝나면 그들은 독서를 했다. 때로는 그것을 병행하는 게 불가능하지 않은 것처럼 여행중에도 책을 읽었다. 그러니 여러 사모님들, 어디 말씀해보십시오. 여러분의 오십 캐럿짜리 남편들 중 누가 필생의 자격시험을 희생하고, 일 년치의 학업을 내던지고, 일 년간의 낙오를 감수하면서 오로지 사랑과 소설을 택하겠습니까? 어느 남편이요?

꿈 깨라, 말로센. 그보다는 배우가 바뀐 것에 주목해야지. 방금 대머리 레오나르가 다른 교수에게 마이크를 넘기겠다며 자기 자리에 가서 앉았다. 만다린* 일색의 연단이로군, 하고 나는 생각한

* 중국 송나라의 선비 관료를 가리키던 말로, 흔히 권력지향적인 지식인을 뜻한다.

다. 그런데 이번 교수는 일어나면서부터 내게 충격을 먹인다. 앞의 연사와는 정반대다. 레오나르가 차돌처럼 밀도 있고, 반질거리고, 잘 마무리된 물건 같고, 위험해 보이는 반면, 산파학자 프렌켈 교수라고 자신을 소개한 이 양반은(실은 나도 그 분야에서 이 양반 이름을 들은 기억이 난다) 뭐랄까, 후들거리고, 고통스럽고, 허약해 보인다. 해골처럼 말라 앙상한 뼈마디가 드러난데다 머리는 쑥대강이이고, 어른들에게 놀란 어린아이의 눈을 하고 있다. 마치 어느 신이 프랑켄슈타인의 골수에 산(酸)을 끼얹는 바람에 대충대충 생기고 너무 선량한 피조물이 하나 만들어져, 적들만 있는 세상에 아무 방어력 없이 내던져진 듯한 형상이다.

"나는 정치 얘기는 하지 않겠습니다."

프렌켈도 같은 다짐으로 시작한다. 하지만 묘하게도 이 양반 말에는 신뢰가 간다.

"나는 성서에 한해서, 그리고 교부*들이 우리에게 가르쳐준 바에 한해서 말하려고 합니다……"

그가 한 줄로 요약될 내용을 무려 십오 분에 걸쳐 말하는 동안 청중은 졸고 있다. 하여간 모든 것이 언급된다. 지금 머리에 떠오르는 대로 예를 들자면, 갓난아기들, 낙타, 부자와 바늘구멍, 가

---

* 교리와 교회 발전에 공헌한 사제 또는 저술가.

난한 자에게 복이 있나니, 죄짓지 않은 자가 돌을 던져라…… 이 모든 것이 토마스 아퀴나스 아니면 다른 누군가가 남긴 다음과 같은 한 줄의 문장으로 끝난다. "병약하고 기형으로 태어날지라 도 태어나지 않은 것보다는 나으니라."

그때, 신문에서 즐겨 쓰는 것처럼, 불시의 사건이 발생한다.

둘째 줄에서 키 큰 금발의 여자가(그때까지 나는 눈여겨보지 못했지만) 웅장한 모피 코트에 싸인 환영처럼 솟아오른 것이다. 여자는 자신의 에르메스 핸드백에 손을 넣더니 차마 무어라 부를 수 없는 핏덩이를 꺼내서는 발표자를 향해 있는 힘을 다해 던지 면서 완곡한 어조라고는 전혀 없는 목소리로 날카롭게 내질렀다.

"자, 받아라! 이런 게 바로 기형이다, 이 천치 같은 종자야!"

그 물체는 해면의 마찰음을 내면서 사람들 머리 위를 날아가 프렌켈의 가슴에서 납작 짓이겨지고, 신랄한 피를 사방으로 튀겨 명예로운 연단에 앉은 모든 참석자들의 옷을 얼룩지게 만든다. 프렌켈은 이제 고통의 이미지가 아니다. 인간이 된 고통, 그것이 다. 반면 레오나르는 들고양이의 외침과 날렵함으로 그 환갑의 체 구를 연단 탁자 위로 날리더니, 발톱을 앞으로 세우고 광기 서린 눈빛을 쏘아대며 여자에게 달려갔다. 순간 공중으로 날아오른 여 자는 의자 위에 올라서서 코트의 앞자락을 열어젖히며 소리쳤다.

"꼼짝 마, 레오나르! 난 장전된 몸이야!"

궤도의 정점에서 정지된 탄두머리는 신음을 뿜어냈다. 연단에서도 마찬가지로 기겁한 신음소리가 새어나왔다. 여자는 이 혹성의 출산 지지자가 꿈꿀 수 있는 가장 풍만하고 육감적인 산모의 육체를 드러낸 것이다. 발끝부터 머리끝까지 발가벗은 알몸과 신성한 몽골피에르*처럼 팽팽히 부풀어오른 배, 온누리에 넘치는 풍요의 약속을.

쥘리아 아줌마는 예의 여학생 필체로, 레오나르 교수가 방금 변증법과 조우했다고 적는다.

얼마 후, 카트르슈보 안에서 나는 피투성이가 된 프렌켈 교수의 고통을 떠올리며 여자가 과녁을 잘못 잡았다는 의견을 내놓는다. 그녀가 송아지 허파를 먹여야 했을 사람은 레오나르 교수이며, 이자야말로 진짜 나쁜 늑대다. 쥘리아는 나지막이 깔깔 웃고는 말한다.

"그 고문 같은 희생양 업무를 받아들이기에 난 당신이 마조** 인 줄 알았어, 말로센. 그런데 아니야. 당신 지금 보니까 일종의 성자야."

그게 그거지.

---

* 비행 열기구.
** 마조히스트.

성자는 백화점 문 앞에서 내려 일층 통로를 배회하러 간다. 누군가를 찾기 위해, 아주 구체적인 누군가를. 그를 찾아야 한다. 기필코 그리고 긴급히. 저녁 일곱시다. 부디 그가 아직 빠져나가지 않았기를 바란다. 인자한 그리스도여, 그가 아직 이 안에 있게 해주소서. 두 손 모아 비나이다. 주여, 당신에게 다른 어떤 것도 바라지 않습니다. 당신은 아마도 나에 대해 아무것도 들어본 적이 없을 테지만 내 소원을 들어주소서, 젠장할! 고맙습니다! 그가 있군요. 나는 그를 본다. 그는 셰틀랜드 매장의 모퉁이를 돌려고 한다. 그쪽에는 고객의 그림자도 보이지 않는다. 완벽한 조건이다. 나는 걸음을 재촉한다. 우리는 곧 마주친다.

"안녕, 카즈뇌브!"

말과 동시에 나는 그의 명치에 어퍼컷을 먹인다. 내 몸의 무게를 남김없이 실은 진짜 한 방(이런 표현은 책에서 배웠다). 그는 배를 잡고 고꾸라진다. 나는 가벼운 백스텝으로 물러나, 그가 내 구두를 더럽히지 않고 자기 구두에다만 토하게 한다(성자의 문제는 하루 스물네 시간 성자일 수는 없다는 것이다).

그런 뒤에 브리콜라주 층으로 내려가 저녁에는 으레 그렇듯이 늙은 아동들의 주머니를 검사하는 테오를 만난다. 그들은 일렬로 서서 얌전히 차례를 기다린다. 낮에 훔친 물건들을 테오가 회색 셔츠에서 끄집어내도 그들은 불평 한마디 하지 않는다.

"안녕, 뱅. 너 요즘은 쉬는 날에도 일하는 거야? 생클레르가 너무 좋아하겠다!"

나는 클라라가 숲에서 찍은 사진들을 그에게 선물로 주고, 그가 작은 장물들을 제자리에 정돈하는 것을 도와준다.

"글쎄 말이야, 양쪽 주머니에 제초제를 오 킬로그램이나 쑤셔 넣고 하루 종일 돌아다닌 아동도 있다니까."

19

다음 주, 쥘리아와 클라라는 희생양에 대한 취재를 시작한다.
나도 내 역할에 전력을 쏟는다. 숫기 없는 무력함, 욕먹고 낑낑거
리기, 자살적인 걸레질, 이 삼박자로 작업은 성공리에 끝난다. 어
느 고객 하나 항소를 고집하지 않는다. 오히려 그들이 내게 수표
라도 건네지 않는 게 이상할 지경이다. 그들은 정당한 분노로 부
풀어 와서는 그들이 어떻게 살았건, 어떻게 살고 있고, 어떻게 살
게 될 것이건, 오늘 여기서 최악의 이웃을 보았다고 확신하며 돌
아간다. 다시 유행을 타고 있는 호프만*의 콩트에서처럼 인간의
탈을 쓴 불행이 여기 있는 것이다. 또한 그들은 백화점에서 거치

---

* Ernst T. A. Hoffmann(1776~1822). 독일 소설가. 기괴함과 환상이 넘치는 많
은 소설을 썼다.

는 통과의례 과정과정마다 클라라의 렌즈에 잡힌다. 클라라는 그들이 레만의 사무실로 쳐들어올 때는 분노의 표정을 잡고, 그 방에서 일어나는 모든 변화의 국면을 하나하나 사진에 포착한 후, 이윽고 그들이 방을 나가는 순간에는 완전히 달라진 그들의 얼굴에서 빛나는 진정한 박애의 표정을 잡는다. 클라라는 또한 그 익살극이 막을 내린 뒤 레만과 내가 한 팀의 멋진 날강도들처럼 웃어대는 모습도 사진에 담는다. 하지만 그런 클라라의 손에서 나는 한 번도 사진기를 본 적이 없다!

쥘리아로 말하자면, 처음에는 내가 업무 수행하는 것을 관찰하러 며칠 들르는가 싶더니 어느 날부턴가 클라라의 사진들만 늘어놓고 작업을 한다. 자기한테는 그것들이 현실보다 더 생생한 현실을 말해준다는 것이다. 손에 들어오는 사진의 매수가 늘어감에 따라 쥘리아가 까맣게 쓴 메모의 양도 불어난다. 클라라와 얘기를 나눌 때 쥘리아는 모성적인 감동과 기자로서의 감탄이 혼합된 어조로 말한다. 그녀는 클라라를 자신의 드높은 야망이 낳은 정신적 딸로 여겨 양녀로 삼았다.

저녁 때 내가 아이들에게 그날의 허구 이야기 배급량을 채워주는 동안 기록하는 여자는 두 명이 되었다. 타자기를 치는 테레즈와 여고생 수첩에 메모하는 쥘리아 아줌마. 그녀는 클라라가 집에서 찍은 사진들은 조금 못하다고 지적한다.

"딴 데 정신이 팔려서 그래요, 쥘리아 아줌마. 오빠 이야기를 듣느라고."

한편, 쥘리우스의 몸에 주입되는 관의 갯수도 나날이 많아진다. 어떤 것들은 들어가고, 어떤 것들은 나온다. 물, 혈청, 비타민, 소의 피가 주입되고 오줌과 똥이 나온다. 로랑은 약속한 대로 최선을 다하고 있다. 쥘리우스는 나 몰라라 한다. 여전히 고집불통의 형이상학자처럼 세상을 향해 혀를 늘어뜨리고 뒤집혀올라간 두 입술 사이로 살인적인 송곳니를 드러내고 있다. 간혹 깊은 밤, 특히 보름달이 뜬 밤, 허연 빛줄기가 그 앙상한 네 다리의 껶인 그림자를 길게 늘여놓을 때마다 나는 묵시록의 거미와 한 방에서 기거하는 느낌이 든다.

"이 녀석 얼마나 버틸 것 같아?"

"나도 알 수 없지."

로랑은 이어서 말한다.

"십중팔구 자네 개가 모든 기록을 깨려는 것도 같지만 말일세."

얼마 후, 무기력한 털자락이 때때로 소스라치듯 움찔거리기 시작한다. 그러면 링거 병들이 부딪치는 소리가 나면서 삽입관 그림자들이 파도처럼 내 방 벽 위를 달린다. 욕창이 생기지 않도록 쥘리우스의 몸 밑에 경련 매트리스를 깔아주었기 때문에 생기는 현상이다.

쥘리우스가 돌아오지 않아 걱정하는 아이들에게 나는 이렇게 얘기한다. 녀석은 다 나았다. 하지만 개 병원 원장이 얼마 동안 쥘리우스를 곁에 두고 싶다고 청했는데, 그 이유는 쥘리우스가 개 인생의 여러 노하우를 자신의 개에게 가르쳐줬으면 하고 바라기 때문이다. 가령 문을 열고 닫는 거라든가, 좋은 놈들과는 우호적으로 사귀고 나쁜 놈들은 믿지 말 것, 학교로 아이들을 데리러 가는 법, 그리고 비 오는 날에는 아이들을 지하철에 태워 학교에서 데려올 것 등등.

로랑이 떠난 뒤로 우리 집에 와 있는 루나는 감탄을 금치 못하는 천진난만한 얼굴을 하고서 내 엉터리 이야기를 듣는다. 나는 그 표정을 잘 안다. 엄마의 얼굴에서 너무 자주 보았으니까. 이야기를 듣는 사람은 루나가 아니라, 그녀의 양모 담요 밑에서 쑥쑥 자라는 작은 세입자이다.

업무 쪽에서는 생클레르가 또다시 나를 호출한다. 하지만 이번에는 그 자신의 집무실에서 "위스키 하겠소?" "시가는?" 하는 식으로, 내가 다시 내 업무에 열성적으로 임하게 된 것을 축하하기 위해서다. 사람은 역시 제 자신을 축하할 때가 가장 신나는 모양이다. 그는 숫자들을 증거로 대면서, 이 주일 동안 나로 인해 백화점이 절감한 비용을 알려준다. 괄목할 만한 수치다.

"그런데 한 가지 의문이 나를 괴롭히는군요, 말로센 씨. 당신이 그토록 배은망덕한 임무를 그토록 완벽하게 수행하는 데는 무슨 비결이 있습니까? 개인적인 철학이라도?"

"봉급이죠, 사장님. 두툼한 봉급의 철학."

생클레르는 더없이 기품 넘치는 미소를 지으며 그 자리에서 봉급을 두 배로 올려준다(친애하는 자선가 양반, 자네가 조금 기다린다고 손해날 건 없겠지……).

레만은 또 어떤가 하면, 내가 다시 공범자로 돌아온 것에 흥분해서 아직 정신을 못 차리고 있다. 처음으로 레만이 '소통'의 문을 연다. 나는 그의 저녁 초대와 이런저런 다른 제안을 물리치느라 진땀을 흘린다.

"내가 아는 클럽이 있네. 다 말하진 않겠네만, 자네 평생에 구경도 못 했을 깔치들이 수두룩하지!"

단짝으로 놀자는 건지 뭔지.

레만은 짬이 날 때마다 내가 클라라와 잡담하는 것을 보고 그녀가 누구냐고 묻는다.

"내 여동생입니다. 판매원을 하고 싶다기에 일을 가르쳐주는 겁니다."

"내 딸과 아주 비슷하게 생겼군. 그애는 죽었다네."

뭔가가 그의 안에서 동요하기 시작한다. 그는 고개를 돌려버린다.

(이런 젠장! 하물며 개자식마저도 완벽한 놈이 없으면 어쩌란 말이야……)

테오는 생클레르도 레만도 아니므로 일단은 아무 말도 하지 않는다. 그러다 마침내는 더 참지 못하고 묻는다.

"대체 그 열성은 뭐야, 뱅? 무슨 사기를 치려고?"

"넌 왜 날마다 포토마톤 찍냐고 내가 물어보던?"

"아니. 하지만 난 물어야겠어!"

저 멀리서 나를 알아본 카즈뇌브가 마치 투명인간을 보듯 한다. 내가 열심히 계략을 짤수록 저 녀석은 자기 업무를 더욱 성실히 수행하는 게 아닐까 하는 의문이 강하게 드는군, 젠장!

르시프르로 말하자면, 오래전부터 속으로 꿍얼대던 것을 오늘 분명히 드러낸다.

"자넨 회사측 개로군, 말로센. 전부터 쭉 짐작은 했지만, 이젠 그 냄새까지 맡을 수 있겠어."

그 예민한 후각이 최근 시의원 선거에서 그의 당이 승리한 것을 설명해준다(썩은 내 나는 60개 시에서 이겼으니 말이다!). 르시프르는 선거 때만큼이나 맹렬하게 3월 17일의 노동총연맹 시위를 준비하고 있다. 이것은 집단협의 제도의 존중을 요구하는

백화점 내부의 시위로서, 특출한 군중 감각을 지닌 그의 당이 일
년에 두 번씩 의례적으로 열고 있는 행사다.

"모쪼록 우리 일에 딴죽 거는 소행은 말아주게, 말로센."

그리고 또 무슨 일이 있었나? 아! 내 청각장애를 빼놓을 수 없
지. 뜨거운 바늘이 달팽이 속을 파먹듯 내 귀를 비워버린 순간이
두 번 더 있었다. 그때마다 같은 현상이 일어난다. 나는 해저의
선명함 속에서 백화점을 본다. 자신의 생을 팔고 있는 판매원들
의 소리없는 미소들, 무거운 다리들, 고장난 금전등록기, 드러나
지 않는 신경발작, 끝없이 욕구를 만들어내는 결핍된 고객들, 넘
치는 상품들을 마주하는 황홀감, 지출 지출 또 지출, 온갖 부류의
날치기, 부자, 가난한 자, 어린애, 늙은이, 남자, 여자, 그리고 말
할 것도 없이 자주관리 체제하의 개미들처럼 사방에서 광적인 삶
을 살아가는 테오의 늙은 아동들. 그들이 주머니 속에 넣을 수 있
는 물량은 정말이지 믿을 수 없을 정도다! 브리콜라주 층에서 그
들이 '축조' 하는 것도 믿을 수 없을 정도다. 허구한 날 보는 직원
들 눈에는 별것 아닐지 몰라도, 사실은 굉장하다! 볼트와 너트로
지어진 성당. 농담이 아니라 나는 정말로 볼트와 너트만 가지고
성당을 쌓는 노인을 보았다. 아마도 샤르트르 대성당*일 것이다.
실물 크기는 아니지만 거의 그 수준이다. 정확히 들어맞는 나사

가 없으면, 노인은 절도 있는 걸음으로 해당 매장에 가서 필요한 조각을 슬쩍 주머니에 넣고는 역시 같은 보폭을 유지하며 돌아온다. 슈발의 이상궁**이 따로 없다. 그는 자신의 신(新)중세적 작업을 에스컬레이터 발치에 전시했다. 도착하는 고객들은 사러 온 물건에만 정신이 팔려 그것을 알아채지도 못한다. 다른 물품을 둘러볼 생각에 바쁜 나머지 총총히 떠나는 자들도 마찬가지다. 노인의 눈에는 아무도 들어오지 않는다. 공작인***의 자폐증이 남자에게는 평안을, 여자에게는 여유를 가져다준다.

한번은 스토질과 체스를 두고 있는 밤에 청각장애가 찾아왔다(생클레르, 야간출입증 하나 써주시오, 부디!). 스토질이 모든 전선에서 압도하고 있었는데, 눈 깜짝할 사이에 내가 상황을 뒤집고 그를 깨부수기 시작했다. 그는 특유의 애매한 체스두기로 내게 응수했지만, 무슨 소용인가, 그대로 궤멸되고 만다. 미묘한 게임에서 반박의 여지 없는 승리가 흔히 보여주는 야만적 난폭성이 그를 짓밟고 만다.

---

* 프랑스 고딕 건축을 대표하는 성당.
** 理想宮, 시골의 우체부 페르디낭 슈발이 꿈속에서 자신이 지은 대로 삼십삼 년 동안 손수 지었다는 성.
*** 호모 파베르.

$$20$$

3월 17일, 집단협의제 준수를 촉구하는 올 상반기 시위의 디데이로 정해진 이날, 테오는 진줏빛 알파카 슈트를 걸치고 가슴 포켓에는 노란 반점이 있는 푸른 붓꽃을 꽂았다. 물론 르시프르의 행렬에 동참하려고 그렇게 치장한 것은 아니다.

나는 레만의 방에서, 한 대가족을 영면시킬 뻔한 가스 새는 가스레인지의 참사에 대해 악어의 눈물을 짜내면서, 변소 문 앞에서 종종거리듯 포토마톤 앞에 서 있는 테오를 바라본다.

들어올 때와는 완전히 다른 기분으로 레만의 방을 나선 고객 부부는 회색 셔츠의 작은 노인과 엇갈려 지나간다. 노인은 테오에게 다가가 그의 어깨를 친다. 레만이 경멸하는 턱짓으로 내게 그 장면을 가리킨다. 노인은 꽤 복잡한 형태의 구릿빛 금속 구조물을 테오에게 내민다. 테오는 냉정하게 그를 돌려보낸다. 노인은 훌쩍이며 옆의 서점으로 자취를 감춘다. 레만이 또 뭔가 빈정대는 한마디를 날리려는 순간, 전화벨이 울린다. 사내 시위대가 곧 그의 층을 지나갈 거라는 소식이다. 레만은 욕을 삼킨다.

나는 방을 나선다.

테오가 나를 보고 기염을 토한다.

"넌 아냐? 도대체 저 수음광이 뭘 하느라고 오 분 동안이나 박스 안에서 나오지 않는 거야?"

포토마톤의 내려진 커튼 뒤에 있는 '수음광'이 듣고도 남을 만큼 크고 높은 목소리다.

"그 사람도 테오, 너처럼 치장을 고치는 중이겠지."

"그런 건 미리 하고 왔어야지, 젠장. 그나마 뭐라도 매만질 게 있는 작자라면 말이야!"

옳은 소리다. 테오, 그는 항상 사전에 준비되어 있다. 그는 포토마톤을 예술의 반열로 끌어올렸다. 그래서 그 기계를 싸구려 복사기처럼 사용하는 다른 이용자들 뒤에서 기다리는 것을 더욱 참지 못한다.

작은 노인이 다시 나타난다. 매우 가련한 눈빛, 기름때가 묻어 아주 더러운 손. 노인은 그 손으로 애걸하듯 테오의 팔을 잡으려고 한다.

"오, 하느님! 뱅, 이 얼룩 검둥이를 내 옷에서 치워줘, 제발!"

나는 노인을 달래서 서점으로 데려간다. 거기서 그는 고대 무기들에 관한 호화로운 서책의 한 페이지를 가리키며 그를 곤경에 빠뜨린 물체가 뭔지 내게 알려준다. 수도꼭지처럼 생긴 구리 밸브관 네 개를 조립한 기구. 밑바닥에는 그 밸브관들을 연결하는 조임나사가 악성 종양처럼 커다랗게 불거져 있다.

"이게 말썽을 부려, 말로센 씨."

이 꼭지 설치물은 다분히 서정적이다. 하지만 노인은 떨고 있다. 두어 군데 나사를 잘못 조였는지, 기름이 "긴장을 풀려고" 새어나왔다는 것이다. 호화 장정본의 지면이 고동색 무늬들로 얼룩져 있다(사진찍기 전에 무기를 깨끗이 닦았을 건 분명하다). 오늘 밤 테오가 이 잔해들을, 책과 밸브 꼭지에 가해진 시해들을 아무도 모르게 없애줄 것이다. 지금은 그가 다른 일에 신경을 빼앗겨 있으니 잠시만 기다려라. 나는 이런 설명으로 가능한 한 친절하게 늙은 아동를 위로하고, 책장들의 미로 속으로 리송 씨를 찾아나선다. 서점 관리자 리송 씨도 나이가 많이 든 노인이다. 적어도 문학의 나이에 걸맞을 만큼 늙었다. 그는 단지 내가 책을 읽을 줄 안다는 이유만으로 호감을 보이는 냉담한 성격의 꺽다리 영감이다. 어린 시절 혼자라고 느껴질 때 내가 종종 꿈꾸었던 할아버지 같은 양반. 자, 리송 할아버지가 나타난다. 그는 내가 원하는 것을 눈감고도 찾아낸다. 문고판으로 새로 나온 가다의 걸작 『메룰라나 가(街)의 끔찍한 혼란』*이보다 더 멋진 글은 바랄 수 없을 정도이다. 나는 이미 다 외우고 있는 첫 페이지의 흥취 속으로 빠져든다.

"넋 빠지게 신출귀몰하고, 음험한 사건 어디에나 존재하는 자. 사람들은 모두 그를 돈 치치오라고 불렀다. 그의 진짜 이름은 프란체스코 인그라발로, 수사국에서 가장 어리지만 가장 선망받는—그 까닭은 신만이 아시리라!—관리이다. 그는 '유격대' 식으로 움직이는 파견 요원이다."

그때 와글거리는 소란이 나를 열락에서 끌어낸다.

르시프르가 지하에서부터 끌고 온 시위 행렬이 이층을 통과하면서, 더 위로 더 많이 올라가기 위해 새로운 여직원들을 포섭하고 있다. 여자들의 웃음과 수다를 그 파기불능의 구호에 맞추게 하려고 조직위원들이 바람을 잡는다. 이것은 어린애 장난이고, 보이스카우트와 걸스카우트의 정치이며, 판에 박은 의식이다. 이것은 바스티유에서 레퓌블리크를 거쳐 페르라셰즈로 올라가는 행렬이 아니라, 저 아래의 배수시설에서부터 자기 방 유리창 안에 박혀 군중의 절멸을 기도하는 레만의 코앞을 지나 저 위의 페

---

* 이탈리아 작가 카를로 에밀리오 가다가 1957년에 발표한 소설. 익살극과 추리물을 혼합한 자유분방한 형식으로 사회의 위선을 파헤치고 있다.

르시아 카펫까지 오르려는 행렬이다. 이번 시위에서 놀라운 점이라면, 카즈뇌브가 그 상향 종대에 합류했다는 것이다. 다른 때에는 노골적인 비아냥이나 던지고 불참하던 녀석이 오늘은 저 안에 끼어 있다. 그는 심지어 내 앞을 지나면서 투사의 자의식이 번득이는 멸시의 눈길까지 던진다. 멍청하게 책에서 눈을 뗀 내가 잘못이지(가다여, 용서하시오). 르시프르가 호탕하게 웃음을 터뜨리며, 왜 말로센 자네는 합류하지 않느냐고 묻자, 그를 따르던 엄청난 수의 젊은 여자들이 모두 입이 찢어져라 웃는다. 심판하는 눈빛을 하고서 저렇게 재미있게 웃을 수 있다니. 당혹감 때문일까? 접촉을 끊어야 한다고 느껴서였을까? 불꼬챙이가 또 한 번 내 두개골을 관통하더니 아무 소리도 들리지 않는다. 하지만 나는 모든 것을 본다. 장전된 눈길들과 소리없는 웃음들, 저쪽에서 가슴 포켓의 붓꽃을 매만지며 발을 구르는 테오, 밸브 꼭지를 만지작거리는 작은 노인, 앉아서 일하는 덕에 배가 나온 계산대 여직원을 방금 포섭한 르시프르, 옆에 있는 여자의 가슴으로 우아하게 머리를 기울인 카즈뇌브, 조심스럽게 사라지는 고객들, 그리고 폭발하는 포토마톤 부스.

폭발이 내 두 귀를 뚫는다. 십분의 일 초 만에 금속판들의 이음새가 모조리 분리되고, 갈라진 틈새들로 연기가 분출하고, 커튼 천이 허공을 후려치고, 순식간에 열린 문으로 피투성이 물체들이 방출된다. 그러고는 모든 것이 제자리를 찾은 듯 움직이지 않는다. 포토마톤 부스는 고요히 연기를 피우면서 부동자세로 그 자리에 서 있다. 다리 반쪽이 다시 내려온 커튼 밑으로 삐져나와 있다. 다리 끝에 달린 발이 움찔하더니 마지막으로 가늘게 떨고는 숨을 거둔다. 말할 수 없이 신랄한 냄새가 그 층의 모든 허파들 속으로 밀려든다. 시위 군중은 순식간에 야만적이고 지리멸렬한 진짜 군중으로 돌변한다. 테오는 폭발한 부스 앞에 멍하니 서 있다가 갑자기 그 안으로 달려든다. 커튼이 그의 몸 절반을 가린다. 다음 순간 테오는 부스에서 나와, 그를 향해 달려온 나와 정면으로 마주 본다. 그의 알파카 양복, 그의 얼굴, 그의 손이 전부 다 미세한 피로 점 찍은 듯 덮여 있다. 점들이 어찌나 많고 촘촘히 뿌려졌는지, 마치 발가벗은 붉은 피부의 괴물을 보는 것 같다. 내가 무슨 말을 하기도 전에 테오는 나를 막는 손짓부터 한다.

"저 안에 들어가지 마, 뱅. 아주 미학적이지 못한 모습이야."

(고맙다. 안 그래도 세번째 시체의 광경을 내 기억에 새기고 싶은 욕구는 조금도 없었다.)

"하지만 너는? 테오 넌 괜찮냐?"

"응, 나야 저 친구보다는 괜찮은 편이지."

그의 윗입술에 맺힌 핏방울이 바르르 떨리다가 노란 반점이 박힌 붓꽃 위로 떨어진다.

"난 항상 붓꽃이 육식 취향이라고 생각했지."

테오가 말한다.

더 놀라운 일은 그다음 순간 벌어진다. 폭발의 광풍에 날아간 듯 순간적으로 뿔뿔이 흩어졌던 시위대가 위층에서 다시 조직되어, 집단협의제 준수에 안전보장의 테마까지 덧붙여 행군을 다시 개시한 것이다. 이번 폭발 소리가 지난 두 번에 비해 작았기 때문일까? 사람은 익숙해지기 때문일까? 고객들도 패닉 상태에서 금방 벗어났고, 백화점도 문을 닫지 않았다. 폭발이 일어난 층만 나머지 개점 시간 동안 폐쇄됐다.

테오는 소방대 차에 실려갔다. 나는 그가 괜찮은지 오늘 저녁에 보러 갈 것이다.

누구나 폭발 이야기를 한다.

그러고는 차츰 덜 이야기한다.

결국은 풍문처럼 떠도는 냄새만 공기중에 남아 고객들의 수를 배가시킨다.

오후에 나는 레만에게 두세 차례 또 불려간다. 그는 해밀턴 양의 방송실로 자리를 옮겼는데, 그 방 아가씨가 던지는 눈길과 미소의 성질로 보아, 그녀도 드디어 내 노동의 실체와 내가 발휘하는 영웅주의를 이해한 것 같았다. 그녀는 생클레르가 나를 존중

하고 있다는 것과 내 밥그릇이 두 배로 커졌다는 것도 눈치챈 모양이었다.

너무 늦었소이다, 아가씨. 내가 하찮은 무지렁이였을 때 나를 사랑했어야지. 하긴 지금이라도 내가 동조한다면 얘기는 달라지겠지만……

얼마 후, 외부로부터 전화가 걸려와 나는 해당 부스로 들어간다. 요즘처럼 뒤숭숭할 때 무슨 부스에 들어가는 게 과연 신중한 처사인가? 하는 의문을 가지며 나는 전화를 받는다.

"여보세요?"

"오빠?"

(클라라! 너로구나, 클라라. 나의 클라리넷! 나는 왜 이다지도 네 목소리를 사랑할까. 작고 평화롭고 흠집 하나 없는, 단어 알들이 정확히 굴러가는 매끄러운 당구대의 융단 같은 네 목소리 안에 똬리를 트는 것이 왜 이렇게 좋을까…… 그만 됐어, 말로센. 근친상간은 참아라! 게다가 당구대 안에 똬리를 틀다니……)

"염려할 것 없어, 누이야. 난 아무 이상 없다. 이번 것은 아주 소규모 폭발인데다 난 갑옷을 입고 있었거든. 그것 없이는 절대 돌아다니지 않아. 너도 알다시피, 난 집에 돌아가 널 껴안을 때만 그걸 벗는다고. 별 볼일 없는 작은 폭발이었어. 정말이야!"

"무슨 폭발?"

침묵.(폭발 때문에 전화한 게 아니야? 아! 그렇군.)

"오빠한테 알려줄 좋은 소식이 있어."

"엄마가 전화했니?"

"아니. 엄마는 이미 폭탄에 적응했을 거야."

"쥘리아 아줌마의 기사를 끝낸 거냐?"

"오! 천만에. 그건 좀 시간이 걸릴 거야."

"제레미가 이번주에는 낙제하지 않기라도 한 거냐?"

"했어. 토요일에 네 시간 보충을 받아야 돼. 음악에서 죽을 쒔대."

"그럼 테레즈가 합리주의로 귀의했니?"

"언니는 방금 전에도 내 카드점을 봤는걸."

"그 카드점이 네가 국문학 수학능력 시험에서 중간 점수는 딸 거라고 말해줬구나?"

"아니. 내가 큰오빠를 사랑하는데 라이벌을 경계해야 한다고, 그녀는 『악튀엘』 잡지의 기자라고 했어."

"프티가 이젠 식인귀 꿈을 꾸지 않는 건가?"

"그애는 로베르 백과사전에서 고야의 〈아들을 잡아먹는 사투르누스〉 복사화를 보고는 굉장히 맘에 든대."

"루나가 상상 임신을 했니?"

“언니는 방금 초음파 사진을 찍고 왔어.”

“남자애야, 여자애야?”

“쌍둥이.”

침묵.

“클라라, 그거냐? 네가 말하려는 좋은 소식이 쌍둥이야?”

“오빠도 참. 쥘리우스가 다 나았어.”

쥘리우스가 나았다고? 응, 쥘리우스가 나았어! 설마. 쥘리우스가 완쾌된 거야? 그렇다니까! 오, 쥘리우스! 그래, 오빠. 쥘리우스가 완전히 나았어! 녀석은 오늘 오전 저 혼자 다섯 층을 내려오면서 건물 전체에 상당한 물의를 일으키기까지 했다고 한다. 녀석의 몸에 연결된 링거 병들이 함께 끌려나와 야단법석을 떨며 계단에서 차례로 깨지고, 배설물 자루가 찢어지면서 나올 수 있는 것들은 모조리 쏟아져나왔다. 그래서 문에 난 작은 투명창으로 바라본 이웃들에게는 마치 메두사의 습격을 피해 달아나는 미친 멧돼지 같은 인상을 주었다. 우리 집 건물에서도 일종의 패닉 사태가 발생했던 것이다. 입주자들은 모두 문을 걸어잠그고 나오지 않았을 터이므로, 쥘리우스의 오만 가지 악취가 층계 꼭대기에서 바닥까지 신명나게 채웠을 것이다.

“아무래도 내가 목욕을 시켜야겠어. 하지만 아직은 좀 이르겠지? 안 그래, 오빠?”

“나중에. 목욕은 좀더 있다가 시키자. 그보다 클라라, 그다음 얘기를 해봐.”

“그다음은 없어. 쥘리우스가 나았다, 그게 전부야. 조금 오랜 산책에서 돌아온 것처럼 잘 먹고 마셨고, 지금은 프티의 침대 밑에 엎드려 있어. 이맘때면 언제나 그랬던 것처럼 말이야.”

“로랑에게 와달라고 했니?”

“응.”

“그가 뭐라던?”

“쥘리우스는 다 나았다고 했어.”

“후유증은 없고?”

“전혀. 아! 있다. 아주 작은 거지만 그래도……”

“뭔데?”

“여전히 혀를 늘어뜨리고 있어.”

21

같은 상황의 재현. 나는 옆구리에 정통으로 타격을 입는다. 다음에는 숨 돌릴 겨를도 없이 정면 공격이 날아와 나를 바닥으로 내동댕이친다. 이제 몸을 공처럼 움츠리고 최대한 내 자신을 끌어모아 빗발치는 공격이 그칠 때까지 그대로 맞는 수밖에 다른 방도가 없다. 속으로는 그 공격이 그치지 않으리라는 걸 알면서도 말이다. 실제로 그것은 그치지 않는다. 그리고 이것은 체스 게임이 아니다.

이것은 체스 게임이 아니다, 젠장할!

소리없는 기합이 나를 위로 내치듯 벌떡 일으켜세운다. 나를 바닥에 짓누르던 녀석이 놀란 비명을 내지르며 보도에 나동그라진다. 다음 순간, 내 늑골에 새로운 킥을 먹이려고 내 앞에 서서 구둣발을 무장하는 카즈뇌브가 분명히 보인다. 그러나 딱하게도 그가 다리를 벌리는 순간, 내 발이 그의 다리 사이를 가격하고, 이어 남반구 전체를 흔들어 깨울 만한 딩고*의 울부짖음이 들려온다. 카즈뇌브는 끝났다. 하지만 또다른 누군가의 일격이 내 목덜미를 강타하는 바람에 나는 두 팔을 벌리고 인사의 포옹을 하는 것처럼 다른 몸뚱이를 껴안고는 함께 쓰러진다. 다시 또 길바닥. 하지만 이번에는 다른 사람 몸 위로 떨어져 충격이 완화되었다. 나는 내 밑에 깔린 상대를 앞뒤 볼 것 없이 구타한다. 얼굴, 갈비뼈, 배…… 그러자 상대는 사람 살리라고 소리를 지르는데, 이런 망할! 그 우라지게 망할 목소리의 주인은 여자였다! 놀라서 내가 고개를 쳐드는 순간, 날아오는 발의 궤적이 보이고 그것이 곧 내 아구통에 스핀을 먹인다. 나는 핑그르르 돌면서 악마에게로 떨어진다. 오늘 밤의 악마는 빌어먹을 곤봉으로 무장을 하고 있다. 곤봉이 우선 내 어깨를 내리치고, 두번째에는 빗나간다. 왜냐하면 내가 몸을 굴려서 최대한 멀리까지 모든 존재를 잘라버릴 셈으로 두 다리로 격렬한 가위질을 시작했기 때문이다.

허벅지 경골의 비명소리, 굵직한 것이 물렁한 곳을 내려치는 소리, 여기저기서 들려오는 작은 신음소리, 그러고는 다시 악마

---

* 호주에 서식하는 들개.

의 몽둥이. 이번에는 빗나가지 않고 불쌍한 내 두개골을 폭파시
킨다. 안녕 내 인생아, 안녕 낮이여, 안녕 밤이여, 이 더럽게 끝장
난 밤도 안녕, 안녕……

"넋 빠지게 신출귀몰하고, 음험한 사건 어디에나 존재하는
자……"

만약 천국이나 지옥, 또는 무(無)가 카를로 에밀리오 가다를
다시 읽을 수 있는 곳이라면, 천국과 지옥과 무 전부 다 만세다!

"엘리자베스, 커피 좀 부탁하겠소."

그렇군. 메룰라나 가의 보도에서 우연히 특수 임무를 처리한
인그라발로 형사는(그런데 빌어먹을 그를 왜 돈 치치오라고 불렀
을까?) 지금 커피를 조금 마시고 싶어한다.

"이 남자는 아주 천천히 정신이 돌아오는 것 같네요."

오! 천천히. 부디 그래야지요. 아주 천천히, 최대한으로 천천
히. 나는 이제 막 고통과 조우했거든요. 카를로, 나를 저버리지
말아줘. 내가 다시 세상으로 올라가지 않게 해달라고. 난 당신을
떠나고 싶지 않아!

"뭐라는 거예요?"

"이 남자는 카를로 에밀리오 가다라는 자를 떠나고 싶지 않다
는군. 솔직히 나도 그건 이해하겠소만."

"이탈리아 사람인가 보죠?"

"그 누구보다 이탈리아인이지. 엘리자베스, 커피를 조금 천천히 부어요. 그러다 질식시키겠소."

인그라발로 형사는 카푸치노를 잉크 삼아 글을 썼지요. 그래서 그의 언어가 그토록 평온한 과민증세를……

"다(多)방언적이지. 그렇소. 우리나라 문학에 그에 필적할 작품이 없다는 게 유감스럽소."

우리 아이들에게 가다를 읽어줘야 합니다. 그애들이 아무것도 이해하지 못한다 해도 말이죠. 그리고 클라라가 대입 자격증을 딸 수 있게 준비도 시켜야 합니다. 인생을 준비시키는 건 아니고. 그건 클라라 자신이 해야지요. 단지 대학 입학에……

"이제 의식이 드는 것 같군. 엘리자베스, 도와주겠소? 이 남자를 일으켜 앉힙시다."

이 고통의 아코디언을 어떻게 앉힌다는 겁니까? 쥘리우스는 한 조각으로 돼 있지만 나는 팔만 조각으로 돼 있다고요! 팔만 조각을 어떻게 앉힐 수 있단 말입니까?

"천천히, 엘리자베스. 쿠션을 하나 더 이리로……"

그런데 쥘리우스는 나았나요? 참, 쥘리우스는 나았지!

"쥘리우스가 대체 누구요, 말로센 씨? 가다는 알겠소만, 쥘리우스는……"

쿠드리에 서장의 물음은 아무리 미소로 포장되어 있어도 수사
기록을 위한 것이다.

"우리 집 개입니다. 병에 걸렸다가 이제 나았어요."

레카미에 의자는 결코 안락한 침상으로 쓰일 물건이 아니다.

"자, 커피를 조금 더 드시구려. 난 의학지식은 전무하오만, 엘
리자베스의 커피는 절대적으로 신뢰한다오. 엘레자베스, 저 양반
을 도와주겠소?"

네, 도와주십시오, 엘리자베스. 난 지금 엉덩이가 아니라 등으
로 앉아 있다고요.

"자, 천천히……"

(으아, 으아, 으아악……)

"이놈의 레카미에 침상은 왜 이렇게 딱딱한 겁니까?"

"정복자들이 소파처럼 푹신한 데서 잠을 자다 보면 자신의 제
국을 잃어버리기 때문일 거요, 말로센 씨."

"그래도 그들은 잃어버리잖습니까. 시대의 소파를요……"

"당신 상태가 한결 좋아진 것 같소이다."

나는 침상 곁에 앉아 있는 쿠드리에 서장에게 고개를 돌린다.
그리고 엘리자베스 쪽을 바라보니, 그녀는 금 테두리와 제국적인
N자가 둘린 작은 커피잔을 손에 들고 내게로 몸을 기울이고 있

다. 나는 내 발치로 고개를 떨어뜨린다. 내 머리는 위아래로 잘 움직인다. 상태가 좋아지고 있는 것이다.

"이제 대화를 나눠볼 수 있을 듯하군요, 말로센 씨."

나눕시다.

"당신이 오늘 겪은 일에 대해 뭐 짚이는 데가 있으시오?"

"백화점이 나를 덮쳤지요."

"무슨 이유로 그런 것 같소, 당신 생각에는?"

무슨 이유로? 카즈뇌브의 부당한 적개심 때문일까? 그는 혼자가 아니었다. 무리 속에는 적어도 여자 한 명이 있었다(내가 구타한 여자. 맙소사!). 그들이 왜? 내가 시위에 참여하지 않아서? 아니다. 우리는 여호와의 증인도 아니고 맹렬 간호대에서 일하는 것도 아니다. 그렇기 때문에 나는 얼마든지 시위할 수 있었지만 기회를 잡지 않는 것이다. 그런데 무슨 이유로 그들이 나를 덮쳤을까?

"모르겠는데요."

"나는 압니다."

쿠드리에 서장은 그의 집무실을 도배한 시금치색 벽지의 금빛 벌들 속에서 몸을 일으킨다.

"고맙소, 엘리자베스."

답례하는 엘리자베스. 문이 열리고 닫힌다. 커피도 이제 없다.

쿠드리에 서장은 책장 앞에 서서 글귀를 암송한다.

"넋 빠지게 신출귀몰하고, 음험한 사건 어디에나 존재하는 자……"

"가다로군요."

"가다 그리고 당신, 말로셴 씨. 당신은 첫번째, 두번째, 세번째 폭발 현장에 모두 있었소. 환상적인 일부 골통들을 자극하는 데 이보다 더 좋은 건 없을 거요."

그건 맞는 얘기다. 하지만 내 기억이 온전하다면, 카즈뇌브 역시 항상 현장에 있었다. 세 번 모두. 그것을 서장에게 말해야 하나 말아야 하나? 카즈뇌브에게는 안됐지만, 나는 말한다.

"사실이오."

서장은 간단히 시인하고 이어서 말한다.

"하지만 그는 레오나르 교수의 연설회장에는 참석하지 않았소."

탄두머리 레오나르? 그가 여기에 왜 등장하는 겁니까? 그 탄두머리가 무슨 상관이 있다고?

"그자가 오늘의 희생자였소."

아! 그렇군요……

"당신은 무슨 볼일로 그 연설회장에 갔소?"

카즈뇌브를 끌어넣는 건 좋지만 쥘리아 아줌마는 안 된다(물론 저들이 나를 봤다면, 내가 그녀와 함께 있는 것도 당연히 봤을 테지만 말이다).

"누이가 임신을 했는데, 그애가 혼자 고민을 하기에. 그러니까
저……"

"알겠소."

이것은 동의한다는 뜻이 아니다. 내 대답에 만족한다는 뜻도
아니다. 내 몸이 어떻게 움직이는지 보려고 나는 앉은 자세를 고
쳐본다. 으으윽! 강직 상태의 쥘리우스처럼 뻣뻣하다. 하지만 쥘
리우스는 나았다!

"당신 갈비뼈 두 개에 금이 갔더군. 의사들이 붕대를 감아났소."

"두개골은요?"

"혹이 생겼소. 그 이상은 아니오."

(그 이상은 아니다……)

서장은 다시 방을 한 바퀴 돌아 자리에 앉더니 램프를 켠다. 눈
이 부셔 내가 얼굴을 찡그리자 그는 불빛을 낮춘다. 내가 아는 한
그의 집무실에서 현대성과 타협한 것은 전화를 뺀다면 이 광도
조절기 램프가 유일하다. 서장은 손가락으로 귓등을 긁고, 다음
에는 콧등을 긁고, 마침내는 앞으로 손을 포갠 뒤 말한다.

"당신 참으로 야릇한 일을 하시더군, 말로센 씨. 이제나저제나
필연적으로 욕을 먹는 일이라니 말이오."

(이런! 생클레르의 말과는 달리 서장은 믿고 있다. 내 희생양

이야기를 말이다!)

이어서 서장은 어느 피의자도—내가 피의자라고 가정한다면—경찰의 입에서 도저히 들었을 성싶지 않은 어처구니없는 질문을 한다.

"그 폭탄들을 터뜨린 자가 당신이오?"

"아닙니다."

"그럼 누군지 아시오?"

"모릅니다."

다시 코를 닦고, 손을 포갠다. 그리고 다시 놀라운 말을 던진다.

"물론 내 개인적인 결론을 당신에게 알려줄 필요는 없소이다만, 내가 당신을 믿는다는 것을 알아두시오."

(이 몸에게는 참으로 고마운 말씀이다.)

"하지만 당신 직장에서는 상당수의 동료들이 그게 당신 짓이라고 생각하는 모양이오."

"예컨대 오늘 밤 나를 덮친 녀석들요?"

"그들만이 아니오."

서장의 눈썹이 뭔가를 내게 이해시키고자 애쓴다.

"이보시오, 이번 같은 경우 희생양은 다른 이들 대신 희생을 치르는 자만을 뜻하는 게 아니오. 그것은 무엇보다, 그리고 우선적으로 설명의 근원을 가리키는 거요, 말로셴 씨."

(내가 설명의 근원이라고?)

"모든 불가해한 사건의 비밀스럽고도 명백한 원인 말이오."

(게다가 내가 명백한 원인이라니!)

"가령 중세에 페스트가 크게 번졌던 시기마다 유대인들을 학살한 것도 같은 맥락에서 설명될 거요."

(하지만 지금은 중세가 아니다. 그렇잖은가?)

"일부 동료들이 보기에는 당신이 희생양이기 때문에 폭탄의 장착자도 될 수 있는 거요. 이유는 단지 원인을 찾으면 안심이 되기 때문이라오."

(난 아니다.)

"그들에게는 어떤 증거도 필요 없소. 심증만으로 충분하지. 내가 사태를 바로잡기 전까지는 그 심증이 거듭될 것이오."

(그럼 바로잡으십시오!)

"자, 이제 다른 이야기를 해봅시다."

그래서 우리는 다른 이야기를 했다. 나에 대해 모든 면에서 조목조목 이야기했다. 어째서 내가 법대 졸업장을 적당히 팔아먹으며 살지 않았는가(서장은 내가 그 종이 쪼가리의 영예로운 소유자라는 것을 아는 지구상의 몇 안 되는 사람이다)? 어째서? 그거야 흠, 나도 그 까닭을 분명히 알지는 못한다. 아마도 청소년기에 지녔던 정착에 대한 두려움, 당시에 흔히 쓰이던 말로는 "시스템에 동화되는 것"에 대한 두려움이 작용했는지도 모른다. 그렇다고 내가 그런 유의 아수라판에 과도하게 빠져든 적은 한 번도 없었지만 말이다. 진부한 얘기지요 뭐.

"그래서 아무 조직에서도 투쟁한 일이 없소이까?"

아무 조직에서도 없었고 저명한 조직에서도 없었다. 친구들과 어울리던 시절, 그들은 내 몫까지 투쟁했다. 그들은 우정을 연대 의식으로 바꾸고, 핀볼 게임을 로네오*로 바꾸고, 감칠맛 나는 저녁을 항구적인 책임 수행으로 바꾸고, 달빛을 길에서 뜯어낸 포석들의 섬광으로 바꾸고, 가다를 그람시**로 바꾸었다. 그들과 나 가운데 누가 옳았냐고 묻는 것은 이 물음에 대답을 내놓을 모든 이들을 초월하는 문제다. 여하튼 내게는 이미 도주 행각을 시작한 어머니가 집에 떨궈놓은 아이들이 있었다. 풋사랑들을 전전하는 루나, 밤마다 벨빌을 다 일으켜 깨울 정도로 악몽을 꾸는 테레즈, 삼백 미터 거리의 탁아소에서 집에 돌아오는 데 두 시간이나 걸리고서는 "나 구경해쩌, 오빠. 구경하는 거 재미쩌" 하고 조잘거리는 클라라. 그때 벌써 말이다!

"당신 아버지는?"

---

* 등사기.

** Antonio Gramsci(1891~1937). 이탈리아의 혁명가·사상가. 1920년대초 이탈리아 공산당 결성을 주도했다.

엄마의 남자들 중 하나이자 첫번째 사랑. 그때 엄마는 열네 살이었고, 나는 그를 본 적도 없다. 탄식하셔도 됩니다, 서장님. 그는 탄식하지 않는다. 그는 정리하고, 분류하고, 아무것도 잊지 않을 것이다.

이어서 쥘리아 아줌마가 내게 "어떤 존재인가" 하는 까다로운 질문이 날아온다. 실로 그녀는 내게 "어떤 존재일까?" 그 철저한 성적 자아비판을 치러야 했던 밤과 그녀가 준비하는 르포 기사를 빼면…… 하지만 이건 모두 서장과는 상관없는 것들이다.

"그 질문에 답하기에는 조금 이른 감이 있군요."

"아니면 조금 늦었거나."

서장은 자신이 방금 지은 심각한 표정을 내가 잘 알아보게 하려는 듯 램프의 불빛을 한 단계 올린다.

"그 여자를 조심하시오, 말로셴 씨. 그녀에게 끌려서 어떤……"

서장은 잠시 생각하더니 말한다.

"당신이 후회하게 될 수도 있는 모종의 협력관계에 발을 담그지 말라는 거요."

(그래도 한번 입을 다문 자는 영원히 다문다.)

"기자들이란 자발적 충동에 맹목적으로 끌려가는 자들이오. 결과에 대해선 크게 고민하지 않지. 우리는 자발성도 교육된다는 걸 알잖소."

(이게 무슨 홍두깨 같은 소리인가.)

"우리요? 우리라니, 어째서?"

"당신은 가장이오. 안 그렇소? 아이들을 교육시킬 책임이 있지 않소? 나 또한 나름대로 그렇다오."

그런 뒤에 서장은 거듭해서 자신의 결론을 내게 털어놓는다. 요컨대 그는 내가 폭탄 테러범이라고는 생각하지 않는다. 그럼에도 불구하고 폭탄이 매번 내가 지나가는 곳에서 터지는 것은 사실이다. 따라서 누군가가 내게 혐의를 씌우려는 것이다. 누가? 알 수 없다. 게다가 이것은 단순한 가정에 불과하다. 때가 되면 옳거나 틀리거나 어느 한쪽으로든 판명될 가정.

"그때가 언제죠?"

"다음 폭탄이 터질 때요, 말로센 씨!"

브라보! 그런데 다음 것이 모든 것을 날려버린다면? 순진한 물음. 나는 그대로 묻는다.

"우리 감식과에서는 그렇게 생각하지 않소이다. 나 또한 마찬가지고."

쿠드리에 경찰서장의 질의는 몇 가지 제안으로 끝났다. 말이 제안이지 사실 명령이나 마찬가지다. 나는 뼈가 붙을 동안 이삼 일 휴가를 받고 쉰 다음 백화점으로 돌아간다. 내 습관이나 이동

경로, 어느 것도 바꾸지 않는다. 두 명의 감시 전문가가 아침부터 저녁까지 나를 미행할 것이며, 내게 접근하는 자들은 하나도 빠짐없이 그 인간 카메라들의 눈에 찍힐 것이다. 그 경찰 두 명은 이를테면 조준경이고 나는 조준점이다. 자, 어떻소. 받아들이겠소? 왠지 모르지만 나는 선뜻 받아들인다.

"그럼 당신을 집까지 모셔다드리게 하겠소."

서장은 작은 버튼을 누르고(현대성과 타협한 것이 하나 더 있었다) 카레가 형사를 올려보내라고 엘리자베스에게 말한다(내 집에서 터키 커피를 마신 그자다!).

"마지막으로 말로셴 씨, 당신을 습격한 자들 말인데, 그때 내 부하가 현장에 없었다면 그들은 아마 당신을 죽였을 거요. 고소하겠소? 여기 명단이 있소이다."

서장은 책받침 밑에서 종이를 꺼내 내 앞으로 내민다. 그 종이를 읽고 싶은 맹렬한 욕구, 그 머저리들 도당을 옥에 처넣고 싶은 광포한 욕구가 일어난다. 하지만 "바데 레트로 사타나스.*" 내 안의 해맑은 천사가 "아니오"라고 대답한다. 속으로 천사들은 모두 바보라고 비웃으면서.

"좋을 대로 하시오. 어쨌거나 밤중에 난동을 부린 데 대해서는

---

* '사탄아 물러가라'라는 뜻의 라틴어.

그들도 책임을 져야 할 것이고, 백화점에도 이미 통보가 갔으니
그쪽에서도 무슨 조처가 있을 거요."
　그런다고 내 갈비뼈에 철갑 무장이 둘릴 수는 없으리라.

22

파리는 잠들어 있고, 카레가 형사는 세상의 모든 경찰이 타자기를 두드리는 식으로 운전을 한다. 다시 말해 두 손가락으로 차를 몬다. 그리고 여전히 목털 달린 점퍼에 싸여 겨울을 나고 있다. 나는 그에게 차를 돌려 테오의 집으로 갈 수 있는지 묻는다. 그는 그렇게 한다.

나는 친구가 사는 층까지 네 계단씩 뛰어오를 태세가 돼 있지만, 실제로는 사분의 일 계단씩 기어오른다. 층계참마다 게이 친구들로 활기가 넘치기 때문이다. 이윽고 문 앞에 도달한다. 문에는 데이지꽃 네 송이가 그려진 앞치마를 두른 테오의 사진이 핀으로 꽂혀 있다. 알겠다. 그는 여기 없고 우리 집에 있다. 불안해진 아이들이 그에게 전화해서 그가 유모 노릇을 하러 간 것이다.

　차로 돌아와보니, 카레가 형사는 거의 떠나기 직전이다. 나는 그 짧은 기다림의 손실을 만회해줄 셈으로 집에서 오십 미터 떨어진 로케트 가와 폴리레놀트 가가 만나는 지점에 내려달라고 한다. 그러면 대로를 돌아가야 하는 번거로움은 피할 수 있을 것이다. 그는 대단히 고맙다고, 오늘 밤 상근이라 꽤 바쁘다고 말한다. 나는 차에서 빠져나와 지친 몸을 이끌고 아이들에게 간다. 아이들, 내 아이들…… 가슴 한켠의 욱신거림, 그러자 별스럽게도 레오나르 교수가 생각난다. 오늘 출산 지지론자 레오는 내 일터에 와서 봉변을 당했다! 이상한 건, 그가 대형 백화점에 드나들 사람처럼 생기지 않았다는 점이다. 포토마톤을 사용할 얼굴은 더더욱 아니었다. 레오나르 교수는 철두철미한 핸드메이드였다. 내가 연설회장에서 봤을 때, 그가 걸친 옷 값만도 시쳇말로 벽돌* 두세 개는 나갔다. 심지어 그의 구두는 양쪽이 각각 다른 장인의 손에 맡겨졌을 것이며, 두 쪽 다 일생일대의 작품이었을 게 분명하다. 그런 품종의 인간이 백화점 같은 데 출입할 리 없다. 만약 어느 날 그가 지하철 안으로 내려간다면, 그것은 심리적으로 어지간히 격렬한 쇼크를 먹었을 경우에나 가능할 것이며, 그게 아니면 그의 딸이 최근 댄스파티에서 받은 벌칙 때문일 것이다.

---

* 만 프랑 돈다발.

(맙소사, 오십 미터가 이렇게 긴 거리였나?)

레오나르, 교수 레오나르…… 그는 정확히 생클레르와 동류도 아니었다. 그에게는 전통을 학습시킬 필요도 없었다. 그는 뿌리 깊은 가문에서 태어나 진짜 유모의 젖을 통해 신성불가침한 가치관들을 흡수했다. 선거유세에서 이것만큼 확실한 보증수표도 없다. 아마도 그의 뒤에는 열두 세대에 걸친 쟁쟁한 의사들의 족보가 펼쳐져 있을 것이다. 과거에는 왕의 주치의, 오늘날에는 모르긴 해도 의사협회 회장. 디아푸아뤼스* 이래로 최고의 자리를 지켰을 것이다. 그런 남자가 쿠르브부아의 정비업자나 쌍둥이 누이를 사랑한 토목청의 엔지니어와 같은 반열에 끼어 그토록 대중적인 장소에서 우연한 죽음의 희생자가 되다니! 그 지경으로 자신을 추락시키다니…… 가문의 수치다! 가족들은 달도 없는 밤에 남몰래 그를 땅에 묻으리라.

(이 거리가 정말로 오십 미터 맞나?)

너스레는 그만 떨자, 말로센. 넌 고위층에 대해 쥐뿔도 모르는 하찮은 놈일 뿐이야. 넌 속단하고 왜곡하고 있어. 적응, 이것이야말로 그들의 유일한 요법이지. 그들이 쥔 권력의 모든 비밀은 적응이라고. 그 품종은 적응한다. 그 품종은 아코디언처럼 처신해

---

* 몰리에르의 「상상병 환자」에 나오는 극보수적인 의사.

서 최고의 자리까지 올라간다. 그들이 지하철을 타지 않는 이유
는 지극히 단순하다. 걸어서 샹젤리제를 내려오기 때문이다.

겉에는 카키색 로덴* 코트, 안에는 프티 바토**를 입는 것. 그
런 게 바로 적응이다……

테오는 정말 우리 집에 와 있다. 클라라, 테레즈, 제레미, 프티,
루나와 그녀의 불룩한 배, 그리고 내게 혀를 빼고 있는 쥘리우스.
내 가족들.

"오빠!"

이 외침이 터지고 더이상 다른 것은 없다. 내 누이들 중 하나가
나를 보는 순간 내지른 고뇌의 외침. 누굴까? 루나는 두 손으로
입을 막고 있다. 테레즈는 책상 뒤에 앉아 유령이라도 보듯 나를
쳐다본다(하기야 내가 유령의 일종이긴 하지). 클라라는 눈물이
글썽한 눈으로 서 있다가 한 손을 등뒤로 돌려 더듬거리더니, 라
이카를 잡아들고 오른쪽 눈에 가져다댄다. 플래시! 공포는 그렇게
사진 속에 가둬지고, 나는 내 몰골이 엘리펀트 맨 정도는 아니라
는 걸 확인한다.

드디어 제레미가 질문을 던지는 것으로 평소와 같은 대화가 시

____

* 방수 처리가 된 모직 천.
** 아동 의류 메이커.

작된다.

　"말해봐, 형. 그 쪼다 같은 직목보*가 염병할 조동사 에트르 (être) 앞에 올 때는 저 거지 발싸개 같은 과거분사가 어째서 직목보랑 일치돼야 하는 거냐고."

　"아부아르(avoir), 제레미. 그건 조동사 아부아르 앞에 올 때의 얘기야."

　"뭐, 어쨌거나. 테오는 설명하는 데는 도무지 꽝이야."

　"나야 그런 골치 아픈 규칙은……"

　테오의 얼버무리는 손짓.

　그래서 나는 설명을 시작한다. 아이들 이마에 한 명씩 아버지 같은 입맞춤을 해주고서 그 장구한 규칙을 설명한다. 그건 말이지, 옛날에는 직접목적보어가 조동사 아부아르 앞에 오건 뒤에 오건 과거분사는 직접목적보어와 항상 일치했어. 그런데 직접목적보어가 뒤에 오면 사람들이 너무 자주 까먹는 바람에, 문법 제정자가 그 오류를 규칙으로 바꿔버린 거야. 알겠냐? 그렇게 된 거다. 언어는 나태한 쪽으로 진화한다는 얘기지. 맞아, 맞아, 유감스럽게도.

---

* 직접목적보어.

"바로 내 아파트 밑에서 벌어졌어, 뱅. 그 녀석들은 분명 네가 내 상태를 보러 올 거라고 짐작하고는 건물 문 앞에서 널 기습한 거야."

나는 침대에 누워 있다. 쥘리우스는 바닥에 앉아 내 배에 머리를 얹고서 삼 센티미터쯤 되는 물컹하고 따뜻한—살아 있는!—혀로 내 파자마를 적시고 있다. 테오가 옆에서 왔다갔다 서성인다.

"내가 병원에 도착했을 땐 이미 모든 게 끝나 있었어. 노르망디니멘*의 조종사처럼 차려입은 우람한 경찰이 널 차에 싣고 있더라고."

(카레가 형사, 고맙네.)

"내 생각으론 그 경찰은 널 미행하고 있었어. 네가 우리 집으로 들어가는 걸 보고는 그 사이에 주전부리할 거라도 사러 갔겠지. 그가 돌아왔을 땐, 다른 녀석들이 벌써 일을 꽤 진척시킨 상태였고."

"그 녀석들이 누군지 봤냐?"

"아니. 그 조종사 경찰이 널 공격한 놈들 몇 명을 때려눕혀 앰뷸런스에 실려가는 건 봤지. 그가 적당히 손보지 않은 것만은 확실해."

(한 번 더 고맙네, 카레가.)

---

* 2차 세계대전 당시 자유 프랑스의 전투비행 편대.

"테오, 넌 다친 데 없고?"

"옷을 버렸지."

테오는 갑자기 걸음을 멈추고 나를 돌아본다.

"한 가지 물어봐도 될까, 뱅?"

"물어봐."

"너 그 폭탄 건에 연루됐어?"

역시나. 그래도 이번만큼은 내 안에서 뭔가가 불끈한다.

"아니."

"유감천만이다."

도대체가 오늘 밤 대화들은 하나같이 나를 놀래키는군.

"네가 거기 연루됐다면 난 주저없이 널 국가적 영웅이라고 생각했을 텐데 말이야!"

얼씨구, 테오 이 친구 왜 이러나? 그래도 썩은 소비사회 운운하는 일격만은 말아주라. 너만은 내게, 우리 나이와 우리 일을 생각해서 그러지 마라!

"털어봐, 테오. 감추고 있는 게 뭐야?"

테오는 다가와 쥘리우스의 머리맡에 앉는다. 쥘리우스의 눈이 돌아간다. 살아 있다, 쥘리우스! 테오는 셰익스피어의 밀담자 같은 표정을 짓는다.

"포토마톤에서 분해당한 그 사내 말이지……"

낮은 소리로 속삭인다.

"응, 그가 왜?"

"최고의 저질 개자식이야!"

우리 과장하지 말자. 그런 부류는 어디에나 널려 있잖아. 그의 개수작은 그 자신은 의무라고 믿고 행한 것이니 용서될 만한 여지도 있다.

"테오, 너 그 남자와 아는 사이였어?"

"아니. 하지만 그가 뭘 하면서 여가를 보냈는지는 알지."

"포토마톤에서 수음하는 거?"

그러자 테오의 눈에서 불꽃이 튄다.

"바로 그거야, 뱅."

나는 그것이 그토록 흉측스러운 짓인지는 잘 모르겠다. 물론 그렇게 유쾌한 것도 아니지만.

"그 안에서 조촐한 추억들을 감상하면서……"

떨리는 목소리. 갑자기 테오의 목소리가 내가 여태껏 그에게서 들어본 적이 없는 분노로 떨리고 있다.

"자, 자 테오, 그냥 속시원히 말해!"

테오는 자리에서 일어나 데이지꽃 앞치마를 벗고 재킷 주머니에서 지갑을 꺼내더니 그 속에서 옛날 사진으로 보이는 것을 꺼낸다.

"이걸 봐."

실제로 상당히 오래된 사진이다. 가장자리가 오톨도톨한 버터 쿠키 모양으로 절단된 흑백 사진. 하지만 검정 일색으로 아주 어둡다. 그래도 이삼십 년은 젊어 보이는 레오나르 교수의 스포츠맨 같은 건장한 육체를 알아볼 수는 있다. 이글거리는 눈, 악마적인 비웃음 때문에 옆으로 찢어진 입, 발끝부터 뾰족한 정수리 끝까지 벌거벗은 알몸으로 그는 두 팔을 뻗어 테이블 위에 또다른 육체를 고정시키고 있다……

"오! 맙소사……"

나는 고개를 든다. 테오의 얼굴에 눈물이 흐르고 있다.

"그애는 죽었어, 뱅."

다시 사진을 들여다본다. 어떤 본능이 우리에게 시계는 멈췄다고, 설령 시간은 정확히 맞더라도 시계는 멈췄다고 알려주는 걸까? 레오나르 교수가 테이블 위에 찍어누르고 있는 아이는 이미 죽은 상태다. 의심할 나위가 없다.

"넌 이걸 어디서 찾아냈냐?"

"그 박스 안에서. 그는 산산조각난 후에도 이 사진을 손에 쥐고 있었어."

긴 침묵이 흐른다. 나는 사진을 좀더 자세히 들여다본다. 벌거벗은 남자, 그의 긴장된 근육들, 그 표면에서 번개처럼 빛나는 얼룩들(아마 플래시 빛이 땀에 반사된 것이리라). 식탁인 듯싶은 그 위에서 두 다리를 허공에 늘어뜨린 아이의 흰 형체, 그리고 식탁 밑에는……

"너 여기 테이블 밑에 있는 게 뭔지 알아보겠어?"

테오는 내 침대머리의 램프 가까이로 사진을 가져가면서 손등으로 뺨을 닦는다.

"글쎄, 옷이 아닐까. 옷 무더기."

그렇다. 어떤 무더기가 점점 더 짙어지는 어둠의 카마이유* 속에서 와해되어 결국 전율하는 암흑에 먹히고, 거기서 제물이 된 아이의 하얀 형체가 솟아나고 있다.

"왜 이걸 경찰에 넘겨주지 않았어?"

"경찰이 이 쓰레기 같은 작자를 해치운 녀석을 붙잡게? 천만의 말씀이지!"

"하지만 그건 우연이었어. 테오, 네가 당했을 수도 있다고."

이 말을 채 마치기도 전에 나는 그 점에 의심이 들기 시작한다.

"그럼 내가 우연을 감옥에 넣고 싶어하지 않는다고 해두지 뭐, 뱅."

"이 사진은 여기 놔둬. 품속에 끼고 다니지 말고."

---

* 하나의 색조를 여러 톤으로 표현하는 기법이나 작품.

테오가 떠난 후, 나는 침대 옆 서랍장 속에 사진을 숨겨놓고 잠이 든다. 가라앉는 돌덩이처럼 잔다. 그러다 바닥에 닿아보니, 소각로 아가리를 가진 고릴라가 어린아이들을 냄비에 넣고 스튜를 만들고 있다. 아이들은 끓어오르는 냄비 속에서 파닥거리며 어쩔 줄 몰라한다. 그때 어디선가 식인귀들이 나타난다. 크리스마스 식인귀들이……

23

'그는 자신의 죽음을 정면으로 응시했다!'

다음날 신문 1면은 이렇게 대서특필했다. 확대된 포토마톤 사진 네 컷이 아래쪽 전체를 차지하고 있었다(맙소사, 그 와중에도 기계가 작동했던 것이다!). 그렇게 레오나르 교수의 최후가 네 컷의 클로즈업으로 공개되었다.

남자는 대머리라는 말로는 부족할 지경이다. 박박 밀린 머리에 눈썹도 뽑히고 없다. 기다란 이마는 맨질거리며, 민둥민둥한 눈썹 부위는 아치 모양으로 한층 불거져 보인다. 귀는 뾰족하고 통통한 볼 아래의 턱은 강인하고 안색은 창백한데, 아마도 조명 때문일 것이다. 이 얼굴을 어디선가 봤다는 느낌이 또다시 든다. 첫째 사진에서는 그의 머리가 약간 뒤로 젖혀져 있고, 입술이 안 보일 정도로 일자로 다문 입은 마치 얼굴 아래쪽에 난 흉터 같다. 무겁게 처진 눈꺼풀 밑의 시선은 음침하고 차갑고 완벽하게 무표정해서 오히려 불안한 깊이를 드러낸다. 자연스러운 표정이 결핍되어 경직된 게 아니라, 아무것도 표출하지 않겠다는 고의적인 의지로 인해 굳어 있는 얼굴이다. 둘째 사진의 모습은 마치 비계와 근육으로 빚어진 견고한 구조물이 지진에 휩싸인 듯하다. 눈꺼풀이 홍채가 다 드러날 정도로 치켜올라가서 눈 속의 새까만 동공이 불가항력적으로 보는 사람의 눈길을 끈다. 양 볼의 살집은 입술이 그려내는 일그러진 웃음 때문에 보조개 속으로 함몰되고 있다. 셋째 사진에서는 얼굴이 파열한다. 민둥 아치들의 선이 부서지고, 이마와 두개골은 격랑에 출렁이고, 눈꺼풀은 홍채를 삼키고, 입은 대각선으로 균열을 일으키며 얼굴을 가르고, 양 볼은 마치 틀니가 빠진 것처럼 안으로 빨려들어가 있다. 모든 것이 흐느적거린다. 마지막 사진은 죽은 뒤에 찍힌 것이다. 적어도 눈에 보이는 부분은 그렇다. 그는 폭발 직후 회전의자 위에서 고꾸라진 게 분명하다. 보이는 것은 움푹 패어 피가 흐르는 왼쪽 눈구멍이 전부이다. 두피의 일부는 떨어져나가고 없다.

내 머리 상태도 별로 나을 게 없다. 클라라가 지금 두 손으로 내 머리를 감싸쥐고 치료하는 중이다.

"습포를 살살 떼어내줘. 소금물에 데쳐지는 아티초크*가 된 기분이라고."

"습포가 다 말라버려서 그래, 뱅자맹."

누이가 나를 뱅자맹이라고 부를 때면 감동이 솟아오른다. 이 아이는 마치 애정의 과잉 분출을 막기 위해 내 이름을 늘여 부르는 것 같다.

"그 사람들이 오빠 머리를 멋지게 주물러놨어. 알아?"

"어디 그뿐이겠니? 속은 어떤 줄 아냐…… 그런데 넌 이 사진을 어떻게 생각하니?"

클라라는 신문에 실린 사진 넉 장을 잠시 쳐다보더니 답을 내놓는다. 그녀의 눈이 본 그대로의 구체적이고 테크니컬한 답변.

"내 생각으론 신문기자들이 아무 소리나 막 쓰고 있어. 이 남자가 정면으로 응시한 건 자신의 죽음이 아니야."

(더구나 네 단계에 걸쳐 사람을 죽이는 폭탄은 금시초문이지.)

클라라의 답변이 계속된다.

"그는 다른 걸 보고 있었어. 렌즈 바로 밑에서 손에 뭔가를 들고 보고 있었던 거야."

(오! 굉장하다, 나의 클라리넷. 그래, 그래……)

---

* 유럽의 고원지대에서 자라는 국화과 식물. 꽃심이 식용으로 쓰인다.

"얼굴이 터질 것 같은 이 사진은 폭발 전에 찍힌 거야, 뱅."

(그래, 그래……)

"표정도 말이야, 고통이 아니라 쾌락을 느끼는 표정이야."

말을 마친 어린 누이를 나는 잠시 물끄러미 바라본다. 그리고 아주 소량의 커피로 천천히 목을 축인 다음 묻는다.

"클라라, 네가 만약 끔찍한 사진을 봤다면, 속이 뒤집힐 것 같아서 도저히 쳐다볼 수 없는 어떤 것을 봤다면, 넌 어떻게 하겠니?"

클라라는 두툼한 『라가르드와 미샤르』*를 가방에 넣고, 스쿠터 헬멧을 팔에 끼고, 조심스럽게 내 뺨에 키스를 하고는 문을 나서면서 대답한다.

"글쎄, 아마 난 그 사진을 또 사진찍을 거야."

오후 다섯시, 테레즈가 집에 돌아왔을 때, 나는 드디어 레오나르 교수의 악취 풍기는 얼굴이 줄곧 떠올려줄 듯 말 듯했던 뭔가를, 그 데자뷔의 정체를 알게 된다.

"그자야, 오빠. 그자야, 그자!"

테레즈는 거의 부들부들 떨리는 손으로 신문을 쳐들고 쥘리우스와 내 앞에 와서 선다. 목소리는 대발작을 예고하는 겁에 질린

---

* 라가르드와 미샤르라는 두 명의 저자가 불문학 전반에서 발췌한 텍스트들을 다각도에서 분석한 논술 교본 시리즈 중 하나.

흥분의 열기로 전율하고 있다. 나는 가능한 한 부드럽게 묻는다.

"그자라니? 그게 누군데?"

"이 남자!"

테레즈는 자기 책장에서 책 한 권을 쏜살같이 뽑아 내게 내밀며 외친다.

"알레이스터 크롤리!"

(아! 알레이스터 크롤리. 그 유명한 영국인 흑마법사. 바알세불*의 위대한 친구. 1875년 리밍턴에서 태어나 1947년 헤이스팅스에서 죽었지……)

펼쳐진 책의 페이지에는 사진이 실려 있다. 레오나르의 포토마톤 네 컷 중 처음 사진과 모든 점에서 흡사한 사진. 여하튼 무척 닮기는 했다. 사진 밑에는 설명이 적혀 있다. '짐승 666, 알레이스터 크롤리.'

그리고 옆 페이지에는 유황가스를 뿜어내는 글이 쓰어 있다.

유일한 법칙은 이것이다 : 하고 싶은 것을 행하라. 왜냐하면 인간은 각기 하나의 별이기 때문이다. 하지만 대다수의 사람들은 그것을 모른다. 가장 철통 같은 무신론자들도 실은 기

---

* 성경에 나오는 귀신의 왕 또는 파리 대왕.

독교의 사생아들이다. '나는 신이다'라고 감히 말했던 단 한 명의 인간마저도 십자가로 무장한 엄마 품에 안겨 미쳐서 죽었다. 그의 이름은 프리드리히 니체이다. 니체 이후 20세기의 로봇 인류는 예수 그리스도 대신 맘몬*을 추앙하고, 축제 대신 세계대전을 벌였다. 그들은 선조들보다도 더욱 타락한 자신들에게 그다지 긍지를 느끼지 못한다. 숭고한 발육부전아들의 시대는 가고 비천한 발육부전아들의 시대가 왔다. 인간적인 너무도 인간적인 것의 치세는 끝나고 인간 이하인 것의 독재가……

"그는 죽지 않았어, 오빠. 죽지 않았다고. 그는 환생했어!"

아무렴. 또 발동이 걸렸다.

"진정해라, 귀여운 누이야. 그보다 더 확실히 죽기도 힘들 거다. 포토마톤에 증거까지 남겼잖니."

"아니야. 그는 한 번 더 죽음의 외견 뒤로 사라진 것뿐이야. 다른 어느 곳에서 더 번듯하게 태어나 작업을 계속하려고 말이야."

(죽은 몸이 플래시를 받아 섬광을 뿜는 사진이 내 머릿속을 스쳐간다. '작업이라!' 나는 성질이 뻗칠 것만 같다.)

---

* 고대 시리아의 황금의 신.

"오빠, 이걸 봐. 그 남자 이름이 레오나르였어!"

테레즈의 얼굴에서 핏기가 가시고, 목소리는 창백한 공포에 눌려 사그라진다. 영화 속에서처럼 신문이 손가락 사이로 흘러내린다. 테레즈가 중얼거리듯 되뇐다.

"레오나르……"

쥘리우스는 길게 혀를 뺀다.

"그래. 그 인간 이름이 레오나르였어. 그래서?"

아무렴. 나는 성질을 낸다.

"그러니까 그게 사바트의 밤에 악마를 부르던 이름이라는 거지. 악마라고, 오빠! 맘몬! 루시퍼!"

마침내 내 성질이 머리끝까지 치민다.

나는 크롤리의 책을 손에 들고 조용히 일어난다. 금색 글자가 박이고 녹갈색 모로코 가죽에 싸인 이 물건. 뭔지 모를 내면세계의 장서. 이게 문제다(테레즈가 이 따위 책들을 산더미처럼 끌어모아 책장을 칸칸이 채우는 것을 나는 보고만 있었다. 교육자라고? 픽도 그렇군!). 나는 말없이 책을 반으로 찢어 아파트 저쪽 구석으로 날려버린다. 그런 다음 내 가냘픈 누이 테레즈의 어깨를 잡고 흔든다. 처음에는 부드럽게, 그러다 점점 더 격렬하게. 그러면서 나는 그애가 알아듣게 얘기한다. 처음에는 냉정히, 그러다 점점 더 히스테릭하게. 별점이니 예견이니 하는 너의 그 헛

소리는 이미 들을 만큼 들었고 악마 어쩌고 하는 그 잡소리도 마찬가지다. 앞으로는 결단코 네 입에서 그 따위 얘기는 듣고 싶지 않다. 프티에게 그게 얼마나 통탄스러운 본보기인 줄 아느냐(통탄스럽다. 그렇다. 나는 그렇게 말했다). 다시 한번, 단 한 번이라도 그런 얘길 또 입에 올렸다가는 내 손에 평생 잊지 못할 만큼 얻어맞을 줄 알아라. 알아들었냐, 이 푼수 같은 누이야!

그러고도 충분하지 않아서, 나는 책장으로 달려가 책들을 모두 쓸어버린다. 책들 그리고 별의별 해괴한 부적과 조각들이 바람 가르는 소리를 내며 쥘리우스 위로 쏟아지고, 총천연색 석고상 하나는 철물점 벽으로 날아가 폭파되고, 트라벨로의 예마니아 여신마저도 돌처럼 굳은 테레즈의 발밑에서 바이아의 숨결을 거두고 만다.

나는 개를 데리고 밖으로 나온다. 다시 말해 길거리로 나와 길 잃은 사람처럼 프티의 학교 쪽으로 걷는다. 프티를 품에 안고 그 조그만 몸과 장밋빛 안경을 마주 보며 세상에서 가장 아름다운 이야기를, 처음부터 끝까지 불행 따위는 나오지 않는 이야기를 들려주고 싶은 욕망에 미칠 것 같다. 나는 걸으면서 찾는다(고뇌 없이 채취할 만한 즐거움은 사방에 있지 않을까). 하지만 발견하지 못한다. 더러운 창부의 문학 같으니! 층층마다 추악한 사실주의만 바글거린다. 죽음, 밤, 식인귀, 썩은 내 나는 요정들! 행인들이 머리에 혹이 난 미친놈과 혀를 늘어뜨린 개를 힐끔거리며 돌아본다. 하지만 그들이라고 이상적인 이야기를 나보다 더 잘 알고 있는 건 아니다! 게다가 그들은 개의치도 않는다! 그들은 무지한 육식동물의 웃음을 짓는다. 천 개의 이빨을 가진 양(羊)의 잔혹한 웃음을!

분노가 돌연 사라진다. 동그스름한 아주 작은 존재가 장밋빛 안경 너머로 사팔뜨기 눈을 반짝이며 내 품에 뛰어든 것이다.
"형! 형! 우리 선생님이 너무 멋진 시를 가르쳐줬어!"
(드디어 찾았다! 멋진 시라, 선생님 만세!)
"형한테 외워줄 수 있겠니?"
프티는 내 목에 두 팔을 감고는 진주조개를 따올리는 것처럼 숨 한 번 쉬지 않고 그 멋진 시를 암송한다.

작은 배가 있었네
위골랭이 아들들을 태우고 떠났다네
이유는 그 늙은 흡혈귀가
무전여행을 시켜주겠다는 거였지!

대여섯 주가 흐르자
먹을 것이 바닥나버렸다네
그는 말했지, "애들아, 염려할 거 없단다.
내 아이들은 어느 때고 맛있었어!"

모두 짚단으로 제비뽑기를 했다네
격식대로! 우아하게!
어쩌겠나 그 남자의 위장은
작은 속쓰림도 견디지 못했는걸

그리하여 금욕적이고 전설적인 위골랭은
자식을 하나씩 먹어치웠다네
결국은 아이들의 아버지만 살아남으려고……
아! 그걸 생각하면 내 가슴이 찢어진다네

—쥘 라포르그

흠, 과연. 알겠다. 오늘은 이것으로 한계다. 잠이나 자러 가자.
시에 매혹된 작은 아이가 나를 보며 미소짓는다.
미소를 짓는다.

장밋빛 안경 너머로.

매혹된 아이가.

아이들은 바보다. 천사들처럼.

나는 40도의 독주를 가득 채운 술잔을 들고 자리에 눕는다. 완전한 암전의 시간. 그 누구와도 면회 사절이다. 쥘리우스까지도. 클라라가 올라오겠다고 고집을 피운다. 나는 차라리 테레즈나 위로해주라고 차갑게 말한다.

"테레즈? 언니가 어때서? 언니는 아무 문제도 없어!"

(그럼 그렇지. 내가 다른 사람에게 준 고통을 절대로 과대평가해서는 안 된다. 그들이 그걸 즐기게 내버려두는 거다.)

"클라라, 테레즈에게 말해. 나는 그 신통술에 대해서는 더이상 듣고 싶지 않지만, 다음번 경마 패를 뽑는 것만은 예외니까, 쌍승식*으로 뽑으라고 해!"

그런 뒤 열띤 자아비판의 시간이 이어진다. 대체 왜 그러냐, 말로셴? 네 막내동생은 호모 언더그라운드 세계의 정밀지도까지 작성할 지경이고, 다른 동생은 건달처럼 말하면서 낙제를 밥 먹듯 했어. 그래도 넌 상관하지 않았지. 천사 같은 누이에게는 수험 준비를 시키는 대신 그보다 더 나쁠 수 없는 네 직장 풍경이나 사

---

* 프랑스의 경마 티에르세(tiercé)는 3착까지 세 마리 말을 골라 맞히는 방식으로 진행되며, 순위대로 맞히는 3쌍승식과 순위와 상관없이 맞히는 3복승식이 있다.

진찍게 만들고, 별들과 내통하는 누이가 네 묵인 아래 저러는 것도 벌써 한두 해가 아니지. 넌 하물며 루나에게도 충고 한마디 하지 않더니, 갑자기 세기적인 도덕적 위기에 봉착한 위인처럼 굴고 있잖아. 우상 척결과 인류의 몰살이라도 바라는 종교재판관의 얼굴을 하고 말이지! 대체 뭐냐고? 무슨 일이 일어난 거야?

나는 무슨 일이 일어난 건지 안다. 사진 한 장이 내 인생에 들어오는 바람에 사악한 이야기가 현실이 된 것이다.

크리스마스 식인귀들 이야기가……

내가 그 중요한 사실을 깨달은 순간 방문이 열린다.

"어?"

쥘리아 아줌마가 문턱에 서 있다. 미소가 떠돈다. 그녀의 옷차림을 묘사하라면 난 백 번을 반복해도 싫증내지 않을 것이다. 천연색 그대로의 양모 원피스. 그야말로 한 조각으로 된 원피스가 그녀의 풍만한 젖가슴 위에서 교차하고 있다. 볼륨 위에 볼륨이, 따스함 위에 따스함이 겹쳐져 있다. 그래서 너무도 유연한 밀도감이 나를……

"들어가도 될까?"

그녀는 내가 그러라고 하기도 전에 내 침대에 앉아 있다.

"브라보! 그자들이 당신을 제법 요리해놨구나. 당신 동료들 말이야!"

나는 그녀에게서 클라라의 존재를 느낀다.

(그애는 분명 "오빠가 죽어가고 있지 않은지 어서 올라가봐요" 하고 속삭였을 거다.)

"머리를 다친 거야?"

내 이마에 닿는 쥘리아의 손이 시원하다. 그녀는 난로를 만진 것처럼 뜨거움을 느꼈겠지만, 손을 떼지는 않는다.

"쥘리아, 식인귀에 대해 어떻게 생각해?"

"어떤 관점에서? 신화적인 거? 인류학적인 거? 아니면 정신분석의 관점? 이야기의 테마 분석? 아니면 모조리 섞은 칵테일을 만들어줄까?"

웃을 기분이 아니다.

"오늘은 참아줘, 쥘리아. 개념들은 치우고 식인귀에 대한 당신의 생각만 말해."

사금파리가 반짝이는 그녀의 눈이 잠시 생각에 잠기더니, 커다란 미소와 함께 치아들의 파노라마가 펼쳐진다. 그녀는 쓱 몸을 기울이고 내 귀에 거의 달라붙어 속삭인다.

"스페인에서는 사랑하다를 '꼬메르* 라고 해."

---

* '먹는다' 는 뜻.

갑작스럽게 몸을 기울이는 바람에 그녀의 가슴 한쪽이 옷 밖으로 삐져나온다. 세상에, 스페인어로는 사랑하다, 그게 먹는 거라고……

<h1 style="text-align:center">24</h1>

"말로센 씨, 내가 동료들이 참석한 자리에서 얘기하고 싶다고 했습니다."

생클레르는 책상 양편으로 막대기처럼 서 있는 르시프르와 레만을 가리킨다.

"모든 입장이 분명히 확인되도록 말입니다."

침묵(쥘리아 아줌마와 나는 침대에서 사흘을 보냈다. 내게는 모든 입장이 체위처럼 빛나고 자명하다).

"같은 배에 타지 않으려야 않을 수가 없군요. 그건 문제를 해결하는 민주적 방식이 아니죠."

르시프르가 한마디 내뱉고는 자신의 적대감이 허용하는 한도 내에서 최대한 호의적인 표정을 짓는다(쥘리아의 손과 머리카락이 아직도 내 피부 위를 달리고 있다).

"하여간 그 개자식들 중 하나라도 덜미를 잡으면……"

이건 복수심에 찬 레만의 목소리다(내가 견실한 직원으로 복귀한 후로 그의 목소리는 미묘하게 견실함을 잃어가고 있다).

"그것은 언어도단의 폭력입니다. 말로셴 씨, 당신이 고소를 하지 않았다니 다행입니다. 안 그랬으면 우리 백화점이……"

(당신은 아름다워! 정말로 아름다워! 오, 황홀한 내 사랑……
내 욕망은 하미나바브의 전차처럼 튀어올랐지!)

"천만다행으로 거의 회복된 것 같군요. 물론 얼굴에 아직 흔적이 남아 있지만……"

(사흘이다. 그리고 사흘에 열두 번을 곱하면, 서른여섯이다. 적어도 서른여섯 번. 그렇다!)

"하지만 고객들 눈에는 그 얼굴이 한층 더 신뢰가 갈 겁니다!"

생클레르의 언급에 다른 두 사람이 웃음을 터뜨린다. 나도 몽상에서 빠져나와 웃음에 동참한다. 만일의 경우를 위해서.

나흘의 병가를 끝내고 업무로 복귀했다. 쿠드리에가 파견한 인간 카메라들의 감시하에 복귀한 것이다. 내가 이 망할 백화점의 어디에 있건 나를 주시하는 그들의 눈이 감지된다. 내 눈에는 그들이 보이지 않는다. 매우 유쾌한 상황이다. 나는 짬짬이 전방위로 은밀한 눈길을 던지면서 시간을 보낸다. 잡히는 건 없다. 나름대로 이런 업무에 통달한 자들이 분명하다. 나는 하루에 열 번은 뒤를 돌아보다가 고객과 부딪친다. 고객은 소리를 지르고 나는 흩어진 보따리들을 줍는다. 그러다 "말로셴 씨는 고객상담실로 와주시기 바랍니다" 하는 방송이 나오면 그리로 간다. 쥘리아 아줌마의 기사가 게재되는 날이 지체되고 있기 때문에 말로셴 씨는 약간의 조바심 속에서 해고될 날을 기다리며 업무를 수행한다. 나는 레만의 사무실에서 내려오는 길에 서점에 들른다. 거기서 내가 찢어버린 것과 동일한 알레이스터 크롤리의 전기를 한 권 찾아낸다. 리송 영감은 마뜩잖다는 내용의 긴 설교를 한 뒤 내게 그것을 판다. 나도 같은 생각이다. 가여운 테레즈, 이건 문학이 아니고 백해무익의 잡서다. 그래도 피해는 복구해줘야지. 네게 새 예마니아를 구해달라고 테오에게 부탁할 생각이다.

(쥘리아의 웃음소리가 귀에 선하다. "당신은 자기만의 소유물은 죽어도 갖지 못할 사람이야, 뱅자맹 말로셴. 심지어 분노조차도." 그리고 밤이 좀더 깊었을 때는 "나도 당신을 원해. 내 항공모함이 돼주지 않을래, 뱅자맹? 종종 내려앉아서 내 감각을 재충전하고 싶어." 그래, 내려앉아, 내 사랑. 그리고 날고 싶을 때는 언제든지 날아올라. 난 앞으로 당신의 바다에서 항해할 테니까.)

쿠드리에 서장의 몰카들만 나를 살피는 게 아니다. 백화점 전체가 내 무지개 색조의 두상에서 눈을 떼지 않는다. 눈들이 한두 개가 아니다. 카즈뇌브는 보이지 않는다. 나보다 병가를 길게 낸 건가? 아, 내가 먹인 구둣발 일격! 정액이 그의 귀로 분출했을 게 틀림없다. 미안하네, 카즈뇌브. 진심으로 미안해. (쥘리아의 웃음 소리가 또 들린다. "앞으로 당신을 다른 쪽 뺨이라고 부르겠어.") 도대체 그 경찰 두 놈은 어디에 숨은 거야? "말로센 씨는 고객상 담실로 와주시기 바랍니다……" 네, 갑니다, 가요.

이번 일을 마치면 해밀턴 양을 보러 가야지. 쥘리아를 알게 된 후로 내 욕망 발전기가 어떻게 작동하는지 점검할 필요가 있어.

레만의 방에 도착하니 한 여성 고객이 울부짖고 있다. 데오도 란트 분무기가 그녀의 손에서 수류탄으로 변신한 까닭에 그 섬세 한 손이 권투 글러브만 하게 부풀어오른 것이다. 나의 "범죄적인 관리 소홀"을 비난하는 레만의 십팔번이 시작된다. 하지만 고객 은 항의를 철회하지 않는다. 그녀는 내 얼굴이라고 여겨지는 최 루성 꽃양배추를 자신의 뾰족구두 뒤축으로 으깰 수만 있다면 그 렇게 하겠다는 말까지 한다…… (삶이란 그렇게 굴러가는 거죠, 친애하는 레만. 노름에서 매번 딸 수는 없지요.)

하여 욕을 먹을 만큼 먹은 뒤, 나는 간만에 인사를 하러 해밀턴 양에게 간다. 그녀의 동그스름한 선들이 여전히 내 수직선을 흥 분시키는지, 아니면 쥘리아가 내 에덴 동산의 충만함 속에 확고히 자리를 잡은 것인지 알아보기 위해. 나는 몇 층을 올라가 "안녕, 아가씨. 나예요!" 하고 기별을 넣는다. 해밀턴 양은 나를 등진 채, 그녀의 목소리처럼 투명한 매니큐어를 손톱에 칠하느라 여념이 없다. 매니큐어는 모두 같은 향을 풍긴다. 나는 흘낏 쳐다보는 것으로 그 기교적인 작은 아름다움을 충분히 확인한다. 그녀는 쥘리아가 아니다. 그래도 나는 마른기침으로 신호를 보낸다. 해밀턴 양이 돌아본다. 맙소사! 맙소사! 나와 똑같은 얼굴! 짙은 화장도 아무 효과가 없다. 두 개의 스펙트럼 휘장이 그녀의 양쪽 눈을 반쯤 내리덮고, 윗입술은 터져서 거의 코를 막을 정도로 부어올랐다. 자비로운 그리스도여, 대관절 누가 그녀를 저 꼴로 만들었단 말입니까? 같은 찰나, 대답이 접시 위에서 도는 동전처럼 내 머릿속에서 돌아간다. 속수무책으로 인정할 수밖에 없는 자명성이 빠르게 회전한다. 그건 너다, 이 머저리. 그녀를 저렇게 만든 녀석은 바로 너다, 이 개자식! 보도 위에서 안고 쓰러진 몸뚱이, 그건 그녀의 몸이었다. 네가 구타한 여자는 다름 아닌 그녀였던 것이다!

나는 얼마 동안 망연자실한 채로 서 있었다. 누가 그녀를 사주한 것인가? 말로셴이 "설명의 근원"이자 "명백한 원인"이고 희생양이자 폭탄 테러범이라고 그녀에게 속삭인 자가 대체 누구인가? 카즈너브? 르시프르? 그녀는 어째서 그들의 말을 믿었을까?

내게 호감을 가지고 있는 줄 알았는데! 말로센, 너의 혜안에 감탄한다, 브라보! 넌 정말이지 사통오달의 왕이라고 자부할 만하다! 모든 사태의 장본인은 너다! 너와 네 비열한 업무! 너와 그 희생양 냄새!

해밀턴 양과 나는 한동안 서로를 바라본다. 목구멍에서 아무 말도 나오지 않아서 그렇게 바라보기만 한다. 그러다 눈물 두 방울이 그녀의 폐허 위로 흘러내리는 것을 보고서 나는 잠자는 가족을 몰살시킨 비겁자처럼 도망쳐 나온다.

지긋지긋하다. 넌더리 나게 지겹다. 지겨워, 지겨워, 지겨워!
(몇 번이나 지겨워한 거냐. 그게 더 지겹다.)

스토질! 지금 같은 기분엔 그의 존재가 절대적으로 필요하다. 왜냐하면 그는 환멸을 겪은 인간이니까. 갖가지 환멸을. 처음에는 그가 반석처럼 믿었던 선한 신이 그의 영혼을 비누질하다가 그 거품에 미끄러져 나가면서 그를 역사의 풍파 속에 남겨두었다. 이후 전쟁의 영웅주의와 그것의 부조리한 반대급부. 혁명이 달성되자 신성한 권력비대증에 걸린 동지들. 급기야는 제명되어 나병환자처럼 외롭게 보낸 시절. 그의 긴 생애를 돌아보면 모든 것이 설사하듯 실패로 끝났다. 남은 것은? 체스. 여기서도 그는 왕왕 판을 잃는다. 그렇다면? 유머. 유머야말로 윤리의 고집스러운 표현이다.

그리하여 나는 밤의 일부를 늙은 스토질과 함께 보낸다. 하지만 나무를 미는 것은 안중에 없다. 그와 이야기를 나누고 싶은 욕구가 절박하다.

"그러지, 친구. 자네 좋을 대로 하세나."

스토질은 내 어깨에 팔을 두르고 백화점 견학이라도 시켜주는 것처럼 구석구석을 돌기 시작한다. 한 층씩 나를 데리고 올라가면서 그 멋진 지하동굴의 음성으로 극히 소소한 물건들에 대해 이야기한다. 압력솥, 카술레 통조림,* 여자 잠옷, 에스컬레이터, 플레이아드,** 조명기구, 조화(造花), 페르시아 양탄자. 마치 화성에서 온 지혜로운 두 불구자가 문명이 응축된 기념관을 방문한 것처럼 물품 하나하나에 대해 역사적이고 신비적인 방식으로 이야기한다.

그러고 나서 우리는 체스판에 말을 놓는다. 거부할 수가 없다. 하지만 이것은 웃기 위한 게임이며 수다 떠는 한판이 될 거라고 장담한 대로, 스토질은 멀리서 울리는 그 신비로운 베이스 톤의 독백을 계속한다. 그러다 이야기는, 어쩌다 거기까지 흐르게 됐

---

* 고기를 섞은 콩 스튜.
** 고전 반열에 든 작가들의 총서.

는지는 신만이 알겠지만, 전쟁이 끝난 후 미쳐버린 청년 킬러 콜리아에 이른다.

"일전에도 말했다시피, 녀석은 삼만육천 가지의 살인 방정식을 완벽히 정리해놓은 상태였어. 임신한 여동지와 유모차 건도 물론 그 가운데 하나지만, 독일군 장교들의 침대로 기어드는 수법도 있었지(나치들 중에는 천사 같은 얼굴에 사족을 못 쓰는 녀석이 돌격대* 외에도 얼마든지 있었지요!). 기습적인 사고를 일으키는 것도 녀석이 자주 써먹은 수법이었지. 건축 현장의 비계가 무너진다거나 자동차 바퀴가 빠진다거나 하는 유의 것들. 살인을 할 때 콜리아는 우연적이고 돌발적인 것으로 보이게 사건을 꾸몄지. 자네들 프랑스인이 말하는 것처럼 운이 나빠 발생한 과실로 인식되게끔 말일세. 녀석이 공개적으로 같이 잔 장교들 중 두 명이 심장발작으로 죽었는데, 독약이나 폭력의 흔적은 전혀 감지할 수 없었다네. 그 덕에 다른 장교들이 게슈타포의 심문으로부터 그를 구해냈지. 그들은 거의 모두 그와 자고 싶어했어. 결국 자신을 죽일 자를 보호해준 셈이지. 그들도 막연히 그걸 의식하긴 했던 모양이야. 왜냐하면 그들이 농담할 때면 녀석을 '라이덴샤프트게파르' 라는 별명으로 부르곤 했거든."

---

* SA. 에른스트 룀을 필두로 동성애자가 많았던 나치의 군사조직.

“번역하면요?”

“위험한 정열. 아주 독일적이지. 자네도 알다시피 상당히 하이델베르크* 풍이고! 그런 식으로 콜리아는 차츰차츰 천사의 얼굴을 한 죽음의 화신이 되었다네. 심지어 동지들에게도 마찬가지였어. 우리도 그 녀석 얼굴을 마주 대하기가 어려웠네. 내 추측으로는 그것도 녀석의 광기에 한몫 했을 거야.”

죽음의 화신. 작은 사진의 섬광이 다시 내 머릿속을 스친다. 레오나르의 발기된 근육들, 뾰족하고 번들거리는 머리통, 죽은 아이의 늘어진 다리들…… 나는 묻는다.

“그는 폭발물은 전혀 사용하지 않았습니까?”

“폭탄이라. 있었지, 이따금은. 그거야 과격파들의 오랜 전통이 아닌가?”

“그럼 무고한 사람들도 죽였겠군요? 이를테면 행인이라든가……”

“그런 일은 절대로 없었네. 그것도 녀석의 편집적인 강박증의 하나였어. 지향성 폭탄장치를 고안한 것도 콜리아였어. 이후, 러시아와 미국의 첩보기관들이 그것을 개량해서 써먹었지.”

“지향성 폭탄?”

---

* 칼뱅주의가 일어난 대학도시.

"원리는 간단하네. 피해를 최소화하면서 최대의 소동을 일으키는 것. 대단히 요란하게 폭발하지만, 알고 보면 구체적인 대상에 던져진 수류탄 한 개일 뿐인 거지."

"그래서 무슨 이득이 있다고요?"

"무차별적인 테러라고 믿게 하려는 거지. 희생자가 사전에 선택됐다는 사실이 드러나지 않도록. 그러면 수사가 시작돼도 사람들은 우선 우연을 들먹이게 되지. 희생자는 당신일 수도, 나일 수도 있었고, 폭음으로 봐서는 열 명의 행인일 수도 있었다고 말일세. 콜리아는 주로 그 방법으로 나치 협력자들을 제거했어. 그런 식으로 군중 속에서 배신한 유고인들을 죽였다네."

스토질은 체스판으로 눈을 돌린다. 잠시 후, 그는 생각에 잠긴 게이머의 어조로 말한다.

"자네가 내 의견을 듣고 싶다면, 요즘 백화점에서 문제를 일으키는 녀석의 행태도 그와 다르지 않다는 걸세."

25

인정하자. 우리의 폭탄 테러범이 우발적으로 아무나 죽이지 않는다는 점을 인정하자. 희생자들은 선택됐다. 오리무중에 빠진 경찰은 미친 살인마의 짓이라고 여긴다. 경찰의 견해로는 고객들이 대량 살육을 면한 것은 오로지 운이 좋았기 때문이며, 더욱이 한 번은 사망자가 한 명이 아니라 둘이었다는 것이다. 흠, 그렇다면 가정해보자. 경찰은 맹목적인 살인광을 찾으러 나선 추적로에서 헤매고 있다. 물론 감식과에서 그 폭탄들을 철저히 분석했을 것이다. 하지만 거기서 전혀 만족스러운 결론이 나오지 않았다고 한다면, 다음과 같은 의문이 생긴다. 만일 살인자가 희생자들을 알고 있고 그들을 하나씩 제거하는 중이라면, 첫째, 왜 다른 곳이 아닌 백화점에서인가? 이의 있음. 그가 다른 곳에서도 그들을 제거하고 있을 가능성은 얼마든지 있다. 그런지 안 그런지 네가 모르고 있을 뿐이다. 동의한다. 하지만 그럴 개연성은 거의 없다. 동일한 장소에서 네 명이 희생되었다는 사실이 그러한 반박의 취약성을 드러낸다. 둘째, 그렇다면 살인자는 희생자들을 모두 알고 있고 그들을 하나씩 제거하고 있는 게 아닐까? 가능하다. 셋째, 하지만 만일 그 잠재적 시체들이 서로 아는 사이라면, 왜 굳이 우리 백화점으로 쇼핑을 하러 오는 걸까? 만일 내 친구 세 명이 거기서 처단되었다면 나는 아마 그 화약고를 피했을 것이다. 따라서 희생자들은 서로 알지 못하며, 살인자가 그들을 모두 개별적으로 알고 있다는 결론이 나온다. 모든 사회계층에서 친구를 사귈 정도로 요령 좋은 사내? 여하튼 의문은 다시 원점으로 돌아간다. 왜 그는 오로지 백화점 담벼락 안에서만 그들을 죽이는가? 왜 그들의 잠자리에서, 붉은 신호등 앞이나 그들의 단골 이발소에서 죽이지 않는가? 지금으로서는 이 질문에 답할 게 없다. 그럼 곧바로 네번째 물음으로 넘어가자. 그는 어떤 수법으로 폭탄을 들여오는 걸까? 경찰들이 낮에는 몸을 뒤지고 밤에는 순찰을 돌 뿐 아니라, 보초 스토질코비치까지 지키고 있는 백화점 안으로 말이다. 대답할 수 있겠나? 없다. 좋다. 그렇다면 다섯째, 도대체 나는 무슨 이유로 이 사건에 연루된 것인가? 내가 왜? 왜냐하면 사실이 그러니까. 사건이 터질 때마다 그 자리에 내가 있었고, 게다가 매번 살아서 그 지옥을 벗어났으니까. 그렇다면, 식은땀이 흐를 노릇이지만, 첫째, 둘째, 셋째는 제외되고 쿠드리에 서장의 가설이 강력히 대두된다. 살인자는 그 희생자들 중 누구도 알지 못한다. 그가 원한을 가진 상대는 바로 나, 오직 나뿐이다. 그는 나를 철저히 옭아넣으려는 것이다. 그는 한시도 쉬지 않고 나를 미행하면서 기회가 생길 때마다 쾅! 폭탄을 터뜨려 내 옆에 있는 한 사람을 날려버린다. 하지만 그토록 엄청난 사건을 일으킬 정도로 내게 앙심을 품은 자라면, 어째서 나를 개인적으로 직접 폭파시키지 않는가? 내게는 그게 더 악독해 보인다. 아닌가? 하여간 그는 누구인가? 이 사건의 주범은? 여기서 내 머리는 매끄러운 심연처럼 아무것도 내놓지 못한다. 전혀 실마리가 보이지 않는다. 그래서 다시 첫째 의문으로 회귀한다. 왜 그는 오로지 백화점 안에서만 나를 음해하려는 것인가? 왜 길에서 내 옆을 지나가는 사람이나 지하철 안에서 내 맞은편에 앉은 사람들은 폭파되지 않는가? 그렇다. 사건은 백화점과 연관이 있다. 하지만 백화점에서의 내 존재가 모든 화(禍)의 근원이라면, 내가 직장을 떠나기만 하면 그 살육놀음은 그칠 것 아닌가? 따라서 여섯째 의문, 왜 쿠드리에 서장은 내게 남아 있으라고 하는가? 그처럼 교활한 범죄자의 덜미를 잡는 즐거움을 위해서? 가능한 얘기다. 쿠드리에, 그는 조용한 독종이다. 도전을 받았다고 느끼면 서슴없이 받아들일

인간이다. 더군다나 그의 목숨이 걸린 일도 아니니까. 선인과 악인의 작은 게임이 고도의 지능적 수준에서 벌어지고 있다. 현재로서는 악인이 4대 0으로 이기고 있다.

이런 유의 자문자답을 계속하면서 뱅자맹 말로* 또는 셜록 말로셴은 몽롱한 상태로 바지를 벗는다. 쥘리우스의 늘어진 혀에서 풍기는 냄새에도 불구하고 내 방에는 아직도 쥘리아의 향수 냄새가 남아 있다("정말이지 당신은 영혼에 뿌리박힌 가족감각을 지녔어. 당신은 어린 누이 클라라가 태어난 순간부터 그애를 사랑해왔지만 윤리상 근친상간은 할 수 없으니까, 당신이 쥘리아 아줌마라고 부르는 다른 여자와 사랑을 나누는 거야"). 떠도는 그녀의 향기에 나는 미소를 짓는다(쥘리아 아줌마, 그대가 세상만사에 대해 설명하기를 그친다면 세상은 어찌 될 것인가?). 쥘리우스는 침대 밑에 엎드린 자세로 내 고독한 스트립쇼를 지켜보고 있다. 녀석은 이제 내가 귀가해도 내 가슴팍을 덮치며 환영하지 않는다. 함께 산보 나가자는 말에 뛰어오르지도 않는다. 밥을 주면 냄새를 맡고서야 먹기 시작하고, 지혜로 무겁게 처진 눈으로 주위의 모든 것을 응시할 뿐이다. 녀석은 간질세계를 여행하는

---

* 레이먼드 챈들러의 소설에 나오는 사설탐정 필립 말로에 빗댄 표현.

동안 도스토*를 만나서 표도르 미하일로비치로부터 모든 설명을 들었던 것이다. 그후로 늙은 쥘리우스는 원숙한 태도로 우리에게 충격을 주고 있다. 기이한 느낌이다. 늘어진 혀 때문에 녀석의 얼굴이 어린애처럼 보여서 더더욱 그렇다. 어쨌거나 냄새 한번 지독하다! 어쩌면 이 녀석이 새로 터득한 지혜를 이용해서 혼자 목욕하도록 가르칠 수 있지 않을까……

"어때, 쥘리우스. 넌 어떻게 생각하냐?"

쥘리우스는 햄 조각 같은 눈을 내게로 쳐든다. 나는 그 눈에서 개가 가진 최고의 지혜는 결코 스스로 목욕하지 않는 것이라는 답변을 읽는다.

"네가 정 그렇다면……"

잘 자라. 한마디로 녹초가 된 하루였다. 그런데 이불 속으로 기어들기 전에 마지막 놀라움이 나를 기다리고 있다. 나는 침대 커버를 젖히다가 베개 밑에 낀 편지지를 발견한다. 아, 또 무슨 종류의 놀라움이냐? 사랑 고백? 아니면 선전 포고? 나는 엄지와 검지로 종이를 잡고 침대 옆 램프 가까이로 가져간다. 끔찍한 난장판을 치른 후 내게 말도 걸지 않던 테레즈의 글씨가 눈에 들어온다. 완벽하게 가지런하고 비개성적인 특무상사의 필체. 제3공화

---

* 도스토옙스키.

국의 필법 창시자로부터 전수받은 거라고 단언할 수 있을 정도다. 불안, 이어서 안도의 미소. 테레즈는 내게 화해의 신호를 보내고 있다. 그녀로서는 상당히 이례적인 일말의 유머까지 섞어서 다음 경마의 예상 정보를 내게 흘리는 것이다. 클라라가 내 말을 곧이곧대로 듣고 전한 모양이다.

"사랑하는 오빠, 그건 28, 3, 11 또는 7이 될 거야. 28의 경우는 확률이 매우 높아. 오빠를 사랑해. 애물단지 누이 테레즈가."

좋아, 테레즈. 내일 당장 이 세 숫자에 걸겠다. 만일 클라라의 사진들이 팔리고 테레즈가 일 년에 하나씩만 복권을 따준다면, 나는 이자로 살아가는 유유자적한 생을 누릴 수 있으리라. 따지고 보면 내 야망은 하나로 귀결된다. 가족의 수익성을 높이는 것. 나는 헌신하는 게 아니라 투자하는 것이다.

좋다. 나는 잠든다. 하지만 눈을 붙이기가 무섭게 다시 깬다. 의문들이 음험한 원무를 시작하고 차츰 구체화되면서 내 안의 작은 초롱들을 다시 밝힌다. 의식이 완전히 또렷해진다. 나는 침대 옆 탁자 서랍 속에 숨겨둔 사진을 떠올린다. 이번에는 혐오감에 휩쓸리지 않고, 하나의 정황증거로서 그것을 생각한다. 유일한 증거이자 테오가 경찰에게 감추려 하는 증거. 테오를 배신하고 싶진 않지만, 우리가 위험한 도박을 하고 있다는 것만은 그에게 납득시켜야 할 것이다. 증거유치, 그 대가를 어떻게 치르려고. 수

사방해에 여차하면 공범의 혐의까지! 테오, 네가 우리를 감옥에 넣으려 하는 게 아니라면 사진을 경찰에 넘겨야 한다. 나는 이 도시의 일산화탄소와 납빛 하늘을 사랑한다. 그걸 박탈당하고 싶지 않아. 하지만 어째서 나는 그 사진을 보관하겠다고 나섰을까? 내가 왜? 테오가 자기 집에 돌아갔을 때 골치 아픈 일이라도 당하지 않을까 하는 우려에서? 그것만은 아니다. 나는 좀더 면밀히 조사할 생각으로 그것을 맡았다. 그 사진에서는 뭔가 냄새가 난다. 내 일상적 직관이 그렇게 말한다. 해밀턴 양이 내게 연정을 품고 있다고 지레짐작하게 부추긴 그 대단한 직관 말이다. 나는 서랍에서 사진을 꺼내 코앞에 대고 살펴본다. 아이의 오른발이 잘린 상태로 레오나르의 왼손에 잡혀 있는 것을 처음엔 알아채지 못했다! 그리고 테이블 아래에 있는 정체 모를 컴컴한 더미. 도대체 이게 무엇일까? 옷더미들? 아니다. 테오, 이건 다른 거야. 하지만 무엇일까? 도무지 짐작이 가지 않는다. 바닥에 깔린 어둠, 그것은 군데군데 존재하는 더 짙은 어둠 속으로 먹히는 것 같다. 맙소사, 절단된 육체가 암흑 속에서 이런 빛을 발하다니!

26

검은 단총을 움켜쥔 기동헌병대가 몇 대의 방탄 트럭으로 뛰어오른다. 문이 닫히는 소리에 이어 긴 협착음의 호각 소리. 그리고 아우성치는 회전등들이 차고 입구에서 쏟아져나온다. 오토바이 대원들은 벌써 각자의 말잔등에 올라앉아 둥근 엉덩이를 치켜들고 돌격하는 경기병들처럼 길을 열고 있다. 파리 전체가 그들에게 길을 비켜준다. 놀란 차들은 보도 위로 기어오르고, 행인들은 벤치 위로 뛰어오른다. 소방대 세 곳에서는 사이렌보다 더 요란스러운 크롬강으로 무장한 붉은 괴물 부대를 출동시켰다.

앰뷸런스들의 백색 아우성과 도시의 포화된 공기를 가르는 헬리콥터들의 칼날 같은 프로펠러 소리도 거기에 가세했다. 원통 모양의 텔레비전 방송국에서도 중계차와 안테나로 뒤덮인 차들을 파견했고, 그에 질세라 언론사 동료들도 제각기 회사 차를 타고 달렸으며, 자유 라디오*의 순진한 녀석들은 각자 자신의 스쿠터를 타고 달렸다. 너나 할 것 없이 직업적인 흥분으로 고무되어 남쪽으로 달려가고 있었다. 기동헌병대의 운송차 한 대는 오피탈 대로에서 이탈리아 광장으로 뛰어들다가 고블랭 가에서 솟아나온 모터펌프차에 받혀 찌부러졌다. 청군 대 적군. 승자는 없었다. 아스팔트에 내린 철모들의 숫자는 막상막하였다. 앰뷸런스 한 대가 뒤처리를 하고 자신이 떠나온 곳으로 돌아갔다.

남행 고속도로. 요란한 행렬은 일종의 흡입력을 발휘하여 무수한 구경꾼들을 빨아들였다. 피비린내 나는 사건을 좋아하는 건전한 군중은 결혼행렬이라도 보는 것처럼 클랙슨을 울려대기 시작했다. 돌파해야 할 거리는 십칠 킬로미터, 숨 한 번 쉬고 눈 한 번 깜짝할 사이에 사생결단이 날 상태였다. 어디로 달려가는지, 어디쯤 와 있는지 자문할 겨를조차 없을 정도로 초미의 긴박감이 대기를 긴장시켰다. 사비니 쉬르 오르주, 그곳에서 뭔가 벌어지고 있었다. 좀더 정확히 말하면, 이베트 강가에 위치한 장미로 덮인 아담한 주택 안에서 뭔가 벌어지는 중이었다. 닫힌 덧문들, 주변의 텅 빈 거리, 죽음의 냄새, 기다림의 정적과 그 정적 속으로

---

* 라디오 프리 등 이념색이 강한 군소 방송들.

잠입하는 정예 사격수들. 차 뒤에 숨거나 낡은 슬레이트 지붕 위에 숨거나 트럭의 방수포 뒤에 숨어서 조준경이 달린 총 방아쇠에 손가락을 얹은 채 모두 워키토키로 대장과 연락을 한다. 그들은 엄밀히 말해 인간이 아니다. 시선과 총알일 뿐이다. 좀 전까지 축구 중계라도 하듯 박진감 넘치던 뉴스 해설자의 목소리가 어느새 읊조리는 톤으로 바뀌었다. 지금 보시는 이곳, 꽃으로 단장된 작은 발코니들이 딸려 있는 이 아담한 주택 안에 백화점의 살인자가 은신해 있습니다. 그는 자신의 늙은 부친을 인질로 잡은 것 같고, 집 안에는 마을 전체를 날려버릴 정도의 폭약이 채워져 있어 사방 삼백 미터 이내의 모든 주민들에게 철수령이 내려진 상태입니다. 그는 단숨에 읊조렸다.

백화점 안에도 적막이 깔렸다. 아담한 주택의 영상이 백여 개의 전율하는 천연색 화면들을 채우자, 직원과 고객들은 일제히 TV 진열 매장으로 몰려와 우두커니 서서 말없이 눈을 고정시켰다. 사면의 벽들이 하나의 동일한 이미지로 도배되어 그들의 기대에 걸맞은 에필로그를 약속하는 것 같았다. 현재 시각은 20시 12분. 모든 게 정확히 20시 정각에 시작되었다. 경찰은 메인 뉴스 시각에 맞춰 모든 채널에서 생방송으로 작전을 개시하기로 결정하고 사전에 통보를 해두었던 것이다. 다시 말해 용의자는 오래전부터 수사선상에 올라 있었다. 왜 좀더 빨리 그를 체포하지 않았을까요? 아나운서는 자문하듯 중얼거리고 그 자신이 답을 내놓았다. 경찰은 정황증거들이 쌓일 때까지, 그래서 그 일련의 증거들이 기습을 감행하기에 충분한 유죄추정의 근거를 이룰 때까지 기다렸을 겁니다. 지금 용의자가 저항한다면 그것은 적나라한 자백이나 마찬가지다. 더욱이 용의자는 집 안에 바리케이드를 치기 전 세상을 향해 자신이 유죄라고 외치기까지 했다. 집을 포위 공격하려는 기미가 보이기만 해도 그곳을 폭파해버리겠다고 공언했던 것이다. 고로 이것은 테러 행위다. 테러. 특히 한 남자에게 그렇다. 작전의 모든 책임을 걸머진 고독한 남자. 그러자 그 작은 집의 정면을 비추던 카메라가 황량한 무인지대 위로 미끄러져 문제의 남자에게 멈춘다. 결정적 순간을 기다리는 남자. 그는 진녹색 양복 차림의 작은 남자다. 체구에 비해 조금 큰 윗도리는 차라리 프록코트의 일종처럼 보인다. 레지옹 도뇌르 훈장을 가슴에 달고서 둥근 배로 황금벌들이 박힌 실크 조끼의 앞자락을 내밀고 있다. 한 손은 조끼의 두 단추 사이, 십중팔구 책임과다성 궤양으로 시큰거리는 위장 위에 놓여 있고, 다른 손은 아마도 손가락의 경련을 감추기 위해 등뒤로 돌려져 있다.

그의 부하들은 적당히 거리를 두고 물러서 있다. 이 보스는 사색중 방해를 받으면 절대로 곱게 넘어가지 않을 타입이다. 그는 온갖 예측의 무게로 휘어진 듯 고개를 숙이고 눈썹의 둔덕 밑으로 침울한 눈길을 흘리고 있지만, 그가 그 꽃단장된 집을 주시하고 있음은 다들 알고 있다. 무겁게 흘러내린 한 자락 흑발이 그의 넓고 허연 이마에 쉼표 모양을 그리고 있다.

하지만 최종 공격 명령을 내리기 전에 무엇을 기다리는 걸까? 쿠드리에 경찰서장은 기다렸다. 전투는 서두르면 패한다는 것을 경험으로 알고 있기에, 그리고 지금까지 쌓아온 자신의 성공, 경력, 굳이 명예까지 거론하지 않더라도, 그 모든 것이 호기를 포착하는 자신의 타고난 감각에서 비롯되었음을 알고 있기에 기다렸다. 순간을 포착한다. 절호의 순간을. 어느 때고 그 외의 다른 비결은 없었다. 따라서 그는 기다렸다. 카메라 세례를 받으며, 부하들의 예의 주시하는 침묵 속에서 기다렸다. 누군가가 그에게 확성기를 내밀었지만, 그는 손짓으로 거절했다. 그는 협상하는 남자가 아니었다. 기다리는 남자, 그리고 전격작전을 벌이는 남자였다. 갑자기 그의 뒤에서 소란스러운 움직임이 일어났다. 그는 돌아보지 않았다. 푸조 504 오픈카, V형 6기통, 핑크색의 우글쭈글한 차체, 그것이 곤들매기처럼 날쌔고 위태롭게 경찰과 기자들을 가르며 달려와, 거친 숨을 토하며 고독한 남자 옆에 정지했다. 두 남자가 차문에 손도 대지 않고 그 안에서 뛰어내렸다. 고양이 같은 2인 점프. 그들이 보스에게 다가설 때 카메라가 그들의 얼굴을 잡았다. 키가 작은 쪽은 하이에나에 버금갈 자괴적인 추남이었다. 다른 쪽은 거구의 대머리. 대머리의 몸에서 유일하게 털이 난 부위는 감탄부호처럼 쭉 뻗는 일격으로 강철 아구턱들을 작살내는 두 손이었다. 앞의 녀석은 거지 같은 차림새였고, 뒤의 녀석은 골프 선수처럼 차려입었다.

"하이에나 지브와 털주먹 패트!"

"맞았어, 프티."

"관 짜는 에드보다 더 악랄하고, 나쁜 체코인보다 더 미친 놈!"

"바로 그들이지. 제레미, 잘 기억하는구나."

"그래서?"

"그래서 뭐?"

"그다음은 뭐냐고!"

"그다음은 내일 이 시간에."

"싫어! 빌어먹을. 형 치사빤스야!"

"뭐라고?"

"계속하란 말이야. 이렇게 끝낼 순 없어!"

"그럼 이제부터 네 작문 노트를 검사하면서 내가 어느 정도 치사빤스인지 보여줄까?"

(우와…… 동요하는 제레미.)

제레미는 클라라를 돌아본다(다급해지면 바로 다섯 살 때의 미소를 되찾는 저 능력. 치사한 녀석 같으니라고).

"누나가 형한테 말해. 응?"

그러자 클라라의 목소리.

"계속해, 오빠……"

이런, 내 권위의 마지막 토치카를 부수는 데 이보다 더 막강한 것은 없다.

"악랄하기로는 막상막하인 그 두 형사 중에서 작고 추한 녀석이 고독한 보스의 귓가로 몸을 기울였어. 그가 뭐라고 소곤대자 보스의 얼굴에 옅은 미소의 기미가 스쳤는데, 누구나 그 미소에서 승리의 확신을 읽을 수 있었지. 쿠드리에 서장이 취한 행동은 유유히 손을 들고 두 손가락을 탁 마주치는 것뿐이었어. 그러자 마치 충성의 마법 상자에서 솟아난 것처럼 심복 카레가가 나타났지."

순간, 모든 TV 화면들이 어지럽게 흔들렸다. 아나운서의 얼굴이 다시 나타나 말했다. 저희 방송국에서는 늘 심층보도를 약속드립니다. 오늘 세계적으로 유명한 정신의학자 펠티에 박사를 이 자리에 모셨으니, 시청자들께서는 그가 살인자의 인격을 어떻게 파악하고 있는지 들어보시기 바랍니다. 아나운서가 초대석을 돌아보자, 의학자의 얼굴이 화면에 뜬다. 순간 프랑스 전역의 처녀들은 물론이고 그 어머니들까지도 흥분으로 들끓었다. 펠티에 교수는 너무도 젊었다. 아니면 지식이 시들지 않는 청춘 속에 보존시킨 남자였을 것이다. 부서질 것 같은 해맑은 미모를 지녔고, 부드러운 목소리는 고요하면서도 야간경비원 스토질코비치의 목소리처럼 비범한 깊이가 있었다. 그는 우선 범인의 뛰어난 지능에 찬사를 보냈다. 범죄의 역사 어디에도 이처럼 동일한 범죄를 동일한 장소에서 동일한 수법으로 수차에 걸쳐 반복하면서 이렇게 오랫동안 한 국가의 경찰력 일체를 무력화시킨 예는 없었다. 이 말을 하면서 박사가 어찌나 평온한 미소를 지었던지, 사람들은 그가 두려운 살인자에 대해 말하고 있다는 사실마저 잊었다. 그는 이어서 말했다. "그렇지만 저는 그의 지능에 놀라지 않았습니다. 왜냐하면 그 문제의 남자는 제가 어린 시절에 알고 지내던 친구거든요. 한 번도 그 친구에게서 일등 자리를 빼앗아본 적은 없지만, 초등학교 시절 우리는 서로 치열한 경합을 벌였어요. 오직 학교 안에서만 촉발되는 유의 경합 말입니다. 어찌 보면, 지금 제가 이러한 위치까지 올 수 있었던 것은 바로 그 경쟁심 덕분이라고 할 수 있습니다. 그러니 제가 옛 친구에 대해 도덕적 판단을 내릴 거라고는 기대하지 마십시오. 저는 다만 제 능력의 한도 안에서, 그마저도 여전히 그의 능력에 못 미친다는 것을 의심치 않습니다만, 외견상 정신 나간 짓으로 보이는 그의 행위의 근거를 설명하고자 합니다."

"클라라, 커피 한 잔 더 부탁해."

제레미와 프티가 동시에 아우성을 친다.

"나중에 마셔, 형. 그다음은? 제발, 그다음 이야기!"

"난 커피 마실 시간도 없단 말이야? 지금 연극 보러 온 것도 아니잖아! 게다가 얘기는 사실상 다 끝났다고……"

"끝나? 어떻게 그게 끝난 거야?"

"네 생각에는 그게 어떻게 끝날 거 같냐?"

"바주카포로 그 집을 날려버리는 걸로."

"아무렴. 그 안에 채워진 폭약들이 죄다 터지고 사비니는 지도에서 사라졌다. 경찰 만세!"

"그럼 지하도로 그 안에 침투했어?"

"프티, 같은 이야기 속에서 지하도 수법을 몇 번이나 써먹을 수는 없어. 질린다고."

"그럼 뭐야, 형? 커피 좀 빨리 마셔, 제기랄!"

"상황은 하이에나 지브와 털주먹 패트가 그 비비 꼬인 두뇌로 예상한 그대로 진행됐어. 범인은 그렇게 교활한 자가 아니었어. 빗자루처럼 멍청한 녀석도 아니었지만, 아무튼 펠티에 교수의 말처럼 발군의 뉴런은 아니었단 말씀이지. 그는 의사 친구가 자신을 멋지게 묘사하는 것을 보고는 밖을 주시하던 창가를 떠났던 거야. 물론 티브이 수상기에 가까이 다가가려고 그랬지. 하이에나 지브는 닫힌 덧문 뒤에서 푸르스름한 빛무리가 어른거릴 때부터 그 녀석이 작은 화면에서 자신에 대한 서사시를 관람하고 있다는 것을 간파하고 있었어. 펠티에 교수로 말하자면, 내가 정신의학자가 아닌 것처럼 정신의학자가 아니었고, 두 경찰과 광란적인 청춘기를 함께 보낸 친구였지. 따라서 그 가짜 정신의학자가 살인자와 초등학교 시절 급우였다는 둥, 자기는 그를 무지하게 우러러봤다는 둥 하는 얘기를 늘어놓자 상대는 시가를 태우면서 의문에 빠져들었지. 그게 대체 몇 학년 때였지? 저렇게 좋은 친구를 난 어째서 잊어버렸을까? 운명적인 물음이었지. 왜냐하면 그가 대답을 찾고 있는 사이에 털주먹 패트의 38구경이 그의 목덜미를 지그시 눌렀거든. 내 생각으로는 그 순간 녀석은 벌써 하이에나 지브의 수갑을 손목에 차고 있었을 거야."

"그런데 두 형사는 어떻게 들어간 거야?"

"문으로. 만능 열쇠를 사용해서."

침묵. 이야기의 이 단계에 이르면 언제나 다소 불안한 침묵이 흐른다. 나는 말똥말똥한 아이들의 눈 뒤에서 신경 시냅스들이 작동하는 걸 느낀다. 아이들은 내가 무슨 농간을 부리지는 않았는지, 서술에 안이한 구석은 없는지 찾는다. 과도한 생략이나 기만적인 모호함, 또는 은폐의 속임수는 없는지. 요컨대 내 재능과 그들의 총명함에 걸맞지 않은 부분을 찾는 것이다.

"괜찮은 구성이야, 형. 털주먹 패트와 하이에나 지브는 엄청난 강팀이라고 할 수도 있겠어."

휴우!

"그런데 범인의 아버지는?"

이크!

"그는 너희나 나처럼 인질이 아니었어. 아들이 백화점에 폭탄
을 장치한 것도 실은 그 아버지 때문이었지."

"아! 그래?"

세 명은 이구동성으로 의혹을 내뿜고, 테레즈 혼자만 군말 없
이 속기사의 임무를 계속한다.

"아버지는 발명가였어. 그는 백화점의 주거래처인 업체 세 곳
에서 자신의 발명품을 훔쳐갔다고 주장했는데, 그건 거짓은 아니
지만 그렇다고 진실도 아니었어."

"어째서?"

으흐, 화자는 즐거워……

"뭐랄까, 그 아버지는 줄기차게 운이 따르지 않는 타입이었던
거야. 그는 실제로 굉장한 것들을 엄청 발명했어. 압력솥이나 볼
펜, 그 비슷한 유의 것들을…… 하지만 늘 다른 사람이 발명하고
나서 이삼 일 뒤에 발명하는 식이었지. 한 번은 그럴 수 있다 치
고, 두번째는 부득이하게 넘어간다 쳐도, 평생 그런 일이 반복된
다면 자신이 뭔가의 희생자라고 느낄 만도 하겠지. 그래서 결국

그는 아들에게 그 세 업체가 자신의 작품을 가로챘다는 믿음을 심어주었고, 아들은 아버지의 복수를 하려고 백화점에 폭탄을 터뜨리기로 결심했다는 얘기지."

"하이에나 지브와 털주먹 패트가 집 안으로 침투했을 때 그 아버지는 뭘 하고 있었는데?"

"그 역시 티브이 앞에서 아들의 친구 펠티에의 이야기를 듣고 있었지! 아들이 학교에서 그처럼 특출했다는 걸 아버지는 꿈에도 몰랐거든. 솔직히 학교와 관련된 거라면, 그들 부자는 서로 으르렁대며 싸운 기억밖에 없었어. 아버지는 티브이에 귀를 기울였어. 그는 정신을 차릴 수가 없었어. 심지어 아들에게 용서를 빌기까지 했지. 그 오랜 세월 동안 자신이 얼마나 부당한 아비였는지! 그는 눈물을 흘리며 용서를 구했지……"

27

이야기가 끝난 후 아이들을 재우기까지는 꽤 시간이 걸렸다. 허구의 급류가 계속해서 질문의 풍차를 돌려댔기 때문이다. 제레미는 무엇보다도 '범인'이 어떤 수법으로 폭탄을 백화점에 들여올 수 있었는지 궁금해했다(범인. 아이들은 이 단어를 좋아한다. 왠지 살인자보다는 범인이라고 부르는 쪽을 선호한다). 내가 그물음에 기발한 답을 찾지 못해 난처해하고 있는데, 클라라가 다음과 같은 대답으로 나를 궁지에서 구해줬다. 현재로서는 누구도 그 점에 대해 아는 바가 없다. 하지만 사법경찰의 최연소 형사인 제레미 말로센이라는 신참이 '범인'의 취조를 맡았는데, 그는 이미 그 의문점에 대해 모종의 감을 잡은 것 같다.

"기꺼이 해주겠어."

제레미는 동의하는 미소를 지으며 중얼거리고 그 이상의 질문 없이 잠자리에 들었다.

쥘리우스와 나는 우리 방으로 올라갔다. 방 안이 니켈처럼 반들거린다. 이렇게 깨끗한 적은 수년 이래 한 번도 없었다. 쥘리우스의 냄새도 거의 느껴지지 않고, 쥘리아의 향기는 자취도 없다. 보들레르의 소네트가 이해되지 않는다며 나를 들볶을 셈으로 따라 올라온 클라라가 미안해하는 미소를 짓는다.

"너무 오래 청소를 안 했더라, 오빠. 오늘 내 스케줄에 조금 여유가 있었거든."

당장 사진 생각이 내 뇌리를 때린다. 지난밤 나는 그것을 침대 탁자에 던져놓았고, 오늘 아침 나가면서 서랍 속에 감추는 걸 잊었다. 흘끔 쳐다보니 물론 그것은 탁자 위에 없다. 내 눈길은 클라라에게로 향한다.

눈물 두 방울이 떨어지려고 한다.

"일부러 그런 건 아니야, 오빠."

(얼빠진 녀석. 그걸 그런 식으로 팽개쳐놓다니……)

"오빠, 미안해. 일부러 보려고 한 건 아니었어……"

이제는 방울진 눈물이 아니라 복받치는 울음이 그애의 어깨를 흔든다. 저 울음은 끔찍한 것의 기억 때문일까, 아니면 경솔한 행동에 대한 자책감 때문일까. 나는 멍청히 혼자 생각한다.

"오빠, 무슨 말이든 해봐……"

물론이다. 무슨 말이든……

"클라라……"

나는 무슨 말인가를 했다. 나는 몇 해 동안이나 울지 않았을까?

(엄마의 목소리가 들린다. "뱅, 넌 한 번도 울지 않았어. 어떤 경우에도. 난 네가 우는 모습을 본 기억이 없다. 아기였을 때조차도. 너 울어본 적 있니?" 아니, 엄마. 일할 때 말고는 없어.)

"오빠……"

"잘 들어, 클라리넷. 이건 전적으로 내 잘못이야. 그 사진은 지금 경찰이 보고 있어야 마땅한 거였어. 그걸 발견한 건 테오인데, 그도 내게 보여주면서 너처럼 울었어. 하지만 테오는 죽은 아이의 복수를 해준 녀석이 체포되는 것을 원치 않는다며…… 클라라, 내 말 듣고 있니?"

"오빠…… 나 그거 라이카로 찍었어."

(브라보, 완벽해. 클라라가 본 이상 당연히 그랬겠지……)

그녀는 두세 번 더 코를 훌쩍이고 눈물을 그친다.

언젠가 나는 누이에게 사진을 좋아하는 네 열정은 이해하겠다만 길 가다 마주치는 최악의 것들을 찍는 그 습관은 어디서 생겨난 거냐고 물은 적이 있다. 클라라는, 그건 어린 시절에 자기가 좋아하지 않는 어떤 것을 내가 접시에 담아줬을 때와 같은 거라고 대답했다. "난 오빠에게 이거 싫다고 한 번도 말하지 않았어. 내가 뭔가를 좋아하지 않으면 않을수록, 가령 상추싹같은 거 말이야, 무척 쓴맛이 나잖아, 하지만 그럴수록 나는 더 주의깊게 음미했어. 그 맛을 알려고. 이해하겠어? 그렇다고 특별히 좋아하게된 건 아니지만, 내가 싫어하는 이유를 안 뒤부터는 음식 투정으로 오빠를 괴롭히지 않고 먹을 수 있었어. 뭐, 사진의 경우도 그와 비슷한 거야. 나도 그렇게밖에 설명할 수 없어."

그렇다면 클라라, 그 사진을 찍은 지금, 넌 안다는 거냐? 가련한 누이야, 네가 무엇을 알 수 있는데?

"클라라, 네가 그걸 봤다는 게 너무 끔찍하다……"

"아니야. 그래서 뭔가에 도움이 된다면 꼭 그런 것도 아니야."

어느새 클라라의 어조가 바뀌었다. 다시 그 부드럽고 정확한 목소리로 돌아온 것이다.

"내가 확대해서 몇 장 뽑아봤어."

(하느님, 맙소사……)

"일부는 명암 차이를 죽이고, 다른 몇 장은 강화시켜봤어."

(그래. 테크닉 얘기나 하자꾸나.)

"이상한 점이 세 가지 있어, 오빠도 볼래?"

"물론 보고말고!"

(내 어찌 그 흑백의 마계에 널 혼자 놔둘 수 있으랴.)

잠시 후 한 다스의 확대 사진들이 침대 위에 펼쳐진다. 어두운 부분들, 테이블 다리들, 바닥의 더미. 몇몇 사진들은 조금씩 밝아지고 다른 것들은 더 어두워졌다. 놀라운 점은 두 육체의 미세한 조각 하나도 남아 있지 않다는 것이다! 마치 사진 속에 존재하지 않았던 것처럼, 마술처럼 사라졌다! 죽은 아이와 살인자를 제외한 나머지는 하나도 빠짐없이 클라라의 렌즈에 포착됐기 때문에 그들의 사라짐은 더욱 놀라웠다. 천사의 시선이 그 추악한 것을 지워버린 것이다. 클라라는 거의 수수께끼라도 던지는 듯한 경쾌한 어조로 묻는다.

"오빠가 보기엔 이 테이블 아래의 물체가 뭐 같아?"

"테오와 나도 그게 의아했어."

"자세히 봐. 뭐 연상되는 거 없어?"

"젠장, 클라라. 내가 이걸 보고 뭘 연상했으면 좋겠냐?"

"그럼 잘 봐……"

클라라는 책가방에서 붉은 매직펜을 꺼내더니, 그 어둡고 모호한 물체 더미가 배경의 암흑 속으로 녹아드는 경계선을 따라 어린아이처럼 선을 그려나간다. 천천히 하나의 형태가 드러난다. 뾰족한 지점들과 뭉툭한 부위들이 연결되어 어떤 윤곽을 이룬다. 윤곽선이 더 그려질수록 그것은 하나의 의미를, 내게 친숙한 어

262

떤 존재를 드러낸다. 불룩한 배, 뻣뻣한 목, 삐죽한 두 귀, 피카소의 게르니카를 연상시키는 쩍 벌어진 입에 늘어진 혀, 생기다 만 듯한 다리. 개의 실루엣!

"쥘리우스? ……쥘리우스잖아!"

심벌즈 소리가 내 시공을 가른다.

"쥘리우스가 왜 이 사진 속에 들어가 있는 거야?"

"쥘리우스는 아니고, 다른 개야, 오빠. 마비된 시기의 쥘리우스와 똑같은 상태의 다른 개!"

흥분한 내 누이는 코카인을 흡입한 셜록 홈스를 방불케 한다.

"이렇게 보면 또 하나의 사실을 확인할 수 있어, 오빠."

"그냥 확인해, 누이야. 어떤 사실인데?"

"사진이 찍힌 곳은 백화점 안이야. 쥘리우스가 발작을 일으킨 바로 그 장소."

"무슨 근거로 그런 소리를 하는데?"

"쥘리우스는 그곳을 지나면서 무슨 냄새를 맡았던 게 틀림없어."

"너 농담하냐? 이 사진은 최소한 이십 년은 됐다고!"

"사십 년이야, 오빠. 이건 천구백사십년대의 사진이야. 오십년대부터는 이런 식으로 가장자리를 자르지 않았거든! 그게 아니라도 염기분석을 해보면 연대를 확인할 수 있을 거야."

맙소사, 내 총애하는 누이가 경찰 감식반 요원으로 변신해버렸군!

"하지만 한 가지 의문이 있는데……"

"뭔데?"

"체스 두는 날 쥘리우스가 오빠를 데리러 백화점에 간 게 처음은 아니잖아."

"아니지. 그게 왜?"

"왜 그날 밤에만 발작을 일으켰을까?"

나는 시커먼 눈썹의 무뢰한이 우리에게 식당 뒷문으로 나가지 말고 에스컬레이터로 내려가라고 윽박지르던 것을 떠올린다.

"평소에는 우리가 다른 길로 다녔거든. 그쪽으로 나온 건 처음이었어."

"그랬더니 장난감 코너 앞에서 발작이 일어난 거지?"

나는 섬뜩한 기분으로 어린 누이를 바라본다.

"어떻게 알았냐? 난 전혀 말하지 않았는데!"

"이거 봐."

붉은 매직펜이 다시 희끄무레한 확대면 위로 움직이기 시작한다. 그것은 약간 비스듬하게 천장까지 솟아오른 어떤 실패한 형체를 그린다. 이어서 그린 두 개의 선은 각이 지게 접혀 늘어진 두건과 뭉실뭉실한 수염의 형태를 드러낸다. 이것은 백 년도 더 된 옛날부터 장난감 매장 위에서 백화점을 굳건히 받치고 있는 산타클로스 석고상 중 하나다.

"이건 백화점 다른 어디에도 없는 거지, 오빠."

(확대해놓으니 사진도 꽤나 지껄이는군.)

"클라라, 그게 전부니?"

"아니. 레오나르는 혼자가 아니었어."

"적어도 그 사진을 찍은 사람이 있었겠지."

"그자와 또다른 몇 사람."

작은 매직펜의 여정을 따라, 낡은 사진의 컴컴한 어둠 속에서 서너 명의 윤곽이 드러난다. 아마도 피사 범위 밖에 또다른 자들이 있었을 터이다.

"좋아, 누이야. 그만하면 충분해. 이건 아무도 모르게 감춰둬. 난 내일 당장 테오에게 사진을 돌려주고 경찰에 넘기라고 할 테니까."

28

"꿈도 꾸지 마. 그럴 바엔 찢어버리고 말겠어!"

자제하려는 욕구에도 불구하고 그가 어찌나 사납게 포크로 접시를 내리치며 큰 소리를 질렀던지 주위의 손님들이 모두 깜짝 놀라 돌아보았다.

"왜 그래, 테오? 이봐, 너 접시를 깼어."

"뱅, 자꾸 우기지 마. 난 그 사진을 절대 짭새들에게 주지 않을 거야."

레뮬라드* 셀러리가 붉은 격자 무늬 냅킨 위로 석고반죽처럼 흐른다.

---

* 마요네즈에 겨자와 허브 등을 가미한 소스.

"우리가 어떤 위험을 자초하고 있는지 알고는 있냐?"

테오는 두 조각 난 접시를 조심스럽게 다시 붙이려 한다. 접시와 냅킨 사이로 흐른 소스가 시멘트 역할을 한다.

"넌 하나도 위험하지 않아. 클라라의 확대 사진들만 찢어버리면 돼. 하지만 나는……"

재빠르게 힐끔거리는 눈초리.

"난 상관이 있어."

테오는 이빨 사이로 사납게 중얼거리듯 내뱉으며 그 불길한 사진을 지갑 속에 챙겨넣는다. 나는 의문에 찬 눈으로 그를 바라보며 요전날 밤의 물음을 그에게 되돌려준다.

"테오, 너 그 폭탄 건에 연루된 거냐?"

"만약 그랬다면, 그 사진을 네게 보여줬을 턱이 없지."

곧바로 대답이 나온다. 맞는 소리다. 테오가 어떤 식으로든 연루되었다면 내 앞에 증거를 들이대며 나를 끌어넣으려고 했을 리가 없다.

"그럼 누군지 아는 거야? 누군가를 보호하는 거냐고?"

"만약 누군지 안다면, 그를 레지옹 도뇌르 협회에 추천할 거다! 바스티앙, 새로 한 접시 가져와. 먹던 거 깨버렸어!"

업소의 종업원 바스티앙이 실실 웃으면서 몸을 기울인다.

"사랑싸움인가?"

이 멍청한 녀석은 몇 달이 지나도록 우리가 커플인 줄 안다.

"헛소리 그만하고 튼튼한 그릇에 가져와! 레뮬라드 셀러리는 담지 말고! 도대체 어떤 촌놈이 레뮬라드 셀러리 따위를 고안한 거야?"

신랄하게 한 방 먹은 바스티앙은 테이블을 훔치며 씩씩거린다.

"댁한테 그거 주문하라고 강요한 사람 아무도 없어!"

"왜, 있지. 호기심! 체험정신! 인생을 살다 보면 제 눈으로 보고서야 믿고 싶어지는 순간들이 있는 법이거든! 안 그래?"

계속 다그치는 테오.

"대답해봐. 그래, 안 그래? 식초 소스에 절인 파로 바꿔줘!"

투덜거리며 멀어지는 바스티앙의 퉁퉁한 엉덩이를 바라보다가 내가 묻는다.

"테오, 왜 사진을 경찰에 넘기지 않으려는 건데?"

그러자 테오는 온갖 짜증을 내게로 옮겨서, 꺼져버리라고 외치기 일보직전의 얼굴로 묻는다.

"너 가끔 신문은 읽냐?"

"마지막으로 읽은 기사는 레오나르의 죽음을 타이틀로 뽑은 거였지."

"오호! 그걸 읽었다니 운이 좋았네. 넌 초판을 본 거야. 재판은 압류됐거든."

"압류? 왜?"

"그쪽 집안에서 사생활 침해라고 항의했거든. 내로라하는 편협한 족속답게 불과 두 시간 만에 판매대에 깔린 신문들을 모조리 수거시켰어. 그러고는 폭로한 신문사를 고소해서 급속심리에 회부했고, 오늘 아침에 승소했어."

"그렇게 빨리?"

"그렇게 빨리."

바스티앙의 큰 덩치가 슥 다가오더니, 시큼한 파 접시를 테이블 위에 놓는다.

"그게 사진을 내주지 않으려는 것과 무슨 상관이 있는데?"

어처구니없다는 테오의 눈길.

"네 뇌는 레뮐라드 셀러리로 채워진 거야 뭐야? 뱅, 너는 그 번듯한 개자식들의 세력을 이해하기는 한 거냐? 그들은 그 인간 말종이 수음하는 사진 네 장을 대담하게 게재한 일간지를 전화 한 통으로 판금시킨 자들이라고! 그 포토마톤의 네 컷이 무엇을 재현한 것인지는 너도 알고 있지? 신문이 판금된 다음 번갯불에 콩 볶아먹듯 재판이 열렸고, 그들은 신문사에 최고치의 배상금을 물게 하고 있어. 지금 이 상황에서 내가 그 사진을 경찰에 넘겨주면 어떻게 될 것 같냐?"

"어차피 사건을 덮어버리겠군."

"상부의 지시에 따라서. 좋아, 내가 우려한 정도로 아둔하진 않구나. 그다음도 들어볼래?"

테오가 몸을 불쑥 앞으로 기울이는 바람에 그의 넥타이가 접시에 빠진다.

"자, 그 뒷얘기는 이래. 그 금쪽 같은 증거를 손에 쥔 경찰은 사건의 핵심, 즉 동기를 알아챈다. 지금까지는 우발적으로 죽이는 미친 살인마 가설에 끌려다녔지만, 이제 알게 되는 거지. 어떤 비열한 악마숭배족 일당이 과거에 인간을 제물로 바치는 흑미사를 벌였다는 것을. 어쩌면 아직도! 그런 의식에서 하게 마련인 일련의 잔혹 행위를 아이들의 몸에 가하면서, 이봐 말로셴 씨, 아이들에게 말이야!"

테오는 두 주먹으로 테이블을 누르며 벌떡 일어선다. 그의 넥타이가 마술사의 끈처럼 접시에서 솟아나 그의 목으로 기어오르는 것 같다. 분노로 울부짖을 것 같은 모습이지만, 그는 속눈썹 언저리에 눈물을 글썽이며 낮게 속삭인다.

"테오, 넥타이…… 네 넥타이 좀 봐. 그만 앉아라……"

"그와 동시에 경찰은 나머지도 파악하겠지. 누군가가 그들을, 그 음란한 미사의 사제들을 알아보고 그들을 처단한다는 사실을. 경찰이 앞다퉈 설쳐대지 않는다면 그 누군가는 목표대상을 한 사람씩, 체계적으로 모두 죽이겠지. 그 편이 경찰에게도 좋을걸. 자신들이 진짜로 하고 싶은 일을 복수자가 대신 해주는 게 만족스러울 테니까. 요컨대 경찰도 하나의 국가기관으로서 기능해야 하니까. 이해하겠어? 거기다 또 한 가지는, 그 기능직 공무원들도 역시 인간이라는 점이야. 너와 나처럼, 뭐 너랑 완전히 같지는 않을지 몰라도, 호기심을 가진 인간들. 호기심, 뱅. 그들은 십 년 조기퇴직 하는 한이 있더라도 그 아이 잡아먹는 녀석들 가운데 단 한 놈이라도 궁지에 몰아넣고 배를 가르고 싶을 거라고. 도대체 그 뱃속에 뭐가 들어 있는지 보려고, 녀석들 속을 알아보려고 말이야! 그러니 네가 생각할 때, 만약 식인귀가 용케 살아남더라도 어떻게 될 것 같냐?"

"남은 생을 쥐구멍에서 보내겠지."

"정답."

테오는 다시 자리에 앉아 넥타이를 풀어 정성스럽게 개어놓는다.

"그래. 아주 깊은 구멍에 박혀서 아무도 아무것도 알 수 없어야지. 내 장담하지만, 재판도 없이 감옥으로 직행할 거라고. 왜냐하면, 말로센 씨, 그런 스캔들이 터져서 레오나르 집안처럼 효과적인 직통전화를 구비한 자들의 얼굴에 먹칠을 한다는 건 생각도 할 수 없는 일이니까."

"아이들의 가족들이 가만히 있을까?"

그러자 테오는 식초에 절인 파를 한참 동안 뚫어지게 응시한다. 마치 그것이 그의 인생에서 본 것들 중 가장 식별하기 어려운 대상이기라도 한 것처럼. 그러더니 몽롱한 소리로 묻는다,

"뱅, 넌 고아라는 게 뭐라고 생각해?"

(그야…… 아빠도 없고 엄마도 없는…… 스산한 목소리가 내 머릿속에서 중얼거린다.)

"알겠어, 테오. 아무도 찾지 않는 존재란 말이지."

"그렇지요, 말로센 씨."

테오는 계속 뚫어져라 파를 쳐다본다.

"그래, 뱅. 그리고 무작정 믿어버리는 존재, 그게 고아야. 그들에겐 단 하나의 욕구밖엔 없어. 다른 누군가를 찾으려는 욕구. 사탕을 제공하는 신사들을 따라가려는 욕구. 그러니 그 신사들이 고아들을 미치게 좋아하지."

테오 안의 뭔가가 내게 말한 것 이상으로는 생각하지 않으려고 절망적인 노력을 하고 있다. 자신의 온 존재를 투신한 응시. 이미지들에 맞서 싸우는 인간의 이미지.

그는 나이프를 쥐고 차마 건드릴 수 없는 어떤 것을 대하는 것처럼, 방금 죽었거나 아직 살아 있는 존재의 해부라도 하는 것처럼 조심스럽게 파를 뒤적인다.

"내가 '고아'라고 말할 땐 대상을 한정시킨 거야. 정확히 말하

면 '방치된 애들'이라고 해야겠지. 세상의 어느 누구도, 그런 아이들을 수용하는 전문기관들조차도 신경 쓰지 않는 버림받은 아이들. 우리의 아름다운 혹성은 그런 애들을 무더기로 생산하지. 학살에서 살아남은 어린 부뉼*들, 방황하는 황색 피부의 청소년들, 가출한 아이들, 도망친 아이들, 길거리 매춘으로 태어난 아이들. 그들은 손만 뻗으면 먹히게 되지…… 난 그 사진을 경찰에 주지 않을 거야."

테오는 잠시 입을 닫고 익사체처럼 숨이 죽어버린 파를 뒤집는다.

"한마디 더 하면, 경찰들이 우리의 응징자를 잡는 데 오랜 시간이 걸리지는 않을 거야. 경찰도 바보는 아니고 나름대로 수단을 갖춘 자들이니까, 우발적 살인이라는 잘못된 추적로에서 오래 헤매지 않을 게 분명해. 이젠 속도전이지. 우리의 흑기사는 반 마신** 정도 앞서 있을까? 어쩌면 그만큼도 안 될 거야. 그는 녀석들을 모두 처치할 시간이 없을지도 몰라. 그런 판국에 나까지 경찰이 그를 잡도록 거들 생각은 없어. 절대로 싫어!"

그러고는 자신의 접시에 누워 있는 창백한 물체를, 식초 방울이 움직이지 않는 눈동자처럼 고인 번들거리는 기름막 속에 녹색

---

* 북아프리카 아랍인.
** 경마에서 말의 몸길이만큼의 차이.

과 흰색이 흐물흐물 엉켜 용해된 그것을 마지막으로 한 번 더 쳐다보고는 말한다.

"뱅, 제발 나가자. 이놈의 파가 사람 죽이는군."

29

그 사건은 오늘 오전, 루나의 전화가 걸려오기 조금 전에 일어
났다. 나는 레만의 사무실에서 나오면서 이층 서점에 들렀다. 외
견상 별 중요성은 없어 보여도 뜻밖의 방향으로 수사를 진척시킬
수 있는, 그래서 이야기의 결말을 앞당길 수도 있는 단서 하나를
확인해볼 참이었다.

나는 리송 영감에게 백화점에서 일한 지 몇 해나 됐냐고 지나
가는 말처럼 물었다.

"올해로 사십칠 년 됐을걸! 젊은 양반, 문학의 수호를 위해 싸
우면서 아무거나 닥치는 대로 팔아온 세월이 사십칠 년이라네.
그래도 신의 은총으로 문학 코너를 유지할 수는 있었지!"

사십칠 년 동안 가게를 지켰다! 나는 그가 몇 살에 시작했는지

는 묻지 않았다. 그저 책을 들춰보고, 뒤적이고, 요컨대 그의 자부심에 당위성을 주는 행위를 얼마간 계속했다. 『베르길의 죽음』*을 훑어보고, 이어서 『사라고사에서 발견된 원고』**의 간행본으로 손을 뻗었다가 잠시 뒤 물었다.

"가다의 책 말입니다, 문고판으로 나온 뒤 얼마나 팔렸죠?"

"『메룰라나 가의 끔찍한 혼란』? 전혀 팔리지 않았네."

"아! 그렇다면 영감님 오늘 한 권 팔았습니다. 제가 선물할 데가 있거든요."

훤칠한 백발의 얼굴이 동의하는 입 모양을 짓는다. '공정하고 엄격한' 유형의 표정이다.

"잘 생각했소이다. 그거야말로 책이지! 알레이스터 크롤리에 대한 변변찮은 궤변서보다는 백 배 낫지, 암."

"그것 역시 선물이었어요, 리송 영감님. 취향이란 원래 자연법에서 벗어나는 거지요."

"그래도 내 소견을 말하라면, 악취향이라는 것도 많다고 말하고 싶네."

그가 영원한 시간이라도 누리는 사람처럼 천천히 선물 포장을 하는 동안, 나는 묻고 싶은 화제로 접근했다.

---

* 오스트리아 작가 헤르만 브로흐(1886~1951)의 소설.
** 폴란드의 여행가이자 작가인 얀 포토키(1761~1815)의 소설.

"영감님은 휴가 안 떠나십니까? 언제나 이 매장에 계신 것 같던데."

"휴가, 그건 댁들처럼 분주한 세대한테나 좋은 거라네, 젊은 양반. 나야 매사에 느리고 한가한 사람 아닌가. 백화점이 문을 닫을 때에나 나도 닫지."

너무 좋은 기회였다. 나는 그 기회를 놓치지 않고 묻는다.

"그래서 사십칠 년 동안 백화점이 몇 번이나 문을 닫았습니까?"

"세 차례. 1942년에 한 번, 1954년에 칠층을 올리느라 한 번, 1968년 그 익살극이 벌어졌을 때 한 번."

('그 익살극'이 벌어졌을 때라……)

"1942년엔 무슨 이유로 문을 닫았나요?"

"경영진과 관리진 그리고 소위 운영 마인드가 바뀌느라 닫았지. 이전의 운영이사회는 주로 유대인 색조였거든. 내 말의 의미를 알 걸세. 그러다가 진정한 프랑스인에게 마땅히 귀속돼야 할 것이 뭔지를 아는 시대가 도래한 거지!"

(뭐라고?)

"그래서 얼마 동안 폐점했는데요?"

"장장 여섯 달. 이전의 '양반들'이 계속 분규를 일으켰거든. 알겠나? 신의 은총으로 역사가 마침내는 종지부를 찍었네만."

(신이 존재한다면, 설사하고 싶을 때 당신 머리 위에 싸버릴 거

다, 이 더러운 영감아!)

"여섯 달 동안 방치됐다고요?"

"그래도 밀리스*가 정기적으로 백화점을 지켰다네. 쥐새끼들이 기어들어 선박을 털어가는 불상사를 막으려고."

(내가 여태껏 이 늙은 쓰레기에게 은근히 호감을 느끼고, 내 평생 가져보지 못한 할아버지처럼 여겼다니! 이 향수에 전 쉰 나물을……)

나는 그의 손에서 불쌍한 가다를 받아들고는 이걸 소독하리라 다짐하며 그에게 말했다.

"정말 감사합니다, 리송 씨. 기회가 닿는 대로 영감님과 담소하러 또 오겠습니다."

"그래주면 기쁘겠네. 어른 공경하는 젊은이들이 점점 귀해지는 세상이니 말일세."

에스컬레이터에 올랐을 때 그것이 덮쳤다. 내 머리를 꿰뚫는 불꼬챙이, 끔찍한 고통, 거기에 체스터 하임스**의 세계에서 솟아난 그로테스크한 환영이 가세한다. 관자놀이에 칼이 박힌 채 뉴욕의 밤거리를 질주하는 거구의 흑인. 그의 다른 쪽 관자놀이

---

* 비시 정부가 조직한 친독 의용대.
** '관 짜는 에드'와 '무덤 파는 존스' 형사 콤비를 만들어낸 흑인 추리작가.

를 뚫고 나온 칼날. 다음 순간 고통은 가라앉고 귀머거리 증세가 다시 찾아왔다. 왁자지껄한 소음도, 배경음악도, 아무것도 들리지 않는다. 하지만 청각장애가 너무 늦게 왔다. 좀 전의 망할 대화로 인해 내가 할아버지로 동경하던 영감이 그 참담한 옛 시절에 연연해하는 소리가 내 귓속에 남았기 때문이다. 젠장, 그런 똥주머니를 뇌라고 달고 다니는 인간이 어떻게 가다, 브로흐, 포토키를 좋아할 수 있으며, 알레이스터 크롤리에 대해 나와 같은 생각을 할 수 있단 말인가? 언제쯤에나 나는 뭔가에 대해 뭔가를 이해하게 될까? 그래도 여하튼 나는 연도를 알았다. 1942년. 백화점에서 무슨 일이 벌어졌다면, 그해의 여섯 달 사이에 벌어진 것이다. 낮? 아니면 밤? 사진으로 판단해보면 밤이다. 밤. 의용대가 지키는 백화점 안에서.

이런 생각을 하다가 나는 그들을 알아보았다.

인간 카메라 두 녀석.

쿠드리에 서장의 네 개의 눈.

그들의 존재가 너무도 명백히 내 시야로 뛰어들어, 나는 뭘 하느라 좀더 빨리 그들을 알아채지 못했을까 하고 잠시 자문했다. 큰 녀석과 작은 녀석. 덩치와 말라깽이. 번듯한 차림새와 거지꼴. 대머리와 털북숭이. 털주먹 패트와 하이에나 지브. 거의 그랬다. 물론 어떠한 경우에도 우리의 삶이 현실과 허구 사이에 끼워넣는 차이는 존재했다. 그렇다 해도 저 웃기는 행태의 두 녀석을 바로 알아보지 못하다니! 덩치 큰 놈은 고급 가죽 매장의 행거 뒤에 숨어 있었다. 다른 쪽 미스터 하이드는 거기서 십오 미터 떨어진 여성 레이스 속옷들 뒤에 숨어 초콜릿 슈크림을 삼키는 중이었다. 내가 너무 아연해진 나머지 그들에게서 눈을 떼지 못한 탓에 그들은 들켰다는 것을 금세 알아챘다. 장담컨대 그들도 나 못지않게 놀랐다. 그런 상태로 얼마간 서로를 노려봤다. 그러다 큰 녀석이 돌연 벌게진 얼굴로 내게 짧은 고갯짓을 했다. 나는 즉시 이해했다. 녀석은 벼룩처럼 발끈했지만 불독처럼 건장했다. 나는 흠칫해서 다른 곳으로 눈을 돌렸다. 정확히 말하면 먹보와 그의 슈크림도 피해야 했으므로 그들 둘 사이를 바라봤다. 그러자 상황은 더 난감해졌다. 그들 뒤편 십여 미터 거리에, 그러니까 내 정면으로 보이는 곳에 무기 매장이 있었기 때문이다. 총걸이, 공포탄 피스톨 세트, 절개용 칼, 초음파 호각, 톱니 달린 덫, 그 밖에도 사냥꾼의 눈을 반짝이게 할 기기묘묘한 소품들이 진열된 곳. 아무리 자연을 사랑하는 사냥꾼이라 해도 이곳에 오면 눈을 빛내리라. 아닌 게 아니라 고객 한 명이 눈을 빛내며 판매대에 있었다. 가짜 환경보호론자들 중 하나. 오십대로 보이는 그 남자는 위험해 보이리만치 단정치 못한 십대 애들 두 명과 동행이었다. 그들은 푸르스름한 광택이 도는 공기총을 손에서 손으로 넘기면서 그 장단점을 논하고 있었다. 총을 번개처럼 치켜올려 겨냥해보고, 공중에 짧은 커브를 그리기도 하면서 요람에서부터 정통한 자들처럼 거침없이 의견을 피력했다. 판매원 남자는 만면에 미소를 지으며 전문적인 사항을 설명했다. 그토록 조예가 깊은 고객들을 상대하는 데 어지간히 흥이 오른 터라, 그의 눈은 이미 진열대를 주시하고 있지 않았다. 그때 나는 작은 손이 회색 종이 상자 안으로 빠져들어가 탄약 카트리지 두 개를 꺼내는 것을 봤다. 너무 자연스럽게 그 일을 해치우고 재빨리 몸을 숨기지도 않는 그 손의 임자는 아주 작고 완연히 늙은, 테오의 늙은 아동들 중 하나였다. 내가 그를 알아보자, 그 역시 나를 알아보고 공모자 같은 미소를 지으며 훔친 물건을 살짝 흔들어 내게 보여준 뒤—아니라면 내 손에 장을 지지겠다!—회색 셔츠의 왼쪽 주머니에 넣었다. 내가 본 것만도 벌써 세번째였다. 처음에는 카즈뇌브가 AMX30 전차를 수거하는 동안 검정색 리모컨이 저 주머니에 들어갔고, 다음에는 전기 안마기, 세번째는 방금…… 아니지, 세번째는 구리 수도꼭지를 잘못 비튼 행위였어……

나는 반사적으로 두 경찰에게 눈을 돌렸다. 그들은 허공에 눈을 박고 멀거니 서 있는 나를 지상 최고의 얼간이를 보듯 지켜보고 있었다. 작은 녀석이 눈썹을 치켜올리며 어깨를 으쓱했다. "뭐야, 친구, 자네의 하루가 멈추기라도 했나?"라고 말하는 몸

짓. 나는 다시 무기 매장을 쳐다봤다. 그러자 그들도 돌아섰다. 작은 노인은 사라지고 없었다. 나는 묘한 안도감을 느꼈다.

몇 분 뒤, 나는 여전히 귀먹은 상태로 지하의 깊은 물속으로 빠져들어, 지미니 크리켓*을 찾아 헤엄치고 있었다. 지미니 크리켓, 정말 그렇다! 왕늙은이 지미니 크리켓의 주름 없이 매끄럽고 납작한 골상. 그의 머리는 그처럼 재미있게 생겼다. 두 경찰은 꽤 떨어진 거리에서 정탐하고 있었지만, 이제는 너무 명백해진 그들의 정체가 자석처럼 내 눈을 끌어당겼다.

내 눈길과 마주칠 때마다 그들이 짓는 표정은 가관이었다. 세상의 위협이란 위협은 모두 그 일그러진 두 얼굴에 드리워진 것 같았다.

반면 지미니의 자취는 잡히지 않았다. 테오의 회색 셔츠들이 얼마나 많은지 나는 처음으로 실감했다. 게다가 노인들의 모습은 모두 비슷비슷하다. 무수히 많은 고독하고 유사한 존재들. 현대의 노인들은 자기들끼리도 접촉하지 않는다. 그래, 테오가 있지! 그의 문제아 한 명이 포탄 진열대에서 탄약을 훔쳤다는 것을 그에게 알리자!

---

* 동화 『피노키오』에 피노키오의 친구로 나오는 귀뚜라미 이름.

테오는 벽지 코너에서 카스타피오레[*] 스타일의 부인과 상담을
하는 중이었다. 그녀의 반지들이 욕망을 표현하면, 테오의 머리
는 동의하고 또 동의했다. 그는 몇 무더기의 벽지를 그녀에게 팔
아치울 것이다.

나는 테오 쪽으로 걸음을 뗐다. 그러나 절반도 가기 전에 세 가
지 사건이 동시에 일어나 내 계획된 여정을 뒤집었다. 우선 십여
미터 떨어진 곳에서 지미니의 모습이 잡혔다. 카트리지의 가루를
금속 드릴 케이스 안에 털어넣는 작업을 하면서, 한쪽 눈으로 나
를 향해 공범자의 미소를 짓는 지미니. 그는 한결같이 뭔가를 만
드는 일에 몰두해 있는 대여섯 명의 똑같은 회색 셔츠들 사이에
묻혀 있어서 경찰들의 눈에 띄지 않았다. 다음에는 힘 좋은 누군
가의 손바닥이 내 어깨를 치는 바람에 머릿속에서 철썩! 하는 소
리가 났고, 마지막으로는 쩌렁쩌렁한 르시프르의 목소리가 막 뚫
린 내 두개골을 채웠다.

"말로센, 자네 꿈이라도 꾸는 건가? 자네에게 전화가 왔다고
오 분 전부터 방송을 해대고 있잖은가! 아주 급하다고. 자네 여동
생 같더군."

---

[*] 만화 '탱탱' 시리즈에 나오는 몸집 큰 오페라 여가수.

"오빠?"

"루나?"

"오빠! 오빠!"

"무슨 일인데, 루나? 무슨 일이 일어난 거야? 진정하고……"

"제레미가……"

"제레미가 왜? 루나, 누이야, 진정해."

"학교에서 사고가 일어났어. 오빠가 당장 가봐야 해. 오빠, 아!
오빠……"

30

"천만다행히도 교실에 남은 학생은 댁의 아이 혼자였습니다."

(그게 천만다행이라고?)

연기 피우는 구덩이와 진배없는 학교 안뜰에는 그나마 화재에 견디는 것들마저도 비틀린 시체가 되어 누워 있었다. 파편들 사이로 흐물흐물해진 긴 파이프들이 기어다닌다. 녹은 플라스틱의 시큼한 냄새가 주변의 축축함 속에 고여 있다("정말 참을 수 없는 게 뭔지 아세요? ……불타버린 사람들이에요. 그 냄새는 죽어라고 따라다니죠. 보름 동안은 머리털에 붙어산다니까요!"). 어린 소방대원의 음성이 떠오르자 내 코는 반사적으로 계속 냄새를 맡아보고는 이 참담한 냄새 중 어느 것도 불에 탄 살 냄새는 아니라는 것을 확인한다. 두 줄기의 소방 호스가 소각된 파편들을 익사시키는 작업을 끝낸다. 교실 세 개가 완전히 타버렸다.

"조립용 자재라는 게 문제였지요······"

풀 먹인 종이와 다를 바 없는 빌어먹을 것들. 맞다, 방귀만 한 폭발에도 활활 타오르고, 책상 다리건 금속 골조건 열만 받으면 녹아내려 뒤엉켜서는 망측한 포즈로 굳어버리지. 학생들은 소방대원의 저지로 멀찌감치 물러나, 애도와 농담과 아직도 생생한 공포에 대한 이야기를 떠들어댄다.

"휴식 시간에 일어난 게 다행이었지요."

(다행?)

붉은 트럭이 호스를 감기 시작한다. 스파게티 면발을 감는 포크의 어처구니없는 이미지가 내 머릿속을 스쳐간다.

"제레미는 혼자 떨어져 있다가······"

거무스름한 낙지 소스에 버무려진 스파게티. 이탈리아의 어느 지방에서 그걸 먹더라?

"우리가 알았을 때는 불길이 너무 번진 상태여서······"

"제레미는 왜 다른 애들과 어울려 놀지 않았습니까?"

"그 이유는 저도 분명히 말씀드릴 수가 없군요."

"분명히 말씀하실 수가 없다고요?"

"저도 짐작은 합니다만, 그러니까 제레미는 무척 독립적인 아이라고 말씀드리고 싶군요."

(이 남자는 분명히 말씀드릴 수 없고, 짐작은 하고, 말씀드리고 싶고……)

"정말이지 너무 순식간에 불이 나서……"

네, 네, 압니다. 순식간에, 성냥불처럼 말이지요. 성냥불이 간발의 차이로 아이들 백 명을 태워버릴 수도 있었는데, '천만다행히도' 그 안에 우리 제레미밖에 없었다는 것 아닙니까.

"천만다행이라고요?"

"네?"

"방금 '천만다행히도' 라고 말씀하셨죠. 다행이었다고……"

"죄송하지만, 무슨 말씀이신지?"

그의 눈이 갑자기 그가 낀 안경알만큼 커진다. 그제야 나는 내 상체가 그를 내리누르듯 덮치고 있어서 그가 의자 속으로 움츠러든 걸 알았다.

그때 전화벨이 울린다. 그는 내게서 눈을 떼지 않은 채 부리나케 수화기를 든다.

"여보세요. ……네? 네? ……그게 그렇군요. 네?"

(그게 그렇다. 천만다행히도, 다행이었다……)

"생 루이 병원. 네, 응급실. ……물론입니다. 너무너무 감사……"

그가 전화를 내려놓았을 때 나는 그 방을 나오고 없었다.

로랑이 한발 먼저 생 루이 병원에 와 있었다. 내가 도착했을 때 그는 예리한 눈빛의 키 작은 의사와 토론중이었다. 나는 멀리서 두 사람을 보고 그들의 표정을 살폈다. 하지만 두 프로의 얼굴에서 전문가의 표정 외에는 아무것도 읽을 수 없었다. 길쭉한 금발과 작은 갈색 머리. 처음 말을 뗀 시절부터 절친한 죽마고우. 전문지식의 유대감. 그리고 특히 저…… 사람을 안심시키는 대화 장면. 로랑과 저 의사가 협력관계를 맺는다면, 제레미는 좋은 치료자의 손에 떨어진 거라는 느낌.

"아! 뱅, 이쪽은 닥터 마르티라네."

그가 내 손을 잡고 흔든다.

"놀라실 거 없습니다, 말로센 씨. 우리가 낫게 할 겁니다, 당신 아들을요."

"아들이 아니라 동생입니다."

"그렇다고 아이의 상태가 달라지진 않습니다."

그는 웃지도 않고 나를 빤히 쳐다보며 태연스럽게 말을 내뱉었다. 하지만 나는 그의 안경알 속에서 농담 어린 눈빛을 감지하고 마음을 놓는다. 굳은 미소를 지으며 내가 물었다.

"그애를 볼 수 있을까요?"

"당신 표정만 바꾼다면요. 나는 그런 얼굴로 환자의 기분을 망치는 건 좋아하지 않습니다.”

닥터 마르티, 별난 사내로군. 그는 점액질 인간의 냉담한 기조에 희미한 장난기가 가미된 말투로 일관했다. 내가 표정을 바꾸지 않는 한 제레미를 면회할 수 없으리라는 것은 분명했다.

“그애가 어떤지 알려준다면 나도……”

“다부위 화상, 우측검지 절단, 생사기로의 공포감. 하지만 환자는 넋 빠져 있을 타입은 결코 아니더군요. 오히려 간호사들을 웃기느라 바쁩니다.”

“손가락이 잘렸다고요?”

“우리가 제자리에 붙여놓을 겁니다. 금세 끝나요.”

신뢰감이란 참으로 묘한 것이다. 설령 제레미의 머리가 떨어졌다 하더라도 이 분명한 말투의 작은 사내는 그것도 다시 붙여놓을 거라는 확신이 든다. 실력과 또다른 요소, 인간애……

“그럼 이 정도 얼굴이면 되겠습니까?”

그는 잠시 나를 뜯어보고 로랑에게로 고개를 돌린다.

“자네 생각은 어떤가, 부르댕?”

제레미는 발가벗겨져 있었다. 온몸이 다소 외설스러운 대리석 무늬들로 덮이고, 입술에서 오른쪽 귀까지는 가짜 수염을 붙인 것처럼 부풀어오른데다, 머리는 빡빡 밀린 상태였다. 내가 그 작은 무균병실로 들어갔을 때 그를 보살피는 간호사는 웃느라 바닥에 주저앉을 참이었다. 그러나 좀더 가까이서 보니 그녀는 웃는 동시에 울고 있고, 환자는 꼼짝도 않고 총알처럼 지껄이고 있었다. 아주 조그만 육체. 녀석이 말하는 언어의 양을 빼고 본다면, 제레미는 정말로 작은 아이다.

내가 옆으로 다가섰을 때에야 아이는 내 존재를 알아채고 씩 미소를 지었다. 미소는 고통의 찡그림으로 변했다가 조심스럽게 원래의 표정으로 돌아간다.

"안녕, 형. 보다시피 내 머리가 관 짜는 에드 꼴이 됐어!"

간호사가 측은함과 감탄에 젖은 눈을 들어 나를 쳐다본다.

"형, 단둘이 얘기할 게 있어."

그러더니 제레미는 마치 소싯적부터 알고 지낸 사이처럼 간호사에게 말한다.

"마리네트, 책 사다줄 수 있지, 응? 저 남자가 떠나면 읽어줘."

그녀의 이름이 실제로 마리네트인지는 알 수 없지만, 그녀는 순순히 일어난다. 나는 그녀를 문까지 배웅한다.

"아이를 피곤하게 하지 마세요. 십 분 뒤에 수술실로 옮길 거예요."

그녀는 낮게 소곤거리고 애틋한 미소를 지으며 덧붙인다.

"마취되는 동안 내가 책을 읽어주기로 했거든요."

복도의 불빛 위로 문이 닫힌다.

"됐다. 혼자 왔어, 형?"

"혼자야."

"그럼 이리 와서 앉아. 빅뉴스가 있어."

나는 침대 옆으로 의자를 붙인다. 제레미는 잠시 뜸을 들이며 서스펜스를 조성하다가 이내 참지 못하고 소리친다.

"형, 내가 알아냈어!"

"뭘 알아냈는데, 제레미?"

"범인이 어떻게 폭탄을 백화점에 들여놓았는지!"

(오! 주여······)

얼마 동안 아이의 탁한 숨소리와 내 심장 뛰는 소리밖에 들려오지 않는다. 기다리다 못해 내가 묻는다.

"어떻게 했는데?"

"그는 들여오지 않았어. 내부에서 제조했지!"

(확실히 의자에 앉아 듣기를 잘한 것 같다.)

"농담 아니지?"

경쾌한 어조를 유지하느라 나는 어지간히 노력해야 했다.

"농담 아니야! 내가 실험했더니 됐어."

실험했다고? 아무렴. 나는 최악의 사태가 도래하는 것을 느낀다. 우리 집안에 친숙한 그 '최악' 의 발소리가 들려온다.

"형, 그럴 마음만 먹는다면 백화점에는 파리 전체를 날려버릴 수 있는 물품이 빠짐없이 있어."

그건 사실이다. 하지만 그럴 마음을 먹는 경우의 얘기지.

"우리 학교도 그래."

이어지는 침묵…… 그야말로 침묵!

"그래서 내가 시도를 해봤지."

"맙소사! 제레미, 무슨 시도를? 그 말은 설마……"

"수업하는 동안 아무도 모르게 폭탄 제조하는 실험을 했다고."

(그래. 요전날 밤 녀석이 그렇게 말했지.)

"아무거나 가지고 염소산나트륨을 추출하는 거야. 가령 제초제 같은 걸로……"

내 어린 동생 제레미는 즐겁게 뛰어놀 열두 살 나이에 은밀한 사제폭탄 제조법을 형에게 전하고 있다. 녀석의 목소리가 흥분을 더해가는 동안 내 귀에는 테오의 목소리가 오버랩되어 들려온다.

"글쎄 말이야, 양쪽 주머니에 제초제를 오 킬로그램이나 쑤셔넣고 하루 종일 돌아다닌 아동도 있다니까!"

"제레미, 말소리 낮춰. 진정하고. 너 피곤해지면 안 돼."

(무엇보다도 문 밖에서 우리 대화를 들어서는 안 되니까, 젠장. 제레미가 방화범이었어. 내 동생이 불 지르는 아이라니! 그런데도 나는 교육자라고……)

"모든 게 순조롭게 굴러갔어, 형. 그래서 그걸 집에 가져와 형에게 보여주려고 뇌관을 제거하는 순간, 그 '명백한 증거' 가, 무슨 뜻인지 알지? 그 빌어먹을 것이 내 손에서 터져버린 거야."

(그래서 넌 학교에 불을 질렀지, 제레미. 맙소사, 학교에 불을 질렀다고!)

"그래도 형은 내 얘기 믿지, 응?"

처음으로 녀석의 목소리가 불안으로 떨린다.

"응? 내 얘기 믿지?"

긴 침묵이 깔린다. 나는 동생을 바라본다. 계속 침묵. 이윽고 불에 탄 아이의 속눈썹 밑에 눈물이 고인다.

"그래. 형은 내 얘기를 안 믿어. 그럴 줄 알았어! 내가 결코 거짓말한 적이 없다는 걸 알면서……"

(야훼, 예수, 부처, 알라, 레닌, 아무개 거시기와 또다른 이들이여, 내가 당신들에게 무슨 잘못을 하였나이까?)

"물론 믿어, 제레미. 그건 내 이야기의 피날레가 될 거야. 오늘 밤 다른 애들에게도 들려줄 생각이다. 백화점 안에서 제조된 폭탄의 복수. 기막힌 발상이야! 에필로그는 그렇게……"

31

나는 살고 나는 죽고 나는 불타고 나는 익사하네
엄동설한 견디며 지독한 더위를 먹는다네
삶은 내게 너무 나른하고 너무 힘들어
기쁨 섞인 거대한 권태를 맛보곤 하지

"클라라, 시를 암송할 때는 쉬어가면서 읽어. 시에서 침묵은 음악에서의 그것과 같아. 침묵도 숨결이고, 때론 단어의 그림자나 광채를 담아내기도 한다고. 물론 뭔가를 예고할 때도 있고. 클라라, 침묵에도 여러 종류가 있어. 가령 네가 낭송하기 전에 빅토르 누아르*의 묘석 위에 앉아 있는 흰 고양이 사진을 찍었는데, 그런 후 네가 낭송하는 시를 듣고 우리가 침묵했다면, 그게 다른 때와 동일한 침묵이겠니?"

"이겠니? 이겠니? ……오빠, 나도 자문하는 중이야……"

클라라는 상냥하게 나를 놀리며 내 팔짱을 끼고 화창한 페르라 셰즈 묘지를 산책한다. 방금 클라라가 이곳 고양이들은 거의 다 검은색 아니면 흰색, 흑백 색조라고 말했다. 원색의 고양이는 한 마리도 본 적이 없다는 것이다. 나는 제레미를 생각한다. 열흘 전 손가락 접합수술을 받은 녀석은 이틀 후 퇴원해서 집으로 올 예정이다. 나는 쥘리아도 생각한다. 그녀는 며칠 밤을 같이 보내면서 내 저조한 기분을 풀어주려고 애썼다("천만에, 그건 조금도 괴물 같은 짓이 아니야, 뱅자맹. 유년기는 원래 실험적인 시기라고. 골치를 썩이긴 해도 괴물 같은 건 아니지. 당신이 어떻게 해볼 수 있는 게 아니야. 불쌍한 자기, 긴장 풀고 내버려둬. 나더러 이론 가니 뭐니 그러지 말고……"). 쥘리아의 향기가 아직 나를 감싸고 있다. 나는 그 뒤로 백화점에서 자취를 감춘 작은 노인을 생각한다. 그는 자신을 주시하는 두 경찰의 시선을 알아챈 게 틀림없다. 그리고 내 생각은 옆에 있는 클라라에게 돌아온다. 이 아이는 내일 대입 자격시험을 치를 거면서 루이즈 라베**의 소네트를 거

---

* Victor Noir(1848~1870). 프랑스 제2제정 시대의 공화파 신문기자. 나폴레옹 3세의 사촌과 언쟁을 벌이던 중에 상대의 총을 맞아 요절했으며, 그의 장례식이 1970년 공화파 시위에 중요한 계기가 되었다.

의 이해하지 못하고 있는 것 같다.

"루이즈 라베를 다시 보자, 누이야. 둘째 단락을 암송해봐. 침묵할 곳을 생각하면서. 그러면 시험관도 네게 고마워할 거다."

　한순간에 나는 웃고 나는 눈물 짓네
　쾌락 속에서 지극한 고통을 무수히 견딘다네
　내 행복은 사라지고 영원히 지속되지
　한순간에 나는 고갈되고 푸르러지네

"네 생각에는 시인이 무엇에 대해 말하는 것 같니, 클라라? 이 모든 신경의 떨림과 격동, 쇼트는 무엇일까?"

"불안한 것 같아. 그녀는 자신에 대해 아주 확신하는 동시에 불안해하고 있어."

"불안과 확신. 그래. 거의 핵심을 짚었어. 다음 구절을 외워봐. 다음 행만."

　그렇게 사랑은 부단히도 나를 이끈다네

** Louise Labé (1524~1566). 자유분방한 삶과 연애시로 유명한 프랑스 여류시인.

"사랑…… 클라리넷, 사랑이 우리를 그런 상태에 빠뜨리는 거란다. 네 언니를 봐."

그러자 클라라는 오솔길 중간에서 걸음을 멈추고 사진기를 꺼내 나를 찍는다.

"내가 보는 사람은 오빠야!"

"……"

"루이즈는 정확히 어떤 사람이었어? 내 말은, 그러니까 동시대의 롱사르나 뒤벨레 같은 이들에 비해 어땠냐고."

"그녀는 가장 완벽한 르네상스적 인간이었지. 극히 미묘한 시적 감수성과 극히 과격한 근육질의 야만성을 겸비한 인간. 그녀는 검술이 뛰어나 남장 차림으로 경합에 수차례 참가했고, 페르피냥 공략 때는 성벽 함락에도 뛰어들었어. 그런 후, 자신의 거위 깃 펜을 더없이 섬세하게 깎아서 동시대의 모든 시를 제압하는 걸작을 썼지."

"초상화가 남아 있나? 아름다운 여자였어?"

"사람들은 그녀를 '현(絃) 짜는 미녀'라고 불렀지."

클라라는 사진을 찍고 나는 그애를 위해 숭고한 소네트를 해부하면서 우리의 산책은 계속된다. 클라라가 감탄하는 눈빛으로 나를 바라보면 나는 크로스비 시트콤에 나오는 캐시디처럼, 내가 선생이었다면 온갖 종류의 나쁜 이유로 그 직업을 좋아했을 거라고 생각한다. 그중 하나가 바로 저 순진한 감탄을 과도하게 좋아하는 나의 취향이다.

빅토르 누아르의 무덤 다음에는 오스카 와일드의 묘가 카메라 세례를 받는다. 테오가 이 무덤 사진을 확대해서 자기 집을 꾸미고 싶다고 말했다는 것이다. 클라라가 약속했으니, 그는 얻게 될 것이다.

오스카 와일드를 카메라에 담는 것으로 산책은 끝난다. 프티를 데리러 학교에 갈 시간이기 때문이다. 돌아나오는 길에 알랑 카르텍*의 무덤 곁에서 서너 명의 노파가 기도를 읊조리는 장면이 눈에 들어왔다(대체 저들이 누구의 행복을 비는 걸까?). 클라라가 그 장면을 불멸화시킬 자세를 취하자, 노파 한 명이 돌아보며 할퀴는 듯한 손짓에 목쉰 고양이 소리까지 더해서 저리 가라는 신호를 한다.
그 순간 백화점에서 네번째 폭탄이 터진다.
네번째 폭탄……
내가 쉬는 날에!

---

* 프랑스의 심령현상 연구가.

수공업적 요소를 두루 갖춘 폭탄이었다. 소총용 압축 탄약가루를 심지 달린 통 속에 채워넣고 캠핑용 소형 가스통을 붙인 후, TV 리모컨에서 떼어낸 점화장치로 원격작동시킨 것.

작은 사제폭탄.

그것이 폭발하면서 맨 위층에 전시된 스웨덴 산 간이화장실 안에서 유유히 소변을 보고 있던 독일 출신의 위생시설 판매업자가 순식간에 세라믹으로 뒤덮인다. 정말 하얗고 예쁜데다 아주 견고한 변소들 중 하나였다. 문은 폭파되지 않았다. 변소가 어찌나 완벽하게 밀폐돼 있었던지 아무도 폭음을 듣지 못했다. 점잖은 방귀 소리 이상은 아니었으며, 희생된 대행업자는 오줌을 누는 중이었다.

그 자신이 변소 벽에 붙여놓은 일련의 낡은 사진들을 응시하면서.

'불행히도' 이번 남자는 한 가족의 아버지였다. 그것도 대가족의 아버지, 여러 손자들의 할아버지.

그리고 우표 수집가이기도 했던 모양이다.

그렇건 아니건, 새하얀 세라믹과 사냥용 탄약과 고철 조각에 뒤덮인 그는 벌거벗고 있었다.

벌거벗어요?

한 마리 벌레처럼, 머리부터 발끝까지, 완전한 나체였소.

폭탄으로 옷이 벗겨지나요?

아니오. 폭발 전에 스스로 벗었소.

"그런데 우리가 알고 싶은 것은 말이오, 말로센 씨, 당신 여동생 테레즈가 왜 스칸디나비아 변소들 앞에 있었는가 하는 점이오. 우리가 문을 부수고 시체를 발견할 때까지 그 앞에 서서 조각처럼 굳어 있었다고 하더군요. 그 이유를 알고 싶소이다."

저 역시 그렇습니다.

32

"내가 미리 알려줬잖아, 오빠!"

그녀는 경찰 세 명이 사직서라도 제출할 듯한 얼굴로 에워싸고 있는 가운데 운명의 신처럼 꼿꼿이 서 있다. 주위에는 사법경찰들이, 만약 꿀벌들이 시체처럼 널린 음료수 캔 사이에서 줄담배를 피우며 타자기를 두드릴 줄 안다고 하면, 바로 그 벌떼 꼴을 하고 있었다.

간단히 말해, 볼품없는 이 사무실 안에 그녀가 서 있다. 나이에 비해 너무 크고 뼈마디가 앙상한 내 누이 테레즈. 사내들이 득실거리는 연기 자욱한 이곳에서 그애를 대하니, 나는 애정으로 가슴이 찡해졌다.

"뭘 미리 알려줬다는 거지, 귀여운 아가씨?"

털주먹 패트의 분신이 이빨 부러질 염려만 없다면 그녀를 한입에 집어삼킬 듯한 기세로 묻는다. 또 한 녀석은 차라리 초콜릿 슈크림과 함께 인생을 새로 시작하고 싶어하는 것 같다. 그들은 기가 꺾인 짐승 꼴이다.

"한 시간 내내 저 아이에게서 얻어낸 게 고작 이 정도라니!"

내가 모르는 세번째 햇병아리가 개입한다. 이 금발의 어린 경찰은 울먹이는 소리로 내 누이 흉내를 낸다. "난 오빠 앞에서만 말할 거예요. 오빠에게는 미리 알려줬다고요."

"하지만 뭘 알려줬다는 거야, 빌어먹을?"

울컥 짜증을 토하는 금발머리.

그는 참으로 어린 신참답게 한마디 덧붙인다.

"그만 책상에 앉지, 말라깽이?"

그들은 어쩔 수 없이 카레가 형사가 1번 용의자인 나를 데리고 나타날 때까지 기다려야 했다. 지금 내가 자애로운 오빠의 미소를 지으며 테레즈를 바라보는 동안, 다른 경찰들이 우리 집을 수색하고 있을 것이다. 찾으려는 욕구가 워낙 맹렬한 위인들이라―하지만 뭘 찾으려는 건가?―철물점 가옥과 내 아파트를 발칵 뒤집다가 아무 소득이 없으면 쥘리우스의 배를 가르고 그 속까지 수색할지도 모른다.

"내게 뭘 알려줬는데, 테레즈?"

테레즈는 잠에서 깨어난 사람처럼 멀뚱해진 눈으로 나를 쳐다본다.

"내가 그건 28, 3, 11 또는 7이 될 거고 28의 경우는 매우 확률이 높다고 말했잖아."

(아! 그게 경주마 번호가 아니었단 말이지.)

"심지어는 오빠가 내 말에 또 이의를 제기할 경우를 대비해서 종이에 써주기까지 했는데."

(자기 말에 이의를 제기할 경우라…… 이 황당한 유머도 나를 놀라게 했다.)

"그 숫자놀음은 뭡니까? 두 오누이가 우리에게 최면을 걸려는 거요 뭐요?"

금발머리가 짐짓 성인 사내다운 기색을 보인다. 다른 두 어른은 말없이 기다린다. 문이 닫히는 소리 그리고 여기저기서 고함치는 소리가 들린다. 사법경찰의 풍경. 봤지, 누이야. 우리가 어디에 들어와 있는지.

"테레즈, 이 신사분들에게 네가 무슨 얘기를 하는지 설명해주지 않겠니?"

"오빠, 내가 옳았다는 거 인정해?"

(이른바 '선결조건'이라는 거로군.)

"그래, 네가 옳았다, 테레즈. 인정하지."

"그렇다면 기꺼이 설명할게."

주위의 시선을 끌어모으기에 충분한 한마디였다. 금발머리는 재빨리 타자기 앞에 자리를 잡고, 두 인간 카메라의 네 귀는 부지불식간에 커진다.

"아주 간단한 거예요, 여러분……"

그녀는 서 있고, 그들은 앉아 있다. 풍경이 바뀌었다. 그녀가 선생님이고, 그들은 이해하려고 애쓰는 아이들 같다.

"아주 간단해요. 여러분도 모두 같은 결론에 도달할 수 있을 거예요. 약간의 고역을 감수하기만 한다면요."

테레즈는 날카로운 목소리로 마치 '죽음의 운세에 관한 점성술적 연구'에 대해 경찰학교에서 강의라도 하는 어조로 이야기를 시작한다.

늘 그랬듯이 그녀의 길고 앙상한 얼굴은 뿌연 연기층 위로 솟아올라 다른 곳의 공기를 들이마시며 '여러분'에게 설명을 한다. 희생자 네 명의 별자리가 그들이 죽은 날, 그 전날도 아니고 다음 날도 아닌 바로 그날, 백화점이라는 구체적인 장소에서 비명횡사할 운명을 분명히 예고하고 있었다는 것을.

"그럼 내 은퇴일자는 언제가 될까요?"

금발머리가 빈정거리는 투로 부지중에 제레미의 역할을 한다.

"입 다물어, 바니니."

털주먹 패트의 분신은 내 대사를 빼다박은 소리로 으르렁댄다. 좌중은 그렇게 얼마간 시간을 허비한다.

"자네 생각은 접어두고 이 아가씨의 진술만 받아적게. 아무리 사소한 거라도, 하다못해 과자 굽는 법도 빼놓지 마. 보스가 곧 도착할 거야."

그러더니 하이에나 지브는 테레즈에게 계속해달라고 공손하게 청한다.

테레즈가 계속한다.

"잠정적 희생자였던 다섯번째 인물에 대해서는, 그의 신원이나 나이를 몰랐기 때문에 출생사주를 토대로 추론할 수 없었어요. 그래서 가상적인 도달점, 다시 말해 여러분이 '죽음'이라고 부르는 '통과' 시점을 근거로 추론해보았지요. 그것을 기반으로 연역추론의 토대를 견고하게 세운 다음, 시간의 흐름을 거슬러 올라가 인물의 출현시점, 다시 말해 여러분이 '출생'이라고 부르는 '육화' 시점에 해당하는 것을 찾아보았답니다."

쿠드리에 수하의 두 인간 카메라는 아무 문제도 없다는 듯 앞을 응시하고 있다. 금발머리는 잉크가 말라 죽음처럼 창백한 글자를 찍어내는 타자기를 미친 듯이 두드리고, 테레즈는 점점 더 기세가 오른다.

"그런데 이전 희생자 네 명의 '육화' 일자, 그리고 그들이 백화점을 '통과'하는 신호인 별들의 경유로를 고려해봤을 때, 태양이 정확히 토성 위로 지나가는 이달 28일, 동일한 장소에서 참사가 일어나리라는 건 확률상으로 거의 틀림없어 보였어요."

　오늘 아침 테레즈는 일찍 일어났다. 그녀는 백화점 문을 들어선 첫번째 고객이었다. 잠이 덜 깬 경찰요원이 더듬거리는 손으로 몸을 수색할 때는 소름끼치게 무서웠다. 아직 황량한 통로를 이리저리 떠도는 그녀를 본 판매원들은 당황한 눈길을 던지면서도 그 영묘한 실루엣의 여자애를 탐색중인 도둑으로 여기지는 않았다. 얼마 후 그녀는 군중 속에 묻혔고, 군중 틈에 끼어 백화점 구석구석을 돌아보면서 죽음이 자신의 추론을 확인시켜줄 순간을 기다렸다. 그러나 또한 자신의 추론이 증명될 순간이 두려웠다. 왜냐하면 그녀는 어느 누구의 죽음도 바라지 않았으니까. 가여운 테레즈. "오빠, 나 믿지? 내가 결코 거짓말한 적이 없다는 걸 알잖아!" (그래, 제레미도 병원 침대에서 같은 문장을 외쳤지.) "널 믿는다, 누이야. 넌 누구의 불행도 원한 적이 없었어. 물론이고말고. 자, 계속해봐. 모두 듣고 있잖니……" 그녀는 죽음이 어디를 내리칠지는 알지 못해도 어둠의 빛이 자신을 이끌어주리라는 확신이 있었다. 그러자 금발머리가 타자기에서 눈을 치뜬다. 네, 그래요, '어둠의 빛'. 그녀는 다시 한번 분명히 말했다. 즉,

때가 되면 그 장소와 순간을 알게 되리라 확신하고 있었다.

하여 '때가 되었을 때', 사람들은 어느 추운 나라에서 온 간이 화장실의 닫힌 문 앞에 돌처럼 굳어 있는 여자애를 발견했다. 폭발 소리를 들은 사람은 아무도 없었다. 맨 위층은 한가한 저녁 시간대에 사실상 거의 비어 있었기 때문이다. 십 분 뒤면 점포들이 문을 닫을 시각이라, 고객들이 몇 명 남아 있지 않았다.

테레즈를 처음 눈여겨본 사람은 매장 책임자였다. 크고 건장한 체구에 가냘픈 고음의 목소리를 가진 사내. 그는 여자애가 사용법을 몰라 저러고 있을 거라는 짐작에 손수 변소 문을 열어주려고 했다. 그런데 문이 안에서 잠겨 있었다. 당황한 그는 기다렸다. 하지만 말도 없이 뻣뻣이 경직된 껑다리 처녀가 그에게 막연한 불안감을 일으켰다. 그래서 그는 상부 책임자를 호출했고, 거기서 경찰에게로 연락이 갔다.

도착한 경찰이 문을 부수었다.

세라믹 범벅이 된 시체가 나타났다.

피로 얼룩진 벽면에 붙어 있는 작은 사진들도 보였다.

"있잖아, 오빠. 그 남자가 죽는 순간, 난 그의 출생일이 정확히 1922년 12월 19일이라는 것을 알았어."

순간 고철이 딸꾹질하는 소리가 들리고, 금발머리가 따발총처럼 글자 찍던 작업을 멈추더니 어리벙벙해진 눈으로 책상 위에 놓인 여권을 펼쳐 큰 소리로 읽는다.

"헬무트 쿤즈, 독일인 체류자, 1922년 12월 19일 이다르 오베르슈타인에서 출생."

"사태의 심각성은 익히 알고 있으리라 생각하오, 말로센 씨."

지금은 밤 깊은 시각이다. 테레즈는 카레가 형사가 집으로 데려갔다. 사법경찰도 잠들었다. 오로지 쿠드리에 서장실의 광도 조절 램프만이 이 관사에서 누군가 골똘히 생각에 잠겨 있음을 알려준다. 서장은 자신의 책상에 앉아 있고, 나는 그를 마주 보며 서 있다. 엘리자베스의 모습은 보이지 않고 작은 커피잔들도 없다. '교육자' 와 그를 마주한 또다른 '교육자' 가 있을 뿐이다.

"소위 추정의 단서들이 모두 당신에게 불리하게 돌아가고 있으니 말이오."

이 순간의 중대성을 알리려는 듯 불빛이 약간 강해진다(쿠드리에 서장은 적절히 고안된 타원형 페달을 발로 슬쩍 눌러 그러한 조명효과를 창조한다. 각 경찰마다 자신만의 트릭이 있을 것이다).

"내 부하들은 내가 그 점을 받아들이지 않는 걸 이상하게 여길 거요."

(테레즈, 테레즈가……)

"원한다면, 내가 상황을 요약해주리다."

(그러실 것까지는 없는데……)

그래도 그는 요약한다. 어슴푸레한 미등 속에서 요약사항 여덟 개가 여덟 개의 기소항목처럼 선포된다.

1) 일곱 달 전부터 정체를 알 수 없는 살인자의 덫에 걸린, 대형 백화점 품질관리원 뱅자맹 말로셴은 매번 폭발현장에 모습을 드러낸다.

2) 그가 없을 때면 그의 여동생 테레즈가 모습을 보인다.

3) 테레즈 말로셴은 미성년자이며, 네번째 폭발시점과 장소를 예견했다고 하는데, 이는 점성술에 거부감을 느끼는 모든 경찰공무원을 당혹스럽게 만든다.

4) 제레미 말로셴, 역시 뱅자맹 말로셴의 동생이며 미성년자인 이 소년은 손수 제조한 폭탄으로 학교에 화재를 일으켰고, 그 폭탄의 화학성분 중 일부는 이미 백화점 살인자가 사용한 바 있다.

5) 클라라 말로셴, 뱅자맹 말로셴의 막내 여동생. 이 매력적인 소녀의 책가방 속에서 발견된 다량의 사진들로 판단해볼 때, 이 가족은 백화점 지형도에 유난히도 관심이 많은 것 같다. 참고로 그 확대사진들은 금월 모일에 발행된 영장에 의거

해 이들 가족의 거주지를 수색했을 때 발견된 것들이다.

6) 말로센 아이들 중 가장 어린 남동생은 여러 달 전부터 '크리스마스 식인귀'의 꿈을 꾸고 있다. 이 흉악한 테마는 그에 못지않게 흉악한, 마지막 폭발현장에서 발견된 사진들과 무관하지 않다.

7) 겨우 성년의 턱을 넘은 여동생 루나 말로센은 간호사로, 뱅자맹 말로센은 그녀의 임신을 계기로 세번째 폭발의 희생자인 레오나르 교수를 만나게 된다.

8) 나이와 혈통이 분명치 않은, 이들 가족의 개도 이 사건과 아주 무관하지는 않은 듯하다. 개는 테러 현장 한 곳에서 신경발작을 일으켰는데, 스웨덴 전시장의 화장실 안에서 발견된 사진들을 분석한 결과, 적어도 한 장 이상에서 그와 유사한 상태를 보이는 개가 나타난다.

좀더 강해지는 불빛. 쿠드리에 경찰서장은 파리의 밤 속에서 유일하게 불을 밝히는 인간처럼 내 앞에 앉아 있다.

"지쳐서 빨리 사건을 종결짓고 싶어하는 수사팀에게는 흥미로운 사실들이지. 안 그렇소?"

침묵.

"하지만 그게 전부가 아니오, 말로센 씨. 잠시 이것 좀 보시겠소?"

서장은 코팅된 종이봉투를 내민다. 두툼한 봉투 위에는 파리의 한 유명 출판사의 스탬프가 찍혀 있다.

"그저께 경찰에서 받았소. 이것에 대해 당신과 얘기하려고 기다렸소."

봉투 속에는 이삼백 페이지 분량의 타이핑된 종이뭉치가 들어 있다. 뭉치 맨 앞면에 '소설'이라고 명기돼 있고, 제목은 '내부 폭발', 저자는 '뱅자맹 말로센'으로 적혀 있다. 자세히 볼 것도 없이, 그것은 사건 초기부터 내가 아이들에게 저녁 디저트로 제공한 이야기, 그리고 이 주 전 제레미가 고백한 방식으로 종결된 이야기이다. 어안이 벙벙해진 내 얼굴을 본 서장은 한마디 더 해줄 필요를 느낀 것 같았다.

"당신 집에서 원본도 찾아냈소."

잠든 도시가 끊임없이 그르렁대는 소리가 들려온다.

경찰차의 울음소리가 악몽처럼 도시를 가로지른다. 쿠드리에 서장실의 불빛 강도가 약간 줄어든다.

"내 말을 새겨들으시오, 젊은 친구."

(젊은 친구라……)

"이제 당신이 쓸 수 있는 패는 하나뿐이오. 내 개인적인 확신 말이오. 물론 당신의 무고함에 대한 확신이라는 것은 말할 필요도 없을 거요. 그러나 내 동료들은 아무도 그 생각에 동조하지 않소. 이런 조건에서 다른 방향으로 수사를 지시한다는 건 쉬운 일이 아니라오. 내 확신을 지지해줄 다른 사실들이 조만간 나타나지 않을 경우에는……"

나는 말줄임표의 점들이 하나씩 떨어지는 소리를 듣는다. 그 순간 나는 무너지고 만다. 테오에게는 안된 일이지만, 의협객 조로에게도 안된 일이지만, 나는 회색 셔츠의 작은 노인이 무기 매장에서 탄약 카트리지 두 개를 훔쳐 그 가루로 드릴통을 채우는 것을 봤다고 말한다.

"그걸 왜 이제야 말하는 거요?"

(왜, 정말 왜 이제야 말하는 걸까?)

"말로셴 씨, 당신은 한 남자의 목숨을 구할 수도 있었소이다."

(서장님, 그건 내 친구 테오가…… 테오와 그 식초에 절인 파가 나를 만류했기 때문입니다.)

"여하튼 우리가 확인해보겠소."

하지만 그의 얼굴에 큰 확신은 없어 보인다. 실제로 그는 이렇게 덧붙인다.

"그를 다시 찾으려면 기도깨나 해야 될 거요……"

312

33

"도대체 너 생각이란 게 있기는 한 거냐? 네가 무슨 짓을 했는지 알고 있냐고!"

"난 오빠를 놀라게 해주고 싶었어."

"브라보! 잘도 해냈구나!"

내 분노의 수위는 묘사하기도 힘들 정도다. 왜 클라라가, 하필이면 나의 클라라가 그 원고를 복사해서 출판사 열한 군데에 보낼 생각을 했단 말인가? 열한 군데나!

"오빠가 왜 그렇게 흥분하는지 모르겠네. 그건 썩 괜찮은 작품이야, 알아? 수사관들이 얼마나 재미있게 읽었는데."

루나의 목을 졸라버려? 산달이 임박한 반구 모양의 배 위에 깍지 낀 손을 얹고 꿈꾸는 듯한 목소리로 참견하는 루나의 목을 조르면 어떻게 될까, 나는 한순간 자문한다.

"특히 오빠가 쿠드리에 나폴레옹을 묘사한 대목. 거기서 그들은 정말로 폭소를 터뜨렸어."

"루나, 부탁한다. 그 입 다물고 클라라의 해명부터 들어보자."

(대체 아이들의 뇌 속에는 뭐가 들어 있단 말인가? 또 청소년들은? 그들의 머릿속은 어떻게 생겨먹은 것일까? 우리 엄마의 자식들만 이런 패턴으로 제조된 것인가, 아니면 모든 아이들이 다 그런가? 내게 가르쳐주시구려, 아무라도 제발, 교육자건 누구건, 설명해보라고요!) 수사가 끝난 것도 아니고 반년 전부터 경찰이 나를 주시하고 있는데, 제레미는 학교에 불을 지르고, 다음날 클라라는 열한 군데 출판사에 내 이야기를 보내다니(클라라가! 열한 곳에!). 그것도 제레미 식 폭탄 제조법과 성벽 안 폭탄 제조의 비밀을 에필로그에 담고 있는 이야기를 말이다! 왜?

"오빠를 위로하려고."

(나를 위로한다고?)

"쥘리아에게도 물어봤는데 동의했어."

(동의했단 말이지. 그 여자도 내 인생에 첨가된 또 하나의 또라이에 불과했던 거야.)

"게다가 그거 너무 재밌어, 오빠. 정말이야, 경찰들이 우스워 죽으려고 했다고."

(이미 들었다. 그래, 특히 쿠드리에가 나오는 대목에서.)

"그렇다면 출판사에서 거절한 건 어떻게 설명할 거냐, 루나?"

오늘 아침 클라라가 가져온 아침 식사 쟁반에서 나는 답신 1호를 읽었다. 친절하지만 단호한 거절. 편지의 서명자는 걸작 수준의 "부인할 수 없는 판타지"라는 점은 인정하지만 "다소 혼란스러운 구조"를 유감스럽게 생각하며(물론 그렇겠지!) "유사한 사건이 장안의 화젯거리가 되고 있는 현 시점에서 이와 같은 출판물을 간행하는 것이 시의적절한 행위인지에 대해 의문이 든다(나 역시 의문이 든다!)고 적은 다음, 여하간 "우리는 이런 타입의 작품을 출간할 계획이 아직 없다"는 말로 끝을 맺었다.

(아직 행복한 출판사로군.)

"아직은 몰라, 오빠. 열 곳이 남아 있잖아! 알다시피 오빠의 결점은 자신이 하는 일을 절대로 믿지 않는다는 거야."

내 안의 야수가 긴장한다. 녀석의 눈이 루나의 배로 향하며 생각한다. "열흘 뒤에는 저 쌍둥이도 내가 걸머져야 할 짐이야." 양 입술이 벌어지고 송곳니가 위험스럽게 빛난다. 테레즈는 그 순간을 놓치지 않고 간만에 심리학적 통찰력이 번득이는 가설을 내놓는다.

"단순히 거절당해서 화난 거 아니야, 오빠?"

(큰오빠 노릇의 조기퇴직, 이런 건 존재하지 않나?)

이상은 집 쪽의 상황이고, 이제 업무 쪽 이야기를 해보자. 제레미의 표현을 빌리자면 이쪽도 슬프지는 않다. 귀뚜라미 머리의 노인은 흔적도 없이 사라졌다. 경찰들의 자취도 없다. 나는 혼자다. 지뢰밭에 홀로 남았다. 작은 문소리가 나거나 조금만 무거운 물품이 판매대에서 떨어져도, 어떤 단어가 다른 것들보다 약간만 크게 들려도 나는 소스라치게 놀란다. 심지어 해밀턴 양의 목소리에도 놀란다. 매 순간 기절 직전의 상태. 급성 편집증.

고객상담실에서 듣는 고객들의 볼멘소리가 이젠 내게서 **진짜** 눈물을 뽑아낸다. 레만은 나를 위로하느라 엄청난 시간을 허비하더니, 내가 폭음하기 시작했다는 소문을 퍼뜨리기에 이른다.

"사실이야?"

테오가 묻는다.

"뱅, 너는 코가 삐뚤어지게 마시는 걸 좋아하지 않잖아. 그건 건강에도 나쁘지. 하지만 기분은 한결 좋아져."

생클레르조차 이해심을 보인다.

"당신이 하는 일이 워낙 스트레스를 주니까요, 말로센 씨. 솔직히 당신이 이만큼 오래 버틴 게 기적이지요. 조만간 당신에게 적당한 다른 자리를 찾아보도록 하지요. 아, 그렇지! 일층 보안담당은 어떻습니까? 카즈뇌브 씨와는 결별할 생각이거든요."

지미니 크리켓 노인은 왜 사라졌을까? 내게 들켰기 때문에? 하지만 그 자신이 내게 들키려고 갖은 수를 다 쓰지 않았던가! 그날 제레미의 사고 소식이 날아들지 않았다면, 아마도 나는 그가 폭탄 제조하는 과정을 끝까지 관람했으리라. 그러면 왜? 쿠드리에의 경찰 둘에게 감시당한다고 느꼈기 때문일까? 그러고 보니 두 녀석은 왜 증발했을까? 어째서 그들은 담벼락 색깔의 다른 두 녀석으로 대체되지 않았는가? 이제 백화점 안에는 경찰이 한 명도 없다. 테오와 그의 노인들도 경찰의 질의를 받지 않았다. 나를 왜 이렇게 홀로 놔두는 것인가? 무슨 목적으로? 나는 폭탄이 필요하다. 내게는 폭탄이 터져야 할 이유가 있다. 언제, 어디서, 누가! 그것을 알아야 하기에. 나는 몇 달 전부터 내게 혐의를 씌운 녀석의 덜미를 잡아야 할 절박한 필요를 느낀다. 그를 잡아야 한다. 그러지 않으면 내가 뒤집어쓸 것이다. 물증은 없지만 정황 증거와 심증은 산더미처럼 쌓여 있다. 루나의 쌍둥이가 성인이 될 때까지 내가 감옥에서 썩기에 충분할 만큼. 그렇게 되면 누가 그 어린 것들을 키울 것인가? 제레미가? 이 녀석은 아이들에게 중성자탄의 비법을 가르치려 들 것이다! 그럼 엄마가? 엄마……

"엄마, 엄마……"

라커룸에 붙은 샤워실에서 길 잃은 아이처럼 오열하는 나를 테오가 발견한다. 세면대 위에서 꺽꺽대며 얼굴에 냉수를 끼얹고는 다시 또 송아지처럼 "엄마, 엄마……" 오열하는 절망은 엄마가 인자하신 하느님을 내 아빠로 삼으려 했던 아득한 소싯적 교리문답 시절까지 회오리치며 올라가 "아버지, 왜 나를 버리셨나이까?" 하는 푸념으로 증폭된다. "엄마, 엄마, 왜 나를 두고 떠난 거야?" 그러자 예전에 아마르 영감의 부인 야스미나 아주머니가 그랬듯이 테오가 나를 위로한다. 나는 그 작은 처단자 노인을 밀고해서 그를 배신했건만……

"내 아동들 중 하나라고?"

"응, 테오. 포토마톤이 터진 날 구리 수도꼭지를 만지던 귀뚜라미처럼 생긴 노인. 그가 너를 거기서 떼어놓으려 했던 것도 다 그래서였어. 네가 부상당하지 않게 하려고. 그런데 테오, 나 그를 경찰에 밀고했어. 내게 불리한 추정이 너무 많아서……"

테오의 손이 수도꼭지를 잠그고, 안 그래도 교리문답의 분위기였으므로 성직자 같은 동작으로 내 얼굴을 닦아준다. 내 친구 테오. 나는 내 잘난 낯짝이 종이타월에 찍히는 것도 보지 못한다.

"그렇게 심각한 일 아냐, 뱅. 어찌 됐건 스웨덴 변소 벽의 사진들 때문에 경찰은 이미 제대로 된 단서를 잡았어."

"이름이 뭐야, 그 노인?"

"전혀 아는 바 없어. 난 그들을 별명으로 부르거든."

"어디에 기거하는지도?"

"글쎄, 어느 기숙사 아니면 지붕 밑 다락방……"

"왜 사라진 걸까?"

"그 나이의 노인이 사라지는 이유가 뭐라고 생각해?"

"그가 죽었다고 생각하는 거야?"

"가능한 일이지. 영원히 살 것 같은 그들의 얼굴을 생각하면 늘 놀라운 일이지만."

"테오, 그가 죽으면 안 돼!"

(그를 다시 찾으려면 기도깨나 해야 될 거요…… 쿠드리에 서장의 마지막 말이었지.)

"아니면 또다른 경우는……"

"뭔데?"

"그가 자신과의 계약을 완수했을 경우, 뱅. 식인귀들을 모두 제거하고 홀연히 자취를 감췄을 수도 있지."

34

테오와 쥘리아, 나, 우리 셋은 일주일이 넘도록 파리의 제4세대* 언더그라운드 세계를 이 잡듯이 뒤졌다. 테오는 그가 보살펴 온 노인들의 안내를 받았고, 쥘리아는 그녀 특유의 탐색하기 좋아하는 본능에 따라 움직였다. 나는 주도적으로 나서기에는 너무 얼빠진 상태였지만, 가만히 있기에는 너무 불안했으므로 때에 따라 쥘리아나 테오와 보조를 맞춰 움직였다. 황량하기 그지없는 구세군 지부에서부터 철저히 영리추구에 매진하는 수많은 단체들을 거쳐, 최고급 브리지 클럽에 이르기까지 전부 다 훑었다. 초만원의 공동 기숙사, 터키탕, 멀건 수프 급식소, 음흉한 여자 소

---

* 흔히 말하는 제3세대 노인들보다 더 늙고 스스로 돌볼 능력이 결여된 노인층을 뜻한다.

장, 층층이 고여 있는 썩은 물. 하루하루 지날수록 테오는 자살 쪽으로 기울었고, 쥘리아는 다음번 특집기사로 접근했다.

"뱅, 뭔가를 알아냈어!"

(내 늙은 심장이 희망으로 고동친다.)

"뭔데, 쥘리아? 뭐야?"

"세기적인 마약 밀거래. 그 노인들 전부가 딜러들의 먹이라는 거지!"

(그런 건 상관없어, 쥘리아. 그건 제쳐놓고 '내 노인'을 찾아 줘. 직업의식은 좀 잊으라고, 젠장!)

"노인들이 미친 듯이 자기 팔에 약을 쏜다는 거야, 뱅. 그들을 이해해야 돼. 그들은 모든 걸 잊어야 하니까. 미래조차도. 간혹 그들이 잊지 않고 기억하고 싶을 땐 잘 기억이 나지 않고, 그러니 두 배로 쏘는 거지!"

그녀는 완전히 불이 붙었다. 어떤 말로도 그 불을 끄지 못하리라는 것을 나는 경험으로 안다.

"일부 기자들은 오래전부터 감지하고 있었대. 난 몇몇 거래 현장을 포착했어…… 단언하지만 당신이 찾는 노인은 진짜 마약 시장, 그 안에 있어!"

(이건 마치 내 불안 리스트에 항목을 하나 더 추가해야 한다고 알리는 것 같군.)

"쥘리아, 당신 몸 조심해. 신중해야 돼."

하지만 그러긴 틀렸다. 그녀는 이미 시위를 떠난 불화살이었다.

"불가피한 측면도 있어. 의사들은 절대로 고통을 충분히 없앨 만큼 진정제를 주지 않거든."

(쥘리아, 제발 내게도 신경을 써줘. 아니, 나부터 우선, 쥘리아!)

"게다가 그 모든 게 행정당국의 비호 아래 성행한다는 거야. 약물 과용으로 죽은 노인, 그건 와해된 폐허에 지나지 않을 테니까."

테오는 차츰 백화점을 위해 탐문을 계속했고, 쥘리아는 특집기사를 위한 심층조사에 착수했다. 따라서 나는 내 문제와 홀로 남겨졌다. 내 텅 빈 머릿속에서는 테오의 한마디가 계속 맴돌았다. "그가 자신과의 계약을 완수했을 경우, 식인귀들을 모두 제거하고 홀연히 자취를 감췄을 수도 있지."

아니다. 지미니 크리켓은 자신과의 계약을 완수하지 않았다. 그에게는 처형해야 할 식인귀가 아직 남아 있었다. 여섯번째이자 마지막 표적. 그 자신이 내게 그렇게 말했다. 어제 저녁 지하철 안에서, 내가 그를 다시는 볼 수 없을까봐 절망하고 있을 때, 그는 아주 태연스레 다가와 내 맞은편 인조 가죽 위에 앉았다. 귀뚜라미 머리의 작은 노인은 그렇게 다시 나타났다.

내가 얼마나 놀랐는가 하는 얘기는 접어두고, 우리가 나눈 대화의 요점부터 옮기겠다.

"마지막 표적?"

"그래, 젊은이. 그들은 모두 여섯 명이었어. 자기들끼리 '111 사제단' 이라고 칭했던 여섯."

"111은 뭐죠?"

"111 곱하기 6은 짐승의 숫자 666이 돼. 따라서 111은 제물로 바쳐진 희생자들의 수가 되어야 했지."

노인은 일종의 면죄부를 주는 듯한 미소를 지었다.

"그래. 상징적 숫자란 어리석은 거야. 최악의 잔혹성은 늘 유치함에서 비롯되는 법이지."

흠. 아무래도 그를 다시 만나 놀랐던 순간의 이야기를 하지 않을 수 없겠다. 말했듯이 그가 내 맞은편에 앉았다. 지미니 크리켓은 내가 비명을 지르지 못하게 검지손가락으로 내 입술을 눌렀다.

그리고 미소를 지으며 말했다.

"그래. 바로 나야."

열차칸에는 우리 말고 세 사람이 잠들어 있었다. 나는 방금 스토질과 헤어져 집에 가는 길이었다. 스토질은 내 기분에 큰 변화를 주지는 못하고 같은 소리만 되풀이했다.

"그는 멀리 있지 않네, 친구. 내 장담하지. 진정한 살인자는 모두 제 자신의 유령이 되어 돌아온다고."

"진정한 살인자는 어떤 잡니까, 스토질?"

"굶주리지 않은 살인자."

그렇다면 내 앞에 앉은 이 노인이 바로 굶주리지 않은 살인자이리라.

그는 왕좌 위의 난쟁이처럼 등받이에 닿기 위해 엉덩이를 비비적거리며 자리를 잡았다. 그의 두 다리는 이층 침대에 걸터앉은 내 아우들의 다리처럼 허공을 차고 있었다. 눈 역시 아이들의 눈과 같은 광채로 빛났다. 고아원에서 불하받은 회색 셔츠는 벗어버리고, 그의 나이와 생활여건에 걸맞게 주름이 잡힌 데이크론 양복을 걸치고 있었다. 레지옹 도뇌르 훈장의 자주색 리본이 장식 포켓에서 반짝거렸다. 그는 도입부를 갖추는 형식 따위는 생략하고 내게 이야기를 들려주기 시작했다. 내가 자기를 덮쳐 몇 토막으로 잘라서는 발송자 부담으로 쿠드리에 서장에게 배달시킬 수 있으리라고는 조금도 생각하지 않는 눈치였다. 나 역시 그런 생각은 하지 않았다. 이야기를 하면서 그는 점점 커졌고, 나는 작아졌다. 따지고 보면 새로울 것도 없는 이야기. 그것은 상대에게 어떤 효과를 미칠까 하는 고민 없이 담담하게 술회되었다. 곧장 사건의 폐부에서부터(지독한 시체 냄새를 풍기는 폐부였다!).

1942년, 전 유럽에 확산된 유대인 박해로 인해 백화점은 문을 닫아야 했다. 여섯 달에 걸쳐 법적 분쟁이 이어졌다. 소유주들은 자기 것을 지키고자 필사적이었고, 문명사회는 형식을 유지하는 양 처신하느라 분쟁이 길어졌다. 하지만 여섯 달이라는 시간은 결국 시체 소각로의 벌어진 입속으로 그들을 인도했다. 책의 성벽 안에 숨어 있는 저 위선자 리송의 말처럼 "역사가 종지부를 찍었"고, 유대인 운영이사회는 퇴장한다.

1942년의 여섯 달 동안, 백화점은 그 적막하고 어슴푸레한 풍요 속에 방치된다. 전쟁 가운데 잠자는 물품들. 의용대의 검은 휘장. 갈색 셔츠*의 일부 관념론자들은 심지어 국가사회주의 천 주년을 맞는 날까지 백화점을 무덤처럼 폐쇄해야 한다고 주장했다.

"그들은 마치 내일이라도 그게 도래할 것처럼 말했지. 유럽을 삼키면서 모든 시간을 합병했다고 믿는 녀석들이었어."

실제로 몇 주가 지나자 백화점은 파라오의 무덤과도 같은 신비 속으로 빠져들었다. 그 폐쇄된 부동성은 시체가 기생충을 창궐시키는 것처럼 소문을 낳았다. 그 내부의 비밀스러운 움직임에 대해 각양각색의 말들이 돌았다. 어떤 이들은 그곳이 레지스탕스의 은밀한 사령탑이라 믿었고, 또다른 이들은 게슈타포가 사용하

---

* 나치군의 갈색 제복. 히틀러 지지자를 뜻함.

는 고문 실험장이라 여겼으며, 갑자기 낯설게 변해버린 그곳을
보면서 죽은 역사의 폐쇄된 박물관을 떠올리는 이들도 있었다.
어떤 경우건, 사람들은 그곳을 정체를 알 수 없는 존재처럼 바라
보았다.

"별안간 대중의 발길이 끊겨버린 공공장소만큼 빠르게 전설이
되는 것도 없지!"

그렇다. 당시는 끝없는 전설들의 들판에서 상상력이 경중경중
뛰어다니던 시대였다. 불과 몇 달, 그러나 모든 이들의 기억 속에
서 족히 천 년은 흘렀다.

벼락처럼 내려친 그 영원의 시대에, 화석이 된 물품들로 채워
진 백화점의 비밀스러운 음영 속에 '111 사제단' 의 여섯 식인귀
들이 살고 있었다.

"그들이 누굽니까?"

"자네도 나만큼은 알고 있잖은가. 다양한 배경을 지닌 여섯 사
람. 알레이스터 크롤리가 '20세기의 비천한 발육부전아들' 이라
고 한 군중에 대해 동일한 경멸을 지닌 자들. 그러면서도 그 군중
의 개미집이 혼란스러운 틈을 이용해 철저히 즐기고자 모인 자들
이었지."

"레오나르 교수도 그 멤버였습니까?"

"그랬지. 누구보다도 그가 알레이스터 크롤리의 추종자였어.

다른 한 사람은 질 드 레*에게 동질감을 느꼈고, 다들 비슷한 식으로 자신들이 시대의 영혼이라고 주장하는 악마적인 통합교리로 뭉쳐 있었어. 그랬다네, 젊은이. 그들은 그 시대의 영혼이었어. 산 고기를 먹는 영혼."

"아이들을?"

"때로는 동물들도. 레오나르는 자기 이빨로 개의 목을 따기도 했어."

(쥘리우스, 네 영혼이 맡은 냄새가 그거였구나! 내가 이 이야기를 하면 아무도 믿지 않겠지……)

"제물들은 어떻게 구했습니까?"

"질 드 레는 기근이 오면 식품창고를 열어 아이들을 끌어들였다지. 그들은 아이들에게 장난감 왕국을 제공했어."

(크리스마스 식인귀들……)

"대부분은 당시 자행되던 학살에 위협을 느낀 부모가, 믿을 만한 조직에서 스페인이나 미국으로 보내준다는 말에 혹해서 아이를 위탁한 경우였지. 실제로는 그 조직이 백화점의 어둠 속으로 사라져버렸지만. 그 여섯번째이자 마지막 남자인 아이들 공급자가 곧 죽을 거야."

---

* Gilles de Rays(1404~1440). 프랑스의 장군. 연금술에 빠져 소년 수백 명을 살해한 죄로 재판을 받고 처형되었다.

"언제요?"

나는 화들짝 놀라 질문을 던졌지만, 그가 대답해줄 거라 기대하지는 않았다.

"이달 24일."

노인은 나를 보며 씩 미소짓고는 차분한 목소리로 다시 한번 말했다.

"이달 24일 17시 30분, 장난감 매장에서. 자네도 오게나, 젊은이. 내 짐작으로는 쿠드리에 경찰서장도 올 거야."

나의 지미니. 그는 지하철을 여섯 번 갈아타게 했다. 세라믹 재질의 통로에서 그의 발걸음은 전혀 울리는 소리를 내지 않았다. 그제야 나는 그가 펠트 천 덧신을 신은 것을 알았다. 그는 "나이가 나이라서……"라고 낮게 중얼거리며 겸연쩍은 미소를 지었다.

그는 내 질문에 모두 대답했다. 그 가운데 유일하고도 유일한, 다른 모든 질문을 압축한 질문은 이거였다.

"왜 나를 그 복수에 연루시킨 겁니까?"

지하철이 덜컹거리며 구트 도르 지역을 지나고 있었다. 어둠 속에서 흑인들이 흔들거렸다. 경계심으로 굳은 어깨 위에서 머리는 잠들어 있었다.

"왜 나였습니까?"

그는 내면을 진찰하는 사람처럼 오랫동안 나를 쳐다보다가 입을 뗐다.

"자네가 성자이기 때문이지."

내가 끔벅이는 황소 눈으로 그를 쳐다보자 그가 덧붙였다.

"자네는 그 백화점에서 기막힌 일을 하고 있어. 온 인류의 대리 업무."

(그거야……)

"모든 사람의 잘못을 혼자 떠맡고 상거래의 모든 죄악을 어깨에 짊어지는 것은 성자와도 같은 행동이지. 이를테면 그리스도처럼!"

(그리스도? 내가? 인자한 예수 그리스도……)

"나는 너무 오래 자네를 기다렸어……"

그의 눈에서 갑자기 성령강림일의 작은 혼불들이 모두 켜지는 것 같았다. 그는 그렇게 불 켜진 램프 같은 얼굴로 왜 폭탄을 내 코앞에서 터뜨렸는지 설명했다. 그에 따르면, 절대악의 제거는 그것의 대칭적 존재, 즉 온전한 선, 속죄양, 핍박받는 무고함의 상징인 바로 나의 눈앞에서 이루어져야 했다. 그렇다. 악마들의 소탕에는 반드시 성인이 참석해야 한다.

"자네가 증인이 되어야 해, 젊은이. 자네는 유일하게 사건의 진실을 아는 자이고, 그럴 자격이 있는 단 한 명의 인간이거든!"

작은 귀뚜라미를 파리의 밤 속에 놓아주자마자 나는 전화 부스로 달려가 쿠드리에의 번호를 눌렀다.

"당신 업무는 아주 위험한 거라고 내가 그랬잖소."

(앞으로 오래 하지는 않을 겁니다. 성자의 말이니 믿으시죠!)

"24일 17시 30분 장난감 매장이라고 했소? 목요일이군. 나도 그 자리에 있을 거요. 당신도 오시오, 말로셴 씨."

"천만에요!"

"당신이 없으면 아무 일도 일어나지 않을 것이고, 당신은 내 동료들이 주목하는 용의자로 남을 것이오."

알아들었다. 나는 묻는다.

"서장님은 그 아동 공급자라는 마지막 표적의 신원에 대해 뭔가 짚이는 게 있습니까?"

"전혀 없소. 당신은?"

"그는 이 말만 하더군요. 그를 보면 자네도 놀랄 거라고."

"어디 한번 기대해봅시다."

쥘리우스는 침대 밑에서 나를 기다리고 있었다. 이 사건에서 시종일관 나보다 뛰어난 후각으로 모든 의문에 한 발 앞서 대답을 준 쥘리우스. 나는 아직도 녀석을 씻기지 않았다. 녀석의 생각하는 머리를 쓰다듬어준 뒤, 나는 침대로 몸을 던졌다. 베개 위로 머리가 떨어지는 순간, 윤기 나는 표지의 차가운 잡지가 내 따귀를 때렸다.

『악튀엘』이었다.

성자의 삶을 다룬 이번 호가 드디어 나왔군!

나와 관련된 페이지들을 펼쳐보면서 솔직히 나는 어중간한 감정에 빠졌다. 레지옹 도뇌르에 빛나는 나의 늙은 조로가 이걸 읽는다면, 그는 성자로서의 내 측정치를 재고해야 하리라.

반면 생클레르의 얼굴을 떠올리자 강렬한 환희가 솟구쳤다. 해고됐다는 생각, 마침내 그 부패한 업무에서 벗어났다는 생각에 순수한 기쁨이 밀려왔다. 수사가 계속되건 안 되건, 이젠 생클레르도 나를 해고할 수밖에 없을 것이다.

다가올 목요일의 불길한 전망에도 불구하고 나는 오랜만에 처음으로 행복을 보장받은 사람처럼 잠에 빠져들었다.

35

"아이가 있습니까, 말로셴 씨?"

생클레르의 얼굴 어디에도 화난 기색은 찾을 수 없다. 그는 지난번처럼 자신의 집무실에서 나를 맞았다. 하지만 위스키, 시가, 심지어 의자조차 내게 권하지 않았다. 이번 호출에서는 아무것도 축하하지 않고, 단지 묻기만 했다.

"당신 아이들이 있습니까?"

"모르겠습니다."

"알아보는 게 좋을 겁니다. 왜냐하면 내가 당신에게 소송을 걸면 당신은 패할 것이고, 그러면 당신의 칠대 후손까지 파산할 테니까요. 혹시 상속자들이 있다면 미리 알려주는 게 옳겠지요."

『악튀엘』이 그의 앞에 펼쳐져 있지만, 그의 눈은 나를 보고 있다.

"자기 수프에 침 뱉는 행위는 사실 비일비재하지요. 어쨌거나 당신은 비싼 값을 치르게 될 겁니다. 하지만 그 전에 당신 밥그릇을 비우는 것부터가……"

그는 머릿속으로 재빨리 계산하는 시늉을 한다.

"엄청나게 비쌀 듯하군요, 말로셴 씨."

내가 지워주리라 마음먹었던 미소가 그의 얼굴에 다시 피어난다. 소위 적응된 자의 유연한 우아함을 발산하면서. 나 같은 빌어먹을 성자는 죽어도 저런 경지에 도달하지 못할 것이다.

"당신은 품질관리원의 임무를 분명히 명시하는 계약서에 서명했지요. 그러니 여차하면 855명의 직원 전부와 맞서게 될 겁니다. 그들은 성서에 손을 얹고서, 당신이 한 번도 임무를 올바로 이행하지 않았으며, 오히려 당신의 상상력이 빚어낸 그 비열한 희생자 역할에 병적으로 집착했다고, 회사가 저지른 유일한 잘못이 있다면 당신을 우리의 대열 속에 놔둔 것이라고 증언할 겁니다."

잠시 쉰다.

"말로셴 씨, 삼 년 전 내가 백화점 경영을 맡은 후로 해고된 직원은 한 명도 없었습니다."

예의 화사한 미소를 지으며 그는 반복한다.

"한 명도."

(그에겐 단 하나의 미소만 있다. 어쨌든 이건 사실이다.)

"그래서 당신을 우리 대열에 남겨둔 겁니다."

그의 목소리에서 불현듯 다른 것이 느껴진다. 세상의 모든 생클레르들의 힘을 이루는 요소. 그는 믿는다. 자신이 방금 제조한 버전을 철석같이 믿는 것이다. 그 버전은 그만의 진실이 아니라 진실 자체다. 금전등록기의 벨소리를 울리게 하는 진실이자 유일무이한 진실.

"또 한 가지는."

(뭐요, 생클레르?)

"내가 당신이라면 두문불출하고 숨어 지낼 겁니다. 만약 내가 지난 여섯 달 동안 당신에게 용건이 있었던 고객들 중 하나라면, 당신을 찾아다닐 것 같거든요. 시간이 아무리 오래 걸린다 해도 말입니다."

(실제로 내 앞을 가로막은 넓은 등이 보인다. 태양 앞에 서면 일식이라도 일으킬 만한 등짝. "구더기들이 자네 간을 파먹게 놔두지 마. 이봐, 꼬마, 공격해!")

"이상입니다."

(이상이라고?)

"그만 가도 좋습니다. 당신은 해고됐어요."

나는 교활한 기색으로 더듬거리며 멍청한 소리를 내뱉는다.

"하지만 경찰이 수사하는 동안에는 어떤 직원 이동도 허락되지 않는다고……"

경영자 식의 파안대소.

"지금 농담합니까! 내가 거짓말한 겁니다, 말로센 씨. 백화점의 이득을 위해서요. 그때는 당신이 맡은 역할을 완벽히 수행하고 있었기 때문에 당신의 사직을 원치 않았지요."

(이런, 이런…… 속였군. 생클레르가 나를 속였어.)

그는 친절하게 나를 문까지 배웅하며 말한다.

"하기야 우리는 당신을 완전히 보내는 게 아닙니다. 지금까지 당신은 많은 비용을 절감시켜주었지요. 앞으로는 우리에게 그 이상의 돈을 벌어줄 겁니다."

대개 이런 식이다. 세기적인 희열을 맛볼 준비가 되어 있는데, 그 순간이 오면 희열은 페르넷 브랑카*의 맛이 난다. 다른 몇 가지에서처럼 이 점에서도 쥘리아가 옳았다. 쾌락의 약속에는 절대로 투자하지 말 것. 지금 당장이 아니면 아무것도 아니다. 찬란한 미래를 위해 분투하는 다른 사람들을 붙잡고 물어보시라.

이런 싸구려 철학에 빠져 걸어나오는데 레만의 시선이 내게 쏟아진다. 아! 배신당한 남자의 시선. 에스컬레이터가 깊은 심연으

---

* 수십 가지 허브와 향료를 섞어 만든 몹시 쓴 술.

로 나를 실어내리는 동안 투명한 새장에서 그의 집요한 시선이
내 뒤통수를 때린다. 수치심이 엄습한다! 기뻐 날뛰어야 할 순간
에 내가 수치심을 느끼다니!

넋이 빠져 있던 터라, 에스컬레이터 계단이 끝나는 지점에서
앞으로 고꾸라질 뻔했다. 장난감 매장의 어린 여직원들의 웃음소
리를 들으며 다시 균형을 잡았다. 그때, 참신한 미소를 뿌리며 분
무되는 해밀턴 양의 목소리가 들려왔다.

"카즈뇌브 씨는 고객상담실로 와주시기 바랍니다."

인생의 시간표는 모름지기 다음과 같은 구체적 순간도 예견해
야 할 것이다. 인간이 자신의 불운을 측은히 여기는 순간, 업무에
매이지 않고 먹거나 소화시키는 일에 매이지도 않는, 완전히 자
유로운 순간. 황량한 해변에 앉아 한가로이 재앙의 규모를 가늠
해볼 수 있는 순간. 그 불행의 규모가 눈에 잡힌다면 하루는 나아
질 것이고, 환상은 걷힐 것이며, 풍경은 분명한 표지들로 정리될
것이다. 반면 포크질을 하면서도 틈틈이 자신의 불행을 생각한다
면, 지평선은 급박하게 처리해야 할 업무로 막히고, 실수하고, 잘
못 평가하고, 실제보다 더 잘못됐다고 상상하게 된다. 때로는 심
지어 자신을 행운아라고 여길 수도 있다!

내가 그럴 수 있기를 꿈꾸면서 침대에 누워 쥘리우스의 체온을

빼앗고 있는데 전화벨이 울렸다. 내 기분은 나쁘지 않았다. 나는 생클레르에 대해 예상했던 승리가 실패로 돌아가버린 형세의 독특한 맛을 반추하며 내 곤경 면적이 정확히 어느 정도인지 측량하는 중이었다. 불운한 정원의 치수들이 눈에 잡히고 있었는데, 망할 놈의 벨소리가 내 모든 계산을 단숨에 흩뜨리고는 환상의 극치로 채워진 행위, 즉 전화 받는 행위를 촉발시켰다.

"오빠? 언니가 만기가 됐어."

만기가 됐다…… 이런 문구를 입에 올릴 사람은 테레즈밖에 없다. 내가 골로 갈 경우에도 그애는 내 죽음에 울고불고하는 대신 "큰오빠의 사망으로 심히 충격을 받았다"고 진술할 것이다.

여하튼. 루나는 "만기가 됐다." 나는 새하얀 병원 주소를 손에 쥐고 지하철 안으로 굴러들었고, 지금은 난간을 잡고 어서 그게 끝나기만을 기다리고 있다. 드디어 쌍둥이의 얼굴─둘이지만 얼굴은 하나일까?─을 보게 되리라는 생각에 가슴속 뭔가가 팔딱거린다. 그 뭔가는 오 년 전 프티가 세상에 출현한 날처럼, 그리고 더 이전 제레미와 클라라가 출현했을 때처럼 힘차게 고동치기 시작한다. 클라라를 맞은 사람은 나였다(산파는 만취해 있었고 의사는 돈을 챙겨 달아나버렸기 때문에). 나는 작은 닻줄을 끊고, 우리 집에 등장한 클라라를 엄마와 함께 환영해주었다. 엄마는 배경에 누워서 그때부터 이미 "넌 착한 아들이야, 뱅자맹. 언제나 좋은 아들이었어……" 하는 말을 되풀이했다.

그렇다. 지금 내가 느끼는 것은 행복이다. 일종의 행복감. 내가 침대에 누워 측량했던 곤경의 수치는 확실히 지워졌다. 그렇다 해도 냉정히 생각해볼 필요는 있다. "루나는 만기가 됐다." 이 말은 사실 새로운 재앙들의 시초를 알리는 완곡한 낙관론적 표현이다. 왜냐하면 쌍둥이는, 환상은 갖지 말자, 먹여야 할 입이 둘, 무료함을 달래줘야 할 귀가 넷, 감시해야 할 손가락은 스물, 닦아줘야 할 지저분한 영혼도 둘이다. 게다가 게다가! 생클레르의 소송이 닥쳐오면 나는 파산하고 어쩌면 감옥행이겠지. 불명예스런 인생으로 전락해 알코올 중독자로 추락, 결국은 무일푼! 쌍둥이가 다섯 살만 되면 녀석들을 앵벌이로 내보낼 테다! 그게 내 계획이다! 한두 군데 잘라 불구로 만들어 구걸을 시켜야지! 그럼 벌어올 테지! 너희가 빈 접시를 핥고 싶지 않다면 말이다!

어째서 '현실'은 내 계획과는 전부 반대로 돌아가는 걸까? 왜 삶은 나를 가로막기만 하는 것일까? 나는 이렇게 자문하면서 빽빽거리는 울음소리와 꽃으로 가득 찬 병원에서 루나 침대 옆에 서 있다. 로랑에게 눈을 돌려보니, 그는 내 누이를 두 팔로 껴안고 "내 사랑 자기, 내 사랑 자기"를 되뇌다가 아버지들의 극성으로부터 아기들을 보호하기 위한 무균 어항에 코를 들이대고 소가 감격한 듯한 목소리로 외친다.

"우리 루나가 셋이 됐어, 뱅. 루나가 셋이라고! 어제까지 하나였는데, 오늘은 셋!"

(그러니 한 명 값으로는 안 될 걸세, 아무렴!)

우리는 쿠투비아 식당에서 피날레를 맞는다. 아마르 영감은 내가 출생 소식을 가져가는 날이면 늘 그러듯 업소 부담으로 모두에게 쿠스쿠스를 제공한다.

"오늘 중요한 걸 깨달았어."

로랑이 16도짜리 마스카라*의 도움으로 인생철학을 늘어놓기 시작한다.

"현실이 늘 환상보다는 참을 만하다는 거야. 설령 그게 더 나빠진 현실이라도! 난 아이를 원하지 않았는데 둘이나 생겼어. 그런데 그게 끔찍하지 않단 말이지. 끔찍한 건, 이런 경이로운 순간을 그토록 두려워했다는 거야."

그러더니 한숨을 내쉰다.

"오! 뱅, 내가 루나에게 어떻게 그럴 수 있었지?"

이번엔 울먹인다.

---

* 알제리 마스카라 지방의 포도주.

"날 때려주게, 뱅, 제발. 날 치라고. 자네 누이를 대신해서 때려!"

그는 자기 뺨을 때리고 셔츠를 찢는다.

"마스카라 한 잔 더 하겠나?"

"응. 올해 것은 정말 괜찮군."

"뱅?"

쥘리아의 손이 내 허벅지에 감긴다.

"클라라가 말해서 알았는데, 소송 이야기라면 염려할 거 없어. 생클레르가 자기를 놀려먹은 거야. 소송을 건다면 잡지사에 걸겠지. 그리고 판사가 정말로 아주 악랄한 놈이면, 우리에게 일 프랑의 손해배상을 부과할 거야."

"옛날 프랑으로, 드골 이전의 마이크로 프랑으로 말이지."

테오가 눈으로는 아두쉬의 엉덩이를 훑으며 덧붙인다.

포만감에 젖은 저녁. 클라라는 제레미의 고기를 잘라주고, 테레즈는 스코피톤 옆에 붙어앉아 움 칼숨의 장례식을 끊임없이 재생시키고, 프티는 쥘리우스에게 박하차 마시는 훈련을 시키느라 바쁘고, 아마르 영감은 신(新)벨빌 건설 계획 때문에 자신의 식당이 곧 철거될 거라고 우리에게 백번째로 공고를 한다.

"슬픈 일이군요, 아마르 아저씨."

"왜? 휴식도 좋은 거야, 뱅."

그리고 은퇴할 때가 오면, 남부 사하라의 모래 속에 푹 잠겨 류

머티즘을 치료할 생각이라고 또 한 번 이야기한다. 아마르 영감의 백발과 그의 목 주위로 펼쳐진 사하라라……

　피날레의 끝은 이렇다. 시체처럼 취한 로랑은 접시 위에 뻗어 잠들고, 제레미와 프티는 쥘리우스의 품속에서 둥글게 몸을 말고 잠든다. 테오는 아두쉬와 함께 사라진 지 오래이고, 테레즈는 이슬람 디스크자키 성직자로 변신했으며, 쥘리아의 손은 최후공략이 임박했음을 알리고, 정말 끝으로 클라라가 내게 빅뉴스를 알린다.
　"놀라운 소식이 있어, 오빠."

36

내가 아직도 놀라운 소식을 좋아한다고 말할 수 있을까? 이번에 나를 놀래킨 것은 전보의 형태를 하고 있었다. 명망 있는 출판사에서 온—출판사들끼리 서로 잡아먹고 싸우라고 그 이름을 적지는 않겠지만—전보는 거의 협박조로 간결하게 쓰여 있었다.

매우 관심 있음. 속히 방문하시오.

사람이 자기도 모르게 천재라는 것을 알게 되는 기분은 그리 나쁘지 않다. 사실 불면증 걸린 한 무리의 아이들과 간질 걸린 개를 위해 몇 달간 조리 없이 지껄인 내용이 전혀 섬세하지 못한 비서에 의해 활자화되어 무책임한 중개인에 의해 우편으로 발송되었을 뿐인데, 그것이 출판계 거물의 눈에 들었다니 상당히 즐거운 일이다.

나는 잠에서 깨어나면서, 그리고 지하철 안에서도 내내 그 생각으로 즐거웠다. 지금도 같은 생각을 계속하면서 (사무실인지 살롱인지 회의실인지 운동장인지 모르겠지만) 역사적인 금갈색 벽장식이 대담한 기하학적 구조의 미래형 가구와 어우러진 이 드넓은 공간에서 기다리는 중이다. 알루미늄과 회반죽, 역동성과 전통, 과거로 포식하고 미래를 먹어치울 곳. 나는 더 나쁜 상황으로 떨어질지도 모른다.

잘 빼입은 사내가 황망히 나타나 친절하게 나를 맞으며, 내가 도착하기만을 기다렸다고 말한다. 그의 태도로 보아 확실히 기다린 것 같긴 하다. 전보를 친 뒤로는 모두들 잠도 제대로 자지 못했다는 것이다. 그들은 호흡조차 멈출 정도였다고 공기중의 무언가가 내게 말한다.

'만약 말로센이 거절하면?'

순간 회의장은 패닉 돌풍에 휩싸인다.

'그가 다른 데서도 제안을 받았다면?'

'투자액을 다섯 배로 올립시다, 여러분……'

(내부 폭발…… 클라라의 제목이 그리 나쁘지 않군.)

"뭐 한잔 드릴까요?"

멋쟁이 사내는 책장 밑에서 미니 바가 나오게 한다.

"스카치? 포르토*?"

(포르토 한잔 하기에 좋을 시간 아닌가? 맞다.)

"커피."

아무거라도 상관없지만, 커피가 낫겠다. 암묵적인 침묵이 깔리고, 둘 다 다리를 꼬고 앉는다. 멋쟁이는 나를 뚫어져라 쳐다보고, 내 티스푼은 은빛 원무를 춘다.

"굉장해요. 진심입니다, 말로센 씨."

"……"

"하지만 당신에게 그 이상 말하는 것은 내 권한 밖이라서요."

짧은 웃음.

"그 특권은 우리 문학팀 팀장이 자기 것으로 남겨두었죠."

짧은 웃음.

"굉장한 여자예요. 당신도 만나보면……"

(그녀도 굉장해?)

"우리끼리는 그녀를 자보 여왕이라고 부르죠."

(자보 여왕, 나도 그렇게 부르기로 하지. 우리도 우리끼리니까.)

"날카로운 판단력, 솔직한 발언……"

---

* 포트와인.

잠시 망설이더니 반톤쯤 낮은 소리로 속삭인다.

"모든 문제가 거기서 생기는데요, 실은……"

(문제? 무슨 문제?)

미소, 잔기침, 뭔가 매우 난감해하는 표정. 그러더니 불쑥,

"그럼 당신이 도착했다는 것을 알려야겠군요."

멋쟁이 사내가 퇴장하고, 반시간이 흐른다. 자보 여왕의 출현을 기다리는 반시간. 나는 책들을 친구 삼아 기다릴 생각으로 조신하게 책장 앞에 선다. 조심스럽게 한 권을 뽑는다. 빈 커버. 안에는 책이 없다.

자리를 옮겨 또 시도해본다. 결과는 위와 같음.

세상에, 이 방에는 책이 단 한 권도 없다! 요란한 커버들만 꽂혀 있을 뿐이다. 출판사 하나는 제대로 찾아왔군, 말로센.

베스트셀러 한 권을 출간하면 내게 돌아오는 수입이 얼마나 될까를 계산하면서 나는 황당한 기분을 위로한다. 영화, TV, 라디오 낭송 등에서의 저작권까지 고려하면 너무 어마어마해 계산도 안 된다. 최소한만 잡아도 내 산술능력을 훨씬 웃돈다. 어떤 경우이건, 내가 그 썩어빠진 희생양 업무를 그만둔 건 잘한 일이었다. 거기서 삼십 년을 일한다 해도 여기서의 십분의 일도 못 벌었을 것이다!

이 행복의 순간에 자보 여왕이 등장한다. 자보 여왕!

"아! 안녕하세요, 말로센 씨!"

길쭉한 해골의 몸 위에 비만한 머리를 얹어놓은 여자.

(안녕하세요, 마담……)

"아뇨, 꼼짝 마세요. 오래 걸리지 않을 거예요."

표현양식에 구애받지 않는 째지는 목소리.

"어때요?"

그녀가 "어때요?"를 너무 크게 내질러서 나는 움찔했다(뭐가 어때요, 폐하?). 내가 어지간히 얼빠진 낯으로 그녀를 대한 모양인지 그녀의 통통한 볼이 하하하 웃음을 터뜨린다. 믿을 수가 없군. 그녀의 머리는 정말이지 조물주의 실수로 그녀의 몸 위에 떨어진 것 같다.

"아! 아니에요, 말로센 씨. 우리 피차 오해는 하지 말자고요. 당신을 오시라고 한 건 당신 책 때문이 아니에요. 우리는 그런 유의 객담은 출판하지 않아요!"

시동 역할의 멋쟁이가 큼큼 잔기침을 한다. 자보 여왕은 그에게 홱 몸을 돌리더니,

"뭐예요, 객담이 아닌가요? 바로 당신이 그랬잖아요, 고티에!"

그러고는 다시 나를 향해,

"잘 들으세요, 말로센 씨. 그건 책이 아니에요. 그 안에는 미학

적인 설계가 전혀 없어요. 중구난방으로 뻗어나가 아무 데도 이르지 않는다고요. 그리고 당신은 결코 더 나은 책을 쓰지도 못할 거예요. 당장 포기하세요, 친애하는 말로센 씨. 당신의 천직은 그게 아니랍니다!"

시동 고티에는 투명인간이 되고 싶을 것이다. 나로 말하자면, 자보 여왕이 내 안에 자극적인 불을 댕기기 시작했다.

"당신의 진정한 천직, 그건 바로 이거예요!"

그녀는 어딘지도 모를 곳에서 『악튀엘』 지를 휙 꺼내더니 내 무릎 위에 던졌다. 방에 들어올 때 그녀는 빈손이었다. 아닌가?

"우리 같은 출판사에서 당신 같은 사람을 얼마나 필요로 하는지 당신은 상상도 못 할 거예요. 희생양! 내게 필요한 게 그거예요. 보세요, 말로센 씨, 난 내 자리에 앉아서 욕먹는 것에 넌덜머리가 난다고요!"

길고 날카로운 웃음소리가 뭔가로부터 도망치듯 통제불능의 상태로 이어진다. 그러더니 별안간 뚝 멈춘다.

"자기 글을 제대로 읽지 않았다고 불평하는 애송이 작가에서부터 책 광고를 해주지 않았다고 아우성치는 풋내기들, 원고료가 적다며 더 받아야겠다고 요구하는 노땅들까지, 모두모두 내게 악을 써대지요. 말로센 씨! 한 명도 없었어요, 알겠어요? 내가 이 일을 해온 지 어언 이십 년인데, 자기 운명에 만족하는 작가는 단

한 명도 못 봤다고요!"

그녀는 지능이 과도하게 높은 쉰 살 소녀 같은 인상이다. 쉰의 나이에도 아직 그 지능의 생기발랄함을 잃지 않은 여자, 자보 여왕. 하지만 뭔가가 더 있다. 그 억지스러운 발랄함 속에 깔려 있는 영속적인 슬픔의 기조. 그렇다, 저 풍만하고 전류 흐르는 얼굴의 살덩이 밑에 뭔가가 슬프게 잠들어 있다.

"말로센 씨, 지난주에도 한 작가 지망생이 나타나서는 자신이 두 달 전에 발송한 원고에 대해 우리가 어떻게 생각하는지 알고 싶다는 거예요. 그때가 아침 아홉시였어요. 여기 있는 고티에가 (여기 있기는 있는 거요, 고티에?) 자신의 방에서 그를 맞았는데, 아직 잠이 덜 깬 상태라서 자기 서류철 속에 있는 평가카드를 내 방으로 찾으러 왔어요. 그런데 고티에가 자리를 비운 사이에 손님이 그 방의 서류들을 뒤지기 시작한 거예요. 그는 평가카드를 발견했고, 거기서 '이건 쓰레기다'라고 내가 써놓은 것을 봤지요. 그래요, 우리끼리는 간결하게 쓰거든요. 고티에의 업무는 그 간결체에 옷을 입히는 것이죠. 요컨대 그 평가카드는 문제의 원고 저자가 읽으라고 쓰인 게 아니에요. 그런데 당신 생각에는 그가 어떤 식으로 반응했을 것 같아요?"

(아! 글쎄요, 솔직히 나는……)

"그는 센 강에 가서 몸을 던졌어요. 바로 요 앞에서."

그녀는 빠른 손짓으로 강을 향해 열린 두 짝짜리 창문을 가리켰다.

"그를 건져올렸을 때, 내 이름이 서명된 카드가 그의 몸에서 발견됐어요. 기분 나쁜 일이죠."

그렇군. 나는 그녀 안에서 삐걱대는 것이 무엇인지 이해했다. 자보 여왕, 그녀는 시간 속의 모든 것에 민감한 존재였다. 온 인류의 불행에 아픔을 느끼는 늙은 소녀. 고통받는 십대의 감수성과 존재의 슬픔을 병균처럼 몸속에 지닌 수수께끼 같은 여자. 고통이 긴 수난으로 자리잡자, 숱한 망설임 끝에 그녀는 유명한 정신분석의를 찾아갔다. 의사는 인류애적 연민이 그녀를 불편하게 하는 것을 금세 이해했다. 그는 끈기를 가지고 면담을 거듭하면서 그것의 아주 미세한 뿌리까지 뽑아내고 그 자리에 사회성을 심었다. 그렇게 해서 다시 태어난 존재가 자보 여왕이다. 정신분석의 성공사례. 그녀가 음식을 먹으면 그 혜택을 누리는 것은 머리뿐이다. 나머지 몸은 따라가지 않는다. 나는 그런 사람들을 더러 보았다. 유사한 경우다.

"그래서 당신을 고용하기로 했어요, 말로셴 씨. 난 이제 그런 유의 불쾌함은 떨어내고 싶거든요."

(나를요? 난 고용되겠다고 말한 적 없는데요.)

침묵이 흐르고, 여왕 폐하의 엑스레이 눈빛이 나를 투시한다.

"내 생각으로는 저런 기사가 나왔으니 백화점에서 당신을 해고했을 텐데. 아닌가요?"

이번에는 희미한 미소가 곁들여진 자외선 시선이 날아온다.

"어쩌면 그럴 목적으로 저걸 발표했겠지요?"

그러고는 단호하게,

"어리석은 짓이에요, 말로셴 씨. 당신은 그 업을 타고났어요. 희생양, 그건 세상의 다른 어떤 것보다도 항구적 상태예요, 당신에게는.

그러고는 내게 부담을 주는 행보에 쐐기를 박는다.

"환상은 버리세요. 앞으로 이런 제안을 무더기로 받을 거예요. 안 봐도 뻔한 일이죠. 어쨌거나 다른 데서 얼마를 제안하더라도 우리는 그 두 배를 지불할 거라는 걸 기억해두세요."

37

숙명적인 목요일이 왔다. 나는 일 분 일 초에 촉각을 곤두세우며 가능한 한 시간을 잡아두려고 애썼지만 소용없었다. 시간은 내 성스러운 영혼의 틈새로 하릴없이 흘렀다(균열된 내 영혼……게다가 클라라는 구두시험에서 떨어졌다).

장난감 매장. 말할 수 있는 최소한의 사실은 이곳에 군중은 없다는 것이다. 고객들을 비밀리에 떨어뜨려놓으라는 신호 내지는 지령이 내려진 게 분명하다. 나는 여기에 왔다. 그리고 지미니 크리켓과 긴 지하 산책을 한 그날 밤 이후로, 어느 때고 이 순간을 생각하지 않은 적이 없었다는 사실을 깨닫는다. 만기일의 강박이 내 모든 생각 뒤에 웅크리고 있었다. 두렵다. 젠장, 이렇게 두렵다니! 17시 30분이다. 지미니는 아직 나타나지 않았다. 쿠드리에도, 그의 부하들 중 어떤 녀석도 나타나지 않았다.

다람쥐 여직원은 예전보다 말랐다. 그녀의 뺨은 겨울용 양식을 잃었다. 백화점에서의 피로 때문이리라. 그녀의 족제비 친구는 오후 네시에 밀물처럼 쏟아져들어온 꼬마들이 헤쳐놓은 판매대를 다시 정돈하고 있다. 지미니는 여기 없다.

나는 여기 있다.

희생자는? 그자는 여기 있을까? "때가 오면 그가 누구인지 알려주지. 그를 보면 자네도 놀랄 거야……" 왜 놀란다는 거지? 결국 내가 끊임없이 생각한 것도 그거였다. 왜 놀랄까? 희생자는 내가 아는 사람이라는 건가? 알려진 공인? 미디어의 단골 인사? 그것과 그 밖의 문제들에 대해 나는 뒤죽박죽 생각했고, 지하철에서 나눈 우리의 대화에 대해서도 생각했다. "왜 백화점에서 죽이는 겁니까? 당신이 그곳으로 그들을 유인했나요? 어떻게 유인한 겁니까?" 작은 노인은 자상한 미소를 지었다. "자네 간혹 소설은 읽는가?" 나는 그렇다고, 간혹 이상으로 자주 읽는다고 대답했다. "그렇다면 허구의 놀라운 점들을 한꺼번에 먹어치울 수 없다는 것도 알겠구먼." 나는 '먹어치우다'가 그 연배가 쓰는 동사답다고 생각하면서 다른 한편으로는 허구라고? 하는 의혹이 들었다. "허구요?" "물론이지. 자네가 소설 속 어디쯤에 있다고 상상해보게. 그러면 공포를 물리치는 데 도움이 될 거야." 그러더니 노인은 곧 덧붙였다. "심지어 즐기게 될지도 모르지." 그때부터 나는 그의 태도가 어딘지 석연치 않다고 생각하기 시작했고, 겁을 먹기 시작했다. 한시도 나를 놓아주지 않는 잠복성 공포가 되살아났다. 사람의 기를 앗아가는 부작용을 지닌 증세. 라블레라면 '베자르드*'라고 불렀을 것이다(뭐냐, 똥줄이 타는 이 기분). 나는 그게 어디서 생겨나 나를 옥죄는 것일까 자문해보았다. 그것은 바로 공포였다…… 한데 테레즈는? 어떻게 그가 군중 속에서 테레즈를 알아보고 그애가 누구인지 파악할 수 있었을까? "자네의 형제자매들 중에서 그 아이가 가장 자네를 닮았더군." (아! 그러니까 다른 아이들도 알고 있었다?) 그럼, 그럼. 프티와 크리스마스 식인귀, 제레미와 실험과학에 대한 천부적 재능, 클라라의 카메라…… "희한해할 것 없네, 젊은이. 자네 친구 테오는 자네 가족을 몹시 사랑하지." 그야 물론 테오는…… 그에게 우리 이야기를 해준 자가 테오란 말인가! "자네 식구들은 그의 가족이지. 어떤 면에서는 그가 우리 가족인 것처럼." 우리 가족? 아! 그래, 백화점의 늙은 아동들. 어쨌거나 오늘 나를 여기로 오게 한 요인은 그거였다. 쿠드리에 서장의 경고 때문이 아니라, 내가 발을 뺄 경우 예사롭지 않은 위협이 내 가족 위에 떠돌 것임을 느꼈

---

* 벌레, 도마뱀, 균열 따위를 조합한 신조어.

기 때문에. 그럼에도 불구하고 나는 여전히 그를 좋아했다. 내 신화적인 할아버지. '식인귀들을 먹어치운' 그가 아무리 정신나간 노인이라 해도 말이다. 지하철은 우리 삶처럼 우리를 흔들어댔다. 그는 앉은 채로 균형을 잡으려고 작은 두 손바닥을 이쪽저쪽으로 짚었다. 마치 아동용 자전거 측면에 달린 보조바퀴들 같았다.

폭탄 사건과 오늘의 약속만 없었다면, 나는 기꺼이 그를 집으로 데려가 조상 대리로 모셨으리라. 이 빌어먹을 약속만 없었다면. 왜냐하면 그는 그 조그만 엉덩이로 걸터앉아 나를 살인현장에 초대했으니 말이다.

"자네가 증인이 되어야 해, 젊은이. 자네는 그럴 자격이 있는 단 한 명의 인간이거든!"

그가 있다. 약속한 곳에 왔다. 테오의 늙은 아동들의 교복인 회색 셔츠를 걸치고 왔다. 그의 얼굴에는 그들 모두의 노쇠함이 달라붙어 있다. 처음부터 왠지 선명치 않은 인쇄지 같았던 노인. AMX30 전차를 조종하던 늙은 아동. 그가 나를 봤는지 못 봤는지는 알 길이 없다. 그는 지금 매장의 반대쪽 끝에 있다. 조금 있다 쳐다보니 그는 기절한 여자를 팔에 안은 킹콩 로봇을, 스쿠버다이버에게 사기를 치고 내려가던 날 내 기분을 완전히 절단내버린 그 시커먼 킹콩을 쓰다듬고 있다. 나는 잠망경을 올리고 백화점 안에서 경찰들의 자취를 찾는다. 그림자도 보이지 않는다. 고객들은 여기저기 흩어져 무슨 일이 진행되고 있는지도 모르는 채 물건을 구입한다. 그럼 희생자는? 희생자도 없다. 여하튼 내가 아는 얼굴은 전혀 없다. 염병할 쿠드리에! 내 엉덩이만도 못한 나폴레옹! 그루쉬*처럼 굴지 말고 어서 나오라고! 난 두려워 죽을 지경이야. 나는 살인을 보고 싶지 않아. 살인자를 죽이는 것도 원하지 않아. 그런 거 원한 적 없어. 난 반대야! 어서 나타나, 쿠드리에. 젠장할! 당신 임무를 수행하란 말이야! 조로와 그의 먹이를 잡아가라고! 조로에게는 훈장을 주고, 그 먹이는 쓰레기통에 던지고, 나는 연루시키지 말아줘! 나는 가족을 부양하는 착실한 가장일 뿐이라고! 정의의 팔도 아니고 눈도 아니란 말이야! 쿠드리에! 어디 있어?

(내가 경찰이 와주기를 이토록 학수고대하는 날이 올 줄 누가 알았겠는가!)

지미니가 나를 봤다.

내게 히쭉 웃어 보인다.

가짜 치매 노인의 팬터마임으로 내게 초조해하지 말고 기다리라는 신호를 한다. 그리고 자신은 기절한 클라라의 하얀 육체를

---

* Emmanuel de Grouchy(1766~1847). 나폴레옹 휘하에서 복무한 장군. 워털루 전쟁에서 블뤼허 장군 부대를 차단하지 못해 프랑스의 패배를 불러왔다.

품에 안은 검은 원숭이와 어린애처럼 좀더 놀다가, 원숭이를 발밑에 내려놓더니 내가 있는 쪽으로 보낸다. 사악한 원숭이가 걷기 시작한다. 같이 놀아보자는 건가? 아니다. 그 순간이 온 거다! 기다려……

　(도망치자. 이렇게 계속 있는 건 말도 안 돼. 도망쳐! 만일 오초 이내에 나폴레옹과 그의 친위대가 모습을 드러내지 않으면 나는 산산조각이 난다!)

　하나……

　둘……

　셋……

순간, 계시가 왔다. 희생자가 누구인지 알았다! 오물단지 리송! 내가 동경했던 서점 주인! 모든 게 일치한다. 나이, 썩은 두뇌, 사십 년 전 백화점에 존재했다는 사실. 공급자! 그가 아이들의 공급자였다! 그가 유혹자였다! 아이가 전쟁을 피하게 해주겠다는 감언이설로 가족들을 꼬드겨 식인귀들의 식량을 채워준 자! 내가 아는 사람 중 그 역할을 맡았을 만한 자는 그밖에 없다. 그는 죽음의 냄새에 불가사의하게 이끌려 조만간 나타날 것이다. 내 눈앞에 명백히 모습을 드러낼 것이다. 내가 도망쳐도 그는 나타날 것이다. 절대적인 확신. 때와 장소를 알았으니, 내가 그 살인의 성스러운 보증인이 되는 조건은 충분히 갖춰진 셈이다! 지난번에는 조로가 테레즈의 존재로 만족했지만 오늘은…… 여기를 떠나는 건 말도 안 된다. 나는 살인자가 아니다. 떠날 수 있다면 좋겠지만, 그러면 삶이 확실히 수월해질 테니까, 하지만 그건 성자로서의 내 본성과 맞지 않는다. 나는 여기 남는다. 기계적인 걸음으로 다가오는 저 고릴라 로봇과 필요한 만큼 놀아주리라. 나는 기다린다. 버틴다. 그러다 리송이 모습을 드러내면 그에게 튀어올라 지뢰밭 밖으로 그를 내던지리라. 그다음에는 사법부가 그를 처리하도록 맡기고, 나는 관여하지 않을 것이다. 범죄도 일어나지 않은데다 내가 재판관도 아니지 않은가!

불타는 고릴라는 뒤뚱거리는 귀여운 펭귄 걸음으로 걷는다. 이 가짜 순진함으로 인해 녀석의 불길한 요소는 더욱 불길해 보인다. 시뻘건 눈, 불을 토하는 입, 품속의 클라라…… 멍청한 생각은 그만해, 말로센. 지금은 그럴 때가 아니야. 녀석이 네 발치에 이르면 녀석을 돌려세워라. 이 바보 놀이가 지속되도록. 지속! 중요한 건 그거다. 뭔가가 일어날 때까지, 쿠드리에가 나타나거나 에스컬레이터 너머에서 리송의 훤칠한 실루엣이 솟아오를 때까지. 망할 원숭이, 정말이지 새카만 털을 가졌군. 여자의 육체는 너무 하얗고. 흑과 백. 죽은 밤을 배경으로 빛나는 하얀 살의 섬광! 입에서 내뿜는 화염과 불길하게 번득이는 두 눈……

불현듯 나는 그의 눈을 본다. 저쪽에서 나를 바라보는 지미니. 내게 미소짓는 지미니. 내 신화적인 할아버지.

나는 깨닫는다.

아직도 내게는 시간이 필요하다는 것을!

살아갈 시간.

적어도 살아갈 시간이 필요해.

레오나르의 것과 동일한 시선! 666 짐승의 눈!

그가 내게로 보낸 것은 나의 죽음이다.

격렬한 공포는 또다시 불꼬챙이가 되어 내 머리를 관통한다. 피 흘리는 굴꼬치가 내 두개골에서 뽑혀나온다.

나는 다시 귀먹은 상태에 빠진다. 그러자 쿠드리에가 눈에 들어온다. 십 미터 떨어진 곳. 그와 같은 차림의 마네킹 옆에서 마네킹처럼 부동자세를 취하고 있다. 가죽점퍼 코너에는 카레가가 숨어 있다. 또다른 녀석들은…… 갑자기 경찰들의 존재가 한눈에 드러난다.

고릴라는 일 미터쯤 더 전진했다.

왜 나인가?

그의 눈이 희열로 빛난다. 사악한 난쟁이 같으니라고!

순간 나는 알아차린다.

저 노인이다, 여섯번째 식인귀! 마지막 표적. 공급자! 내가 모르는 어떤 이유로 그는 다른 친구들을 모두 암살했다.

그리고 이제 나를 날리려고 한다.

왜?

킹콩 폐하는 조금 더 접근했다. 카레가가 쿠드리에 쪽으로 묻는 눈길을 던지면서 오른손을 점퍼 안으로 밀어넣는다. 쿠드리에는 빠른 고갯짓으로 '노' 사인을 한다.

노? 어떻게 그럴 수가! 예스, 젠장! 예스! 뽑아, 카레가! 고릴라의 섬광들 속에서 푸른빛이 난다. 붉은 핏빛을 더 두드러지게 하는 푸른빛과 노란빛.

나는 쿠드리에를 향해 절박한 눈길을 보낸다.

카레가에게도 귀먹은 벙어리의 호소를 보낸다.

마비된 도약.

묵묵부답.

그리고 노인의 얼굴에서 빛나는 저 형언할 수 없는 희열.

내 공포의 광경이 촉발시킨 희열. 오르가슴! 그의 생애 최고의 쾌감! 그는 오로지 이 순간을 기다리며 살았으리라. 이 순간을 위해 백 살 먹을 가치가 있었으리라!

쿠드리에는 개입하지 않을 것이다.

내 안의 슈퍼 혜안을 가진 귀머거리가 하이퍼 혜안 귀머거리에게 말한다.

저들은 모두 내가 폭파되는 꼴을 지켜보기만 할 것이다.

단지 폭파를 위한 폭파로서 나는 폭파된다.

내 생애 다시 없을 다이빙. 나는 아이를 도둑질한 원숭이에게로 몸을 날린다. 나는 바닥과 평행선을 그리며 공간 속을 날아가는 나를 마치 다른 사람을 보듯 선명하게 본다. 원숭이 위로 떨어지면서도 나는 그에게서, 이죽거리는 식인귀에게서 눈을 떼지 않는다. 그리고 내가 그 표적을 덮쳤을 때……

내가 그 스위치를 누른 순간……

그가 폭발했다.

저쪽에서.

매장의 반대쪽 끝에서.

팽창하는 회색 셔츠.

그의 얼굴이 찰나적으로 황홀의 절정에 오르더니,

셔츠가 피범벅의 퓨레*를 토했다.

그것은 이미 그의 육체가 아니었다.

내부 폭발.

내가 다시 몸을 일으켰을 때, 나는 그가 나를 살인자로 만들고 죽었음을 알았다.

---

* 야채나 과일을 믹서에 갈거나 으깨서 만든 음식.

왜 나인가?

왜?

경찰들이 나를 데려갔다.

38

이번에는 청각을 회복하는 데 오랜 시간이 걸렸다. 소란스러울게 분명한 병실에서 나는 홀로 몇 시간을 보냈다. 홀로. 내 단속적인 난청 증세를 살펴보는 백색 가운 선생의 말을 경청하는 삼십여 명의 학생들을 제외하면 그랬다. 그는 지식의 미소를, 그들은 배우려는 진지함을 보이고 있었다. 그들은 훗날 그의 자리를 차지하려고 서로 죽어라 싸울 것이며, 그는 케리케이온*을 악착스럽게 붙잡고 있으리라. 모두 나와는 먼 이야기일 것이다. 나는 여섯 건의 살인을 걸머지고 감옥에서 영원의 촌각을 세야 할 테니까.

"왜?"

---

* 헤르메스의 황금 지팡이. 뱀 두 마리가 서로 엉겨 있는 형태로, 의학의 권위를 상징한다.

왜 나인가?

왜 내게 덮어씌웠을까?

이제는 대답해줄 지미니도 없다.

내 이상적인 할아버지. 나는 그의 이름조차 알지 못한다.

하다못해 끝까지 아무것도 들리지 않으면 좋으련만, 그것도 아니다. 백색 가운 선생은 학위를 거저 딴 게 아니어서 결국 내 귀를 뚫어놓는다.

"이 경우는 엄밀히 말해 상해가 아닙니다, 여러분."

지식의 피라니아*들이 발하는 감탄의 웅성거림.

"증세가 다시 나타날 가능성은 전혀 없지요."

그러더니 나를 향해 달콤한 목소리로 말한다.

"당신은 다 나았어요. 여기서 자유롭게 나가셔도 됩니다."

내 자유는 카레가의 등장으로 간단히 현실이 된다. 그는 말 한 마디 없이 나를 태우고 오르페브르 강변로**로 향한다(내 청각을 되찾아주는 수고까지 해놓고 나를 벙어리에게 넘기다니!).

차문 닫히는 소리. 계단. 엘리베이터. 복도를 울리는 구둣굽. 열렸다가 닫히는 문들. 쿠드리에 서장의 문 앞에서 똑, 똑, 똑.

---

* 이빨이 있는 식인 물고기.
** 파리 경찰청이 있는 길.

그는 통화를 하다가 수화기를 내려놓는다. 나를 바라보며 천천히 고개를 끄덕이고 묻는다.

"커피?"

(마다할 까닭이 없지요.)

"엘리자베스, 부탁해요."

커피.

"고맙소. 그만 나가도 좋아요."

(네, 좋아요…… 하지만 커피포트는 놔두고. 그래요, 됐습니다.)

이 직장에서 소리를 내지 않는 유일한 문, 그것은 엘리자베스가 나가며 닫는 쿠드리에 서장의 방 문이다.

"어떻소, 젊은 양반. 자초지종이 이해가 됐소?"

(아뇨. 아직 확실히는.)

"당신은 자유의 몸이오. 당신 가족을 안심시키려고 방금 전화하던 중이었소."

그리고 설명이 이어진다. 최종적인 설명은 이렇다. 나는 살인자가 아니다. 반면 내가 공중분해시킨 유황가스 같은 난쟁이는 살인자였다. 그것도 일급 살인자! 나로 하여금 고릴라를 덮치게 해서 제 자신을 죽이게 만든 자도 그였지만, 식인귀 동아리를 모두 처단한 자도 그였다.

"어떻게 그들을 백화점으로 유인한 겁니까?"

이 질문이 즉각 내 입에서 튀어나왔다. 사실 쿠드리에가 오랜 시간 추적한 것도 그거였다.

"그가 유인한 게 아니오. 그들이 제 발로 찾아왔지."

"무슨 말씀인지?"

"연쇄자살이오, 말로센 씨."

서장은 느닷없이 씩 웃으며 의자 등받이로 몸을 젖힌다.

"나는 이번 사건으로 삼십 년은 젊어졌소이다. 커피 한 잔 더 하겠소?"

2차 세계대전의 난리통 속에서 그런 무익한 종파들이 우후죽순처럼 생겨났다. 휴전협정이 체결된 후 쿠드리에가 처음 맡은 임무 중 하나가 바로 그 악마의 솥들을 문질러 닦는 것이었다.

"여간 단조로운 일이 아니었다오, 젊은 양반. 그 망할 사십년대의 종파들은 핏방울마냥 다 비슷비슷했거든."

그렇다, 다들 하나의 패턴으로 찍어낸 꼴이었다. 도덕적 코드와 이데올로기를 거부하고 순간의 신비주의에 탐닉하는 기이한 집단현상. 모든 게 가능하므로 모든 게 허락된다. 대충 이런 슬로건이 그들의 머릿속에 박혀 있었다. 터무니없는 시대풍조가 그들을 부추겨서, 이를테면 그런 쪽으로 경쟁심리가 팽배했던 것이다. 거기에 물질주의에 대한 근본적 비판이 가세했다. 물품거래라는 것은 지불능력이 있는 미래만을 추종하는 천박한 신앙을 드러낸다. 따라서 물질주의는 인간을 옹색한 예상의 노예로 전락시킨다는 것이다. 내일을 죽이자! 순간 만세! 영원한 순간의 군주, 향락자 맘몬에게 영광이 있을지어다! 대체로 이런 식이었다. 하여 향락적이고 살인적인 두 계열의 살짝 돈 녀석들이 여기저기서 무리를 지어 순간주의 종파들을 결성했는데, 그중 하나가 666 짐승을 신봉하는 여섯 식인귀의 오붓한 동아리인 111 사제단이었다.

"솔직히 고백하면, 처음에는 나도 헤맸다오."

하지만 쿠드리에는 상당히 빨리 가닥을 잡았다.

"우선은 사망자들의 얼굴에 공통적으로 나타난 그 쾌락의 표정에 주목했소."

맞다. 앞섶이 열려 있던 첫번째 사내, 폭탄을 배에 끼고 포옹하던 늙은 커플, 폭발 직전에 수음의 하늘로 날아오른 출생 지지론자와 스칸디나비아 변소의 벌거벗은 독일인.

"그것은 결코 정상이랄 수 없었소."

(결코 아니죠.)

섹스와 죽음, 이것은 서장에게 낯익은 분위기를 상기시켰다. 죽음과 섹스, 이것은 전후의 수사에서 그가 감지한 도착적 황홀경의 냄새를 풍겼다.

"하지만 왜 백화점을 그…… 의식의 장소로 택했을까요?"

"이미 말했소이다. 백화점은 그들의 눈에 물질주의적 희망의 신전을 대변하는 것이었소. 물품의 유혹에 이끌린 순진한 아이들을 거기서 제물로 희생함으로써 그 신전을 모독하고 싶었던 거요. 헬무트 쿤츠는, 독일인 말이오, 그 사진 컬렉션이 보여주는 것처럼 산타 할아버지로 위장하는 걸 좋아했더랬소. 그런 차림으로 축제 기간 동안 장난감들을 나눠주곤 했지……"

서장은 입을 다문다. 영혼까지 얼어붙는 느낌이 든다(커피를 좀더 부탁하고 싶은데, 아주 뜨거운 걸로!).

"왜 모두 자살한 겁니까?"

좋은 질문. 그의 눈이 빛난다.

"그들의 자살에 대해서는 당신 여동생 테레즈의 점성술적 추론이 설득력 있게 들리오. 별들은 그 양반들에게도 많은 얘기를 해줬던 모양이오. 그들은 죽음의 날이 거기에 기록되어 있다고 철석같이 믿고 있었소. 정해진 날에 서로를 죽이는 행위는 별들의 판결을 존중하는 동시에 개인의 자유를 지킬 수 있는 일거양득의 방법이었소."

"스스로를 운명의 주역으로 배정하는 방법이군요, 어떤 면에서는……"

"그렇소. 만인이 보는 가운데 자신을 폭파시키면서, 자신들이 가장 강렬한 삶을 살았던 장소에서 그 공연을 보여주면서 그들은 최후이자 최고의 희열을 누렸소. 일종의 클라이맥스지."

"그래서 죽은 사람의 얼굴에 황홀한 기색이 남은 거로군요."

그렇다는 고갯짓에 이어 침묵(사람들은 모두 단순하다, 근본적으로는……).

"그런데 나는 그 안에서 무슨 역할을 한 겁니까?"

(뭐, 역할을 한 건 사실이니까!)

"당신?"

서장은 발끝으로 램프 광도를 약간 높이며 말한다.

"불쌍한 친구, 당신은 하늘의 섭리가 그들에게 베풀 수 있는 가장 멋진 선물, 바로 성자였던 거요. 상거래의 모든 죄악을 혼자 짊어지고, 고객들의 눈물에 울어주고, 백화점의 모든 사악한 양심 속에 증오를 유발시키는 당신의 생존방식, 요컨대 미친 화살들을 전부 당신 가슴으로 끌어당기는 재능, 그것이 그 식인귀들에게는 성자의 징표로 보였던 거요. 그래서 그들은 당신의 목숨을 원했지. 아니, 그보다 더 원했던 것은 당신의 후광을 죽이는 것이었소! 성자를 타락시키고, 그가 살인을 인정하게 하고, 그를 범죄자로 세상에 알리는 것이야말로 그 늙은 악마들에게는 너무나 멋진 유혹이었지. 안 그렇겠소? 그 결과, 그들은 당신 동료들로 하여금 당신을 거의 린치하게 만들었소. 다행히 그때 카레가가 있었기 망정이지. 당신도 기억할 거요……"

"하지만 나는 성자가 아니라고요, 젠장!"

"그건 바티칸에서 결정할 일이라오. 전례성성*에서, 좀더 구체적으로 말하면, 지금으로부터 이삼백 년 후 사람들이 당신을 성인품에 올리려고 할 경우에…… 여하튼 마지막 식인귀는 다른 자들보다 한층 더 지독했소. 당신 친구 테오가 아마도 당신에 관해 솔직하고 열광적으로 많은 얘기를 했던 모양이오. 아버지 없는 아이들의 맏형이자 보호자라는 당신 프로필은 그의 증오를 열배로 증폭시켰을 거요. 그는 소금절이 창고에서 아이들을 구하는 성 니콜라스**의 이미지로 당신을 봤을 테니까. 한데, 소금절이 창고는 그의 것이었소. 그것을 채운 자가 바로 그였거든. 당신이 그의 만찬거리를 훔쳐간 셈이었지. 그래서 당신이 평생 다른 누구한테서도 받아볼 수 없을 만큼 강렬한 증오심으로 당신을 증오한 그 사내는 경찰의 목전에서 당신이 그를 죽이게 하는 것, 다시 말해 당신에게는 치명적일 수밖에 없는 현장범의 무대를 꾸며주는 것을 자신의 복수로 삼았던 거요. 교묘함의 극치는 그가 사전에 미리 당신을 유혹해두었다는 거지. 요전날 밤 지하철 안에서 당신은 그에게 분명 호감을 느꼈을 거요. 안 그렇소?"

(그렇습니다.)

---

* 典禮聖省, 예식과 서품 등을 주관하는 교황청의 행정부서.
** 흔히 산타클로스로 불리는 아이들의 수호성인.

"당신이 덫에 걸린 것을 알았을 때 그의 기쁨이 어땠을지 상상해보시오. 그는 당신이 살인 육범의 전과를 달게 되리라는 확신 속에서 죽었소."

……

"그의 이름이 뭡니까?"

말없는 시선. 램프빛도 약해진다.

"그 대답은 당신에게도 비밀로 부칠 수밖에 없다오, 젊은 친구. 흔히 얘기하듯 그것은 존중받을 만한 비밀이지."

(역시 네가 옳았다, 테오.)

따라서 수사의 결론은 비밀에 부쳐지고 백화점에서 더이상 폭탄이 터지는 일은 없을 것이다. 하지만 생클레르는 경찰을 경비원으로 대체해 고객들의 몸수색을 계속하게 함으로써 매상을 올릴 것이다. 경비원들은 위령비 역할을 할 것이며, 위령비의 제1의무조항은 살아 있어야 한다는 것이다.

두 가지 사항이 더 있다. 왜 그때 개입하지 않았냐고, 왜 내가 고릴라 위로 뛰어들게 내버려두었냐고 서장에게 물었더니, 그는 드골 식으로 대답했다.

"그 일은 일어나야 했소."

두번째는 얼마 뒤, 그가 나를 문까지 배웅하면서 말했다.

"당신이 자의적으로 백화점에서 해고된 것은 잘못이오, 말로셴 씨. 당신은 뛰어난 희생양이었소."

　사법경찰 관사를 나오면서 나는 한순간 레몬색 카트르슈보가 주차금지 구역에서 나를 기다리고 있기를 바랐다. 그 차 여주인의 골짜기 안에 똬리를 틀고 그 그늘에서 잠들고 싶은 욕구가 간절했다. 하지만 없었다. 지하철의 검은 구멍만 나를 기다리고 있었다. 좋다. 오늘은 쥘리아 없는 밤이 될 것이다. 쥘리우스의 밤.

<h1 style="text-align:center">39</h1>

집에서는 몇 가지 놀라운 소식이 나를 기다리고 있었다. 우선 고용제안서들이 한 무더기 쌓여 있었다. 나는 일단 그것들을 읽은 뒤 쓰레기통에 던졌다. 이 나라의 모든 기업이 희생양 덕을 보려고 작정을 한 모양이었다.

천만에, 그건 끝났다. 어느 교황이 전쟁에 대해 말한 것처럼 "구건 더는 절대루 안 댑니다."

마지막 편지는 교육부에서 왔다. 나는 교육부 장관이 자기 대신 내가 짓밟히는 데 얼마를 제안했는지 보려고 봉투를 열었다.

한 푼도 제안하지 않았다. 그는 단지 제레미의 사고를 배상하라고 요구하면서 청구서를 첨부했다.

내가 아직 제로 프랑을 헤아리고 있을 때 인터폰이 울렸다.

"오빠? 얼른 내려와, 놀라운 일이 생겼어."

물론 나는 뛰어내려갔다.

놀라움은 아주 컸다(적어도 두 배는 더 컸다).

엄마! 우리 엄마였다.

그녀는 엄마처럼 예쁘고, 엄마처럼 여전히 젊었다. 그리고 젊고 예쁜 엄마답게 온몸으로 임신해서 돌아왔다.

내가 소리치며 달려갔다.

"엄마! 엄마!"

"뱅자맹, 내 아가!"

엄마는 두 팔로 나를 껴안으려 했지만 그녀 안의 다른 녀석이 벌써 가로막고 있었다.

내가 물었다.

"로베르는?"

"로베르는 이제 없어."

나는 그녀 몸에서 돌출한 작은 원형체를 가리키며 물었다.

"그럼 이 녀석은?"

엄마가 대답한다.

"이게 마지막이야, 뱅. 맹세할게."

나는 수화기를 들고 자보 여왕의 번호를 누른다.

다니엘 페낙, 식인귀를 만나다

번역 출판에서는 작가의 초기작이 늦둥이로 세상에 나오는 변고가 가끔 발생한다. 이 소설도 어쩌다 보니 그런 경우가 되었다. 20년 늦둥이로 나왔으니 늦어도 많이 늦은 셈이다.

『식인귀의 행복을 위하여』는 다니엘 페낙이 십여 년에 걸쳐 집필한 〈말로센 사가saga〉*의 첫편으로 1985년에 발표되었다.

이 소설은 여러 면에서 성공한 연작의 첫편다운 특징을 보여준다. 설익은 부분도 있고 끓어 넘치는 부분도 있지만, 시리즈의 기

---

* '사가saga' 는 중세 북유럽에서 '이야기' 에 해당하는 산문문학을 통칭하던 말이다. 역사, 전설, 영웅담, 소설, 공상 작품 등에 두루 쓰였다. 요즘은 시리즈물이나 대하 소설에 쓰인다. 말로센 시리즈 전반에 대한 좀더 자세한 해설은 역시 문학동네에서 나온『정열의 열매들』말미에 수록되어 있다.

본 틀이 될 추리소설과 익살극과 가족소설의 혼합 장르를 제조한 거라든가, 저마다 독특한 취향에 독특한 재주를 지닌 가족과 친구 동아리의 설정이라든가, 말로센 극단의 무대이며 말로센 부족의 터전으로서 벨빌의 선택, 그리고 아이들에게 '현실과 허구가 즐겁게 매치된 이야기'를 들려주는 일을 자신의 의무이자 취미로 여기는 만능 이야기꾼 화자의 설정, 이런 요소들이 독자의 호기심을 자극하고, 대중적이며 유연하고 강인한 생명력을 지녔다.

첫편의 주제로 '새빨간 입술을 가진 식인귀'가 나오는 것도 매력적이다. 이것은 말로센 가족의 막내 프티가 즐겨 그리는 주제다. 프티는 거의 무대 중심에 서는 일이 없지만, 가끔씩 자의식이 전혀 없는 엽기성을 폭발시키는 어린 예술가이다. 프티가 그린 그림은 이 소설에서 가장 동화적이면서 가장 정치적 포르노를 연상시키는 이미지다.

다니엘 페낙의 식인귀 이야기에서 어떤 부분들은 정말 영감을 받아 쓰지 않았나 싶을 정도로 기발하다. 흔히 얘기하는 것처럼, 악인의 좋은 점은 자신도 모르는 사이에 창조의 영감을 작가에게 고취한다는 것인데, 다니엘 페낙이 1980년대 초반이나 중반에 그런 악인을 만난 것 같다는 뜻이다.

여하튼 그의 첫 소설은 시대로부터 많은 영향을 받았다. 악인도 시대의 산물이므로 시대의 한 요소라고 본다면, 1980년대는 그에게 '새빨간 입술을 가진 식인귀'의 이미지로 고착된 엽기적인 포식자를 제공했고, 다른 한편으로는 말로센 시리즈의 서술 방식과 인물 창조의 방식이 된 '퓨전' 기법을 제공했다.

요즘은 퓨전이 아닌 것이 참신해 보일 지경으로 문화가 퓨전 홍수에 잠겨버려서 그것에 대해 말하는 것도 진부하다. 이런 대홍수를 성공 사례로 볼 수 있을까 하는 점은 의문이지만, 적어도 1980년대 퓨전 문화는 정치가 실패한 곳에서 문화가 성공한 예로 기록될 수 있었다.

그 시대의 정치 언어가 추구한 것은 신기할 정도로 오늘과 같았다. 대화, 공존, 대립에서 화합으로. 지난 사반세기 동안 퓨전 문화는 홍수를 일으켰는데, 사회적 화합은 더 고갈되지 않으면 다행이었다. 프랑스에서는 사정이 너무 악화되어 2002년 대통령 선거에서 극우 정당의 르펜이 조스팽을 제치고 2차 투표에 올라가는 기현상까지 벌어졌다. 물론 인간 사회를 바꾸는 것은 초밥에 마요네즈를 끼얹고 컴퓨터 합성을 하는 식의 퓨전과는 다르다. 하지만 정치가들이 화합을 외치면서 선거 때마다 대립을 조장하는 유치한 습성을 버리지 못하는 한, 기대할 것은 없어 보인다.

그런 현실에 대한 보상욕구 때문이건 아니면 다른 무엇 때문이건, 70년대 재즈 음악에서 유래한 퓨전 기법은 철학에서 요리에 이르기까지 안 끼어드는 데가 없었고, 그것은 페낙의 성향에도 아주 잘 맞았다. 하지만 그가 퓨전을 이해한 방식은 일반 사람들과는 달랐다.

퓨전의 본질은 화합하는 게 아니라 폭발하는 거라고 그는 생각한다. 정확히 말하면 순간적인 화합을 통해 폭발하는 것이다. 그것은 폭탄을 제조하는 원리와 같다. 그는 이 폭발적 퓨전 기법으로 자신의 인물들을 창조하고, 사건들을 창조하고, 온갖 장르들을 섞어 자신만의 추리소설을 창조했다. 『식인귀의 행복을 위하여』가 바로 그 작품인데, 사람의 배에서 터지는 폭탄 이야기를 들려준다.

크리스마스 전날 오후, 소설의 화자 뱅자맹 말로센이 일하는 백화점에서 난데없이 폭탄이 터지는 바람에 한 배불뚝이 남자의 내장이 파열해 흩뿌려지는 참사가 발생한다.

사실 첫 사건에서는 폭파된 남자보다 폭발소리에 놀란 고객들과 직원들의 행태를 그린 익살극이 더 큰 부분을 차지한다. 페낙은 사건 현장을 세세히 묘사하는 작가가 아니고 묘사할 때에도 비유를 더 많이 쓴다. 뱅자맹은 폭발이 일어난 뒤에 달려가서 사방에 흩뿌려진 내장과 거의 두 동강이 난 시체를 보고 구토를 참다가, 죽은 남자의 바지 앞섶이 열려 있었다는 것을 수다스러운 경찰이 지적해서 알게 된다. 시체는 곧 들것에 실려간다.

추리소설에서 연쇄 범행이 성립되는 것은 첫 사건이 아니라 다음 사건부터이다. 뱅자맹이 유일하게 목격한 사건도 두번째 사건이다. 세번째부터는 이런저런 이유로 그는 시체를 보지 않거나 보지 못한다.

노부부로 보이는 늙은 커플이 다음 사건에서 희생된다. 그들은 여성의류 매장에서 나이에 어울리지 않게 열렬한 포옹을 한다. 그때 폭탄이 터진다. 포옹하는 노부부의 두 복부 사이에 낀 장바구니에서 터진 것이다. 그들은 최후의 영성체에서 내장을 서로 교환한 듯한 인상을 화자에게 남기고 산산조각난다. 페낙의 폭발적 퓨전 방식을 적나라하게 보여주는 사건이다.

그 뒤 연쇄적으로 몇 번 더 폭탄이 터진다. 장소는 늘 백화점 안의 어느 지점이고, 폭발이 일어나기 전에 희생자가 제각기 남긴 엽기적인 정황 증거들이 발견된다. 폭탄이 정확히 어디서 터졌는가 하는 점은 언급되지 않는다. 뱅자맹이 폭발 현장을 보지 않아서 희생자가 산산조각났다, 벌거벗고 있었다, 하는 식의 구전 정보말고는 그 자신도 아는 게 없다. 독자는 앞의 두 사건으로 미루어 폭탄이 그들의 배에서 터지지 않았을까 하고 추측하게 된다. 동일한 패턴의 범죄가 반복될 때는 강박적으로 반복되는 경향이 있기 때문이다.

이 소설에서는 익살과 해학이 범죄의 잔인성을 압도한다. 범죄의 측면에서 보면 후기작들에 비해 미흡한 편이다. 범죄가 단선적으로 구성된 것도 그렇지만, 소설의 가장 설익은 부분은 범죄에 대해 추리하고 이야기하는 방식이다. 독자가 당연히 떠올리는 의문점, 어떻게 희생자가 모르게 그의 배에서 폭탄이 터지게 할 수 있을까? 하는 물음을 화자 뱅자맹은 던지지 않는다. 수시로 희생자의 복부를 떠올리며 임신한 누이를 생각하고, 때론 황당한 상상을 하거나 혼자 스무고개를 하듯 갖가지 물음을 던지면서 한 가지만 묻지 않는다. 둘째 사건에서는 장바구니 트릭이라도 사용됐지만, 첫 사건의 경우는 그 물음을 피해가게 하는 장치가 없고, 나중에 시체의 묘사를 생략한 것은 폭탄이 또 배에서 터졌을까? 하는 궁금증만 부풀린다. 눈에 드러나는 속임수는 속임수가 아니다. 추리작가의 절묘한 능청스러움이 아직 화자에게 없다. 그는 오히려 징후를 사용하는 즐거움에 탐닉한다. 추리적이기보다 문학적이다. 사람의 배에서 터지는 폭탄은 소설의 제목과 쉽게 연결된다. 물론 뱅자맹은 자신이 이야기하는 소설의 제목을 모르고 있다. 독자는 안다. 입과 내장은 음식으로 연결된 기관들이다. 식인귀의 행복이 무엇인가? 아이들을 잡아먹는 것이다. 그 장면은 프티의 그림에 이미 나왔다. 이런 징후들이 너무 많다. 이 소설에서 문학과 예술 작품의 인용이 나올 땐 거의 솔직한 징후라고 봐도 무방하다.

그러나 문학이 범죄보다 더 모호한 이면을 가지고 있을 때도 있다. 페낙의 소설은 그리 단순하지 않다. 범인을 미리 알았다 해도 즐겁게 읽는 데는 아무 상관이 없다.

『식인귀의 행복을 위하여』는 당시의 세태풍자, 정차풍자의 요소들도 담고 있다. 짐작했겠지만, 앞서 얘기한 '악인'은 프랑스 정치인들 중 하나다. 당시의 사회 분위기를 간략히 적어보면 이렇다.

미테랑 사회당 정부는 증가하는 실업률과 재정적자, 이민자들 문제에서 헤어나지 못했다. 결국 80년대 중반에는 보수당과 연합해서 노동자 해고에 관한 규제를 완화하는 등 신자유주의 정책을 도입한 소위 '제3의 길'을 택할 수밖에 없었는데, 이 역시 경제를 살리지는 못했다. 그사이 르펜이 이끄는 극우 정당 국민전선(FN)의 지지자들이 급속히 늘어났다. 르펜은 상식 이하의 인종차별적인 문구를 거침없이 내뱉는 것으로 유명했다.

"그들(이민자들)이 우리를 파산시킬 것이며, 우리를 점령할 것이고, 우리를 쓸어내버리고 우리의 아내들, 우리의 아들들과 잘 것이다!"

그는 옛날 사라센 족의 침략을 암시하면서, 아랍인의 왕성한 정력은 여자 남자를 가리지 않는다는 고정관념을 노골적으로 자국민들 뇌리에 박아넣었다. 안 그래도 장기 실업으로 위축돼 있던 프랑스 남자들과 그 부모들 그리고 일부 보수주의자들까지 그 어처구니없는 도발성 언어에 자극을 받아 극우 진영으로 투항했다.

당시 확인되지 않은 소문에 의하면, 르펜은 히틀러를 찬양하고 알제리 전쟁 때에는 비밀군사조직 OAS에 들어가 알제리인을 고문한 전력을 가진 인물이었다. 그는 몇 년 뒤 "가스실이 존재하지 않았다고 말하진 않겠지만, 나는 그것이 2차 대전의 역사에서 한 사소한 점이라고 생각한다" 라는 말로 한 차례 물의를 일으키면서 그 전력을 어느 정도 확인시켜주었다.

하지만 그 이전에 벌써 십 퍼센트가 넘는 프랑스인들이 그의 추종자가 되어 있었다. 1970년대에 국민전선 지지율은 일 퍼센트도 되지 않았었다. 그들은 이제 아랍인들이 자기네 일자리를 빼앗고 그 왕성한 정력으로 자식을 너무 많이 낳아 국가의 사회보장 기금을 거덜내고 있다고 믿었다. 이따금씩 폭력 충돌이 일어나고 린치도 자행됐다. 그러면 이슬람 과격분자들의 보복 테러가 뒤따랐다. 군사독재 하에서는 극좌파 운동이 창궐하고 사회당이 정권을 잡으면 극우파가 기승을 부리는 것은 역사의 흔한 아이러니다. 거기다 경제의 침체기가 너무 길었다. 사회 분위기는 살벌해지고 있었다.

『식인귀의 행복을 위하여』는 바로 르펜의 극우파가 급팽창하던 시기에 쓰인 소설이다. 소설의 내용도 분위기도 현실과는 사뭇 달랐다. 페낙이 사실적으로 묘사했다면 그건 페낙이 아닐 것이다.

그는 파리에서 이민 노동자가 가장 밀집해 있는 지역들 중 하나인 벨빌을 무대로 해서 추리소설, 익살극, 가족소설이 혼합된 이야기를 쓰기로 결정한다. 르펜이 가장 먼저 척결하고 싶어하는 동네에 말로셴 극단의 말뚝을 박은 것이다. 페낙의 입장 표명은 그보다 더 분명할 수가 없었다.

페낙은 어렸을 때 군인 아버지를 따라서 모로코, 지부티, 베트남 등지의 프랑스 식민지에 살았었다. 어린 페낙은 식민지 삶에서 반식민주의자로 자라났다. 벨빌은 그 과거 식민지들의 축소판이다. 이곳은 아랍인뿐만 아니라 베트남인, 중국인, 터키인 등, 아시아계 인종과 북아프리카계 인종이 섞여 사는 지역이다. 그들의 피부색, 향료 냄새, 언어와 노랫가락이 그에게는 낯설지 않았다. 그는 이곳에 정착했다. 그는 여기서 고향의 냄새를 맡았고, 자기 인물들의 고향을 발견했다.

마지막으로 말로셴 사가 전체를 관통하는 특징 몇 가지를 추려보면, 그것은 익살과 사랑으로 배타적 범죄를 죽이는 이야기다. 아버지가 각기 다른 오누이들에 대한 가족소설이며, 인종과 취향이 다른 사람들과도 한 '부족'처럼 더불어 살아가는 공존의 소설이다.

문학동네 편집부에 감사드린다.

2006년 여름

김운비

지은이 **다니엘 페낙**

1944년 모로코 카사블랑카에서 태어나 아프리카, 동남아시아 등지에서 유년기를 보냈다. 대학에서 문학을 전공하고 1970년 파리 근교 수아송에 있는 중학교에서 교편을 잡았다. 대표작으로 말로센 시리즈의 후속작인 『기병총 요정』『산문팔이 소녀』『정열의 열매들』 등을 비롯해 『독재자와 해먹』, 르노도 상 수상작인 『학교의 슬픔』 등이 있다. 말로센 시리즈는 프랑스에서만 편당 백만 부 이상 판매되었으며 전 세계 18개국에 번역 출간되었다.

옮긴이 **김운비**

서울대학교 불문과를 졸업하고 프랑스 파리 7대학에서 현대소설 연구로 박사학위를 받았다. 장편소설 『청동입술』을 썼으며, 『정열의 열매들』『도라 브루더』『아름다움을 훔치다』『페기 수와 유령들』『저스트 라이크 헤븐』 등을 우리말로 옮겼다.

문학동네 세계문학

식인귀의 행복을 위하여

1판 1쇄 2006년 6월 30일 | 1판 2쇄 2012년 12월 21일

지은이 다니엘 페낙 | 옮긴이 김운비 | 펴낸이 강병선
책임편집 김미정 최정수 신선영 | 디자인 이승욱 이원경 | 저작권 한문숙 박혜연 김지영
마케팅 정민호 김도윤 박보람 | 온라인 마케팅 김희숙 김상만 이원주
제작 서동관 김애진 임현식 | 제작처 (주)상지사P&B

펴낸곳 (주)문학동네
출판등록 1993년 10월 22일 제406-2003-000045호
주소 413-756 경기도 파주시 문발동 파주출판도시 513-8
전자우편 editor@munhak.com | 대표전화 031) 955-8888 | 팩스 031) 955-8855
문의전화 031) 955-3576(마케팅) 031) 955-8860(편집)
문학동네카페 http://cafe.naver.com/mhdn

ISBN 89-546-0162-6 03860

www.munhak.com